主　编◎乔继堂
编　委◎鄢晓霞/李剑霞/李晓丽/崔人元

中华散文百家

中华散文百家

瞿秋白◎著

乔继堂◎选　编

瞿秋白散文

上海图书馆馆藏经典阅读

上海科学技术文献出版社

出版说明

在中国文学史上，散文具有突出的地位，这恐怕是谁也不能否认的。在文体以有韵无韵区分的时代，散文与韵文相对，固然得占大半壁江山；即使是到了诗歌、散文、小说、戏剧四大文学体裁齐备的时代，散文亦是一方重镇。近世以来，其他文学样式尤其是小说等长足发展，但散文依然焕发着耀眼的光彩，不但有作家钟情此种文体，专事散文随笔的创作而卓成大家，即使以其他体裁创作为主的作家，也或多或少地从事过散文写作；而且由于散文体裁较为广泛的适用性，众多不以作家名世的人也留下了丰富的散文作品。这些散文作品不仅是我们的文学遗产，也是我们的思想文化遗产，其所蕴涵的滋育我们的营养真可谓“无穷无尽”。正是为了较为系统地整理这笔宝藏，挖掘其丰富营养，我们编辑出版了这套丛书。

这套丛书计划以二十世纪初为起点，以人为单位，从我国历代散文作家中选取名家精品，汇成丛集。入选作者除专门的散文家之外，自然也包括其他作家，甚至不以作家名世的作者；与此相应，不仅选取狭义的纯粹散文作品，也选取那些在历史上曾经影响甚巨但不那么纯粹的大散文作品，从而不仅体现散文的文学价值，更体现散文创作在思想文化方面的价值。也可以说，这是这套散文丛书最为突出的特色——不仅是文学的，更是思想文化的；不仅关乎写作技巧，更是关乎素质养成；不仅可供了解作家作品，更可以由此体察历史洪流、社会巨变的大风景……

丛书所选各家散文的编排，或按其原集编排，或重新分辑编排，一视作者原作情况而定。选文除作必要的技术处理外，其余一仍其旧，以见作品原貌。为了阅读的方便，对一些于今天的读者不太熟悉的专门术语等作了适当的注释。关于具体的编选情况，以及作者及其作品的情况，每一集后缀以编后语，给以简略的说明。

丛书计划分批相对集中出版，先期推出二十世纪上半叶的名家名作，随后向两个方向延伸，陆续成其规模，期于有所贡献。

愿广大读者襄助之；愿广大作者襄助之。

上海科学技术文献出版社

目　录

饿乡纪程

绪　　言

阴沉沉，黑魆魆，寒风刺骨，腥秽污湿的所在，我有生以来，没见一点半点阳光，——我直到如今还不知道阳光是什么样的东西，——我在这样的地方，视觉本能几乎消失了；那里虽有香甜的食物，轻软的被褥，也只值得昏昏酣睡，醒来黑地里摸索着吃喝罢了。苦呢，说不得，乐呢，我向来不曾觉得，依恋着难舍难离，固然不必，赶快的挣扎着起来，可是又往那里去的好呢？——我不依恋，我也不决然舍离……然而心上究竟是个什么样的滋味呵！这才明白了！我住在这里我应当受，我该当。我虽然明白，我虽然知道，我“心头的奇异古怪的滋味”我总说不出来。“他”使我醒，他是一个不可思议的谜儿，他变成了一个“阴影呵！他总在我眼前晃着——似乎要引起我的视觉。我眼睛早已花了，晕了，我何尝看得清楚。我知我们黑甜乡里的同伴，他们或者和我一样。他们的眼前也许有这同样的“阴影”。我问我的同伴，我希望他们给我解释。谁知道他们不睬我，不理我。我是可怜的人儿。他们呢，——或者和我一样，或者自以为很有幸福呢。只剩得和我同病相怜的人呵，苦得很哩！——我怎忍抛弃他们。我眼前的“阴影”不容我留恋，我又怎得不决然舍离此地。

同伴们，我亲爱的同伴们呵！请等着，不要慌。阴沉沉，黑魆魆的天地间，忽然放出一线微细的光明来了。同伴们，请等着。这就是所谓阳光，——来了。我们所看见的虽只一线，我想他必渐渐的发扬，快照遍我们的同胞，我们的兄弟。请等着罢。

唉！怎么等了许久，还只有这微微细细的一线光明，——空教我们看着眼眩——摇荡恍惚晞微一缕呢？难道他不愿意来，抑或是我们自己挡着他？我们久久成了半盲的人，虽有光明也领受不着？兄弟们，预备着。倘若你们不因为久处黑暗，怕他眩眼，我去拨开重障，放他进来。兄弟们应当明白了，尽等着是不中用的，须得自己动手。怎么样？难道你们以为我自己说，眼前有个“阴影”，见神见鬼似的，好像是一个疯子，——因此你们竟不信我么？唉！那“阴影”鬼使神差的指使着我，那“阴影”在前面引着我。他引着我，他亦是为你们呵！

灿烂庄严，光明鲜艳，向来没有看见的阳光，居然露出一线，那“阴影”跟随着他，领导着我。一线的光明！一线的光明，血也似的红，就此一线便照遍了大千世界。遍地的红花染着战血，就放出晚霞朝雾似的红光，鲜艳艳的耀着。宇宙虽大，也快要被他笼罩遍了。“红”的色彩，好不使人烦恼！我想比黑暗的“黑”多少总含些生意。并且黑暗久了，骤然遇见光明，难免不眼花缭乱，自然只能先看见红色。光明的究竟，我想决不是纯粹红光。他必定会渐渐的转过来，结果总得恢复我们视觉本能所能见的色彩。——这也许是疯话。

世界上对待疯子，无论怎么样不好，总不算得酷虐。我既托挣扎着起来，跟着我的“阴影”，舍弃了黑甜乡里的美食甘寝，想必大家都以为我是疯子了。那还有什么话可说！我知道：乌沉沉甘食美衣的所在——是黑甜乡；红艳艳光明鲜丽的所在——是你们罚疯子住的地方，这就当然是冰雪窖饥寒交迫的去处（却还不十分酷虐），我且叫他“饿乡”。我没有法想了。“阴影”领我去，我不得不去。你们罚我这个疯子，我不得不受罚。我决不忘记你们，我总想为大家辟一条光明的路。我愿去，我不得不去。我现在挣扎起来了，我往饿乡去了！

一九二〇，十一，四，哈尔滨。

一

无 涯

蒙昧也人生！
　霎时间浮光掠影。
晓凉凉露凝，
　初日熹微已如病。

露消露凝，人生奇秘。
　却不见溪流无尽藏意；
却不见大气潆洄有无微。
　罅隙里，领会否，个中意味？

“我”无限。“人”无限。
　笑怒哀乐未厌，
漫天痛苦谁念，
　倒悬待解何年？

知否？知否？倒悬待解，
　自解解人也；
彻悟，彻悟，饿乡去也，
　饿乡将无涯。

一九二〇，十二，一。哈尔滨。

山东济南大明湖畔，黯黯的灯光，草棚底下，一张小圆桌旁，坐着三个人，残肴剩酒还觑着他们，似乎可惜他们已经兴致索然，不再动箸光顾光顾。……其中一个老者，风尘憔悴的容貌，越显着蔼然可亲，对着一位少年说道：“你这一去……随处自去小心，现在世界交通便利，几万里的远路，也不算什么生离死别……只要你自己不要忘记自身的职务。你仔肩很重呵！……”那少年答应着站起来。其时新月初上，照着湖上水云相映，萧萧的芦柳，和着草棚边乱藤蔓葛，都飕飕作响。三人都已走过来，沿着湖边，随意散步，秋凉夜深时，未免有些寒意。对着这种凄凉的境界，又是远别在即，叫人何以为情呢？

我离中国之前，同着云弟垚弟住在北京纯白大哥家里已经三个年头；我既决定要到俄国去，大约预备了些事物，已经大概妥当之后，就到济南拜别我父亲。从我母亲去世之后，一家星散，东飘西零，我兄弟三个住在北京，还有两弟一妹住在杭州四伯父跟前，父亲一人在山东。纯哥在京虽有职务，收入也很少。四伯做官几十年，清风两袖，现时中国官场，更于他不适宜，而在中国大家庭制度之下，又不得不养育全家，因此生活艰难得很。我亲近的支派家境既然如此，我们弟兄还不能独立，窘急的状况也就可想而知。所以我父亲只能一人住在山东知己朋友家里，教书糊口。在中国这样社会之中既没有阔亲戚，又没有钻营的本领，况且中国畸形的社会生活使人失去一切的可能，年纪已近半百，忧煎病迫，社会还要责备他尽什么他所能尽的责任呢？我有能力，还要求发展，四周的环境既然如此，我再追想追想他的缘故，这问题真太复杂了。我要求改变环境：去发展个性，求一个“中国问题”的相当解决，——略尽一分引导中国社会新生活的责任。“将来”里的生命，“生命”里的将来，使我不得不忍耐“现在”的隐痛，含泪暂别我的旧社会。我所以决定到俄国去走一走。我因此到济南辞别我亲爱不忍舍的父亲。

当那夜大明湖畔小酒馆晚膳之后，我父亲的朋友同着我父亲和我，回到他家里去。父亲和我同榻，整整谈了半夜，明天一早就别了他上火车进京。从此不知道什么时候才能相见呢！

济南车站上，那天人不多，待车室里只有三四个人。待车室外月台上却有些苦力，喘息着。推车的穷人，拖男带女的背着大麻布包，破笼破箱里总露着褴褛不堪的裙子衣服。我在窗子里看着他们吸烟谈笑，听来似乎有些是逃荒出去的，——山东那年亦是灾区之一。——有的说，买车票钱短了两毛，幸而一位有良心的老爷赏给我半块钱，不然怎能到天津去找哥哥嫂嫂，难道饿死在济南破屋子里么？又有一个女人嚷着："买票的地方挤得要死，我请巡警老爷替我买了，他却要扣我四毛钱，叫我在车上拿什么买油果子吃呢！"——"怎么回事……"忽听着有人说，火车快来了。我回头看一看，安乐椅上躺着的一位"小老爷"，戴着一副金丝眼镜，上身一件半新不旧的玄色缎马褂，脚上缎鞋头上已经破了两个小窟窿，正跷着两腿在那里看北京《顺天时报》上的总统命令呢。我当时推门走出待车室。远看着火车头里的烟烘烘的冒着，只见一条长龙似的穿林过树的从南边来了。其时是初秋的清晨，北地已经天高风紧，和蔼可亲的朝日，虽然含笑安慰我们一班行色匆匆的旅客，我却觉得寒风飕飕有些冷意，看看他们一些难民，身上穿的比我少得多，倒也不觉得怎么样冷。火车来了。我从月台桥上走过，看见有一面旗帜，写着"北京学生联合会灾区调查团"，我想他们来调查灾区，——也算是社会事业的开始。——也许有我们"往民间去"的相识的同志在内。过去一看，只见几个学生，有背着照相架的，有拿着钞本簿籍的，却一个也没有相熟的。火车快开，也就不及招呼，一走上车了。

我坐的一辆车里，只五六个人。中间躺着两个人：一个是英国工头模样，一个广东女人，他的妻子，两人看来是搭浦口天津通车到天津去的。英国人和他妻子谈着广东话，我一句也不懂。停一忽儿，茶房来向他们说了几句话，意思是说，今天火车到天津了，讨几个酒钱。英国人给他一块钱。茶房嫌少，不肯接。英国人发作起来，打着很好的上海话说道："你们惯欺外国人！你可得明白，我在中国住了三十多年，什么事我不知道！为什么两人必得给你两块钱？不要就算了。"我听得奇怪，——这种现象，于中英两民族交接的实况上很有些价值，因和他攀谈攀谈，原来他也是进京，就那东城三条胡同美国人建筑医院的豫王府工程处的工头之职，谈起来，他还很会说几句北京话呢。

一人坐在车里，寂寞得很，英国人又躺下睡着了。我呆呆的坐着思前想后，也很乏味，随手翻开一本陶渊明的诗集，看了几页又放下了。觉得无聊，站起来凭窗闲望。半阴半晴的天气，烟云飞舞，一片秋原，草木着霜，已经带了些微黄，田地里禾麦疏疏朗朗，显得很枯瘠似的，想起江南的风物，究竟是地理上文化上得天赋较厚呵。火车的轮机声，打断我的思潮，车里却静悄悄的，只看着窗外凄凉的天色似乎有些雨意，还有那云山草木的“天然”在我的眼前如飞似掠不断的往后退走，心上念念不已，悲凉感慨，不知怎样觉得人生孤寂得很。猛然看见路旁经过一个小村子，隐约看见一家父子母女同在茅舍门口吃早饭呢。不由得想起我与父亲远别，重逢的时节也不知道在何年何月，家道又如此，真正叫人想起我们常州诗人黄仲则的名句来[①]：“惨惨柴门风雪夜，此时有子不如无。”

这天当夜到天津，第二天就进京，行期快了。其时正是一九二〇年十月初旬光景。

二

生活也好似行程。青山绿水，本来山阴道上，应接不暇。疾风迅雷，清阴暖日，就是平平常常一时一节的心绪，也有几多自然现象的反映。何况自然现象比社会现象简单得多，离人生远得多。社会现象吞没了个性，好一似洪炉大冶，熔化锻炼千万钧的金锡，又好像长江大河，滚滚而下，旁流齐汇，泥沙毕集，任你鱼龙变化，也逃不出这河流域以外。这“生命的大流”虚涵万象，自然流转，其中各流各支，甚至于一波一浪，也在那里努力求突出的生活，因

---

① 黄仲则：清代诗人黄景仁字仲则。两句诗出自其《别老母》。诗的前两句为“搴帷拜母河梁去，白发愁看泪眼枯。”

此各相搏击迸涌，转变万千，而他们——各个的分体，整个的总体——都不知道自己，不知道自己的转变在空间时间中生出什么价值。只是蒙昧的“动”，好像随“第三者”的指导，愈走愈远，无尽无穷。——如此的行程已经几千万年了。

人生在这“生命的大流”里，要求个性的自觉（意识），岂不是梦话！然而宇宙间的“活力”，那“第三者”，普遍圆满，暗地里作不动不静的造化者，人类心灵的谐和，环境的应响，证实天地间的真理。况且“他”是活力，不流转而流转，自然显露，不着相而着相，自然映照。他在个性之中有，社会之中亦有，非个性有，非社会有，——似乎是“第三者”而非第三者。

“生命大流”的段落，不能见的，如其能见，只有世间生死的妄执，他的流转是不断的；社会现象，仍仍相因，层层衔接，不与我们一明切的对象，人生在他中间，为他所包涵，意识（觉）的广狭不论，总在他之中，猛一看来，好像是完全汩没于他之内。——不能认识他。能认识他的，必定得暂舍个性的本位。——取第三者的地位：“生命大流”本身没有段落，可以横截他一断；社会现象不可认识，有个性的应和响；心灵的动力不可见，有环境为其征象。

在镜子里看影子，虽然不是真实的……可是真实的在那里？……

“人生都是社会现象的痕迹，社会现象都是人生反映的蜃楼。”社会吞没了一切，一切都随他自流自转。我如其以要求“突出生活”的意象想侵犯“社会”的城壁，要刻画社会现象的痕迹，要……人家或者断定我是神经过敏了。

中国社会组织，有几千年惰性化的（历史学上又谓之迟缓律）经济现象做他的基础。家族生产制，及治者阶级的寇盗（帝皇）与半治者阶段的“士”之政治包括尽了一部《廿四史》。中国周围的野蛮民族，侵入中国文化，使中国屡次往后退，农业生产制渐渐发达，资本流通状态渐渐迁移，刚有些眉目，必然猛又遇着游牧民族的阻滞。历史的迟缓律因此更增其效力。最后一世纪，已经久入睡乡的中国，才矇矇瞳瞳由海外灯塔上得些微光，汽船上的汽笛唤醒他的痴梦，汽车上的轮机触痛他的心肺。旧的家庭生产制快打破了。旧的“士的阶段”，尤其不得不破产了。畸形的社会组织，因经济基础的动摇，尤其颠危簸荡紊乱不堪。

我的诞生地，就在这颠危簸荡的社会组织中破产的“士的阶级”之一家族里。这种最畸形的社会地位，濒于破产死灭的一种病的状态，绝对和我心灵的“内心要求”相矛盾。于是痛，苦，愁，惨，与我生以俱来。我家因社会地位的根本动摇，随着时代的潮流，真正的破产了。“穷”不是偶然的，虽然因家庭制的维系，亲戚相维持，也只如万丈波涛中的破船，其中名说是同舟共济的人，仅只能有牵衣悲泣的哀情，抱头痛哭的下策，谁救得谁呢？我母亲已经为“穷”所驱逐出宇宙之外，我父亲也只是这“穷”的遗物。我的心性，在这几几乎类似游民的无产阶级（lumpen proletariat）的社会地位中，融陶铸炼成了什么样子我也不能知道。只是那垂死的家庭制之苦痛，在几度的回光返照的时候，映射在我心里，影响于我生活，成一不可灭的影像，洞穿我的心胸，震颤我的肺肝，积一深沉的声浪，在这蜃楼海市的社会里；不久且穿透了万重疑网反射出一心苗的光焰来。

我幼时的环境完全在破产的大家族制度的反映里。大家族制最近的状态，先则震颤动摇，后则渐就模糊澌灭。我单就见闻所及以至于亲自参与的中国垂死的家庭制度之一种社会现象而论，只看见这种过程，一天天走得紧起来。好的呢，人人过一种枯寂无生意的生活。坏的呢，人人——家庭中的分子，兄弟，父子，姑嫂，叔伯，——因经济利益的冲突，家庭维系——夫妻情爱关系——的不牢固，都面面相觑戴着孔教的假面具，背地里嫉恨怨悱诅咒毒害，无所不至。“人与人的关系”已在我心中成了一绝大的问题。人生的意义，昏昧极了。我心灵里虽有和谐的弦，弹不出和谐的调。……

我幼时虽有慈母的扶育怜爱；虽有江南风物，清山秀水，松江的鲈鱼，西乡的菘菜，为我营养；虽有豆棚瓜架草虫的天籁，晓风残月诗人的新意，怡悦我的性情；虽亦有耳鬓厮磨哝哝情话，亦即亦离的恋爱，安慰我的心灵；良朋密友，有情意的亲戚，温情厚意的抚恤，——现在都成一梦了。虽然如此呵！惨酷的社会，好像严厉的算术教授给了我一极难的天文学算题，闷闷的不能解决；我牢锁在心灵的监狱里。“内的要求”驱使我，——悲惨的环境，几乎没有把我变成冷酷不仁的“畸零之人”，——我决然忍心舍弃老父及兄弟姊妹亲友而西去了。

三

小小的院落，疏疏的闲花闲草，清早带些微霜，好像一任晓风飐拂摇移，感慨有些别意，仿佛知道，这窗中人快要离他们远去万里了。北京四年枯寂的生涯，这小小院落容我低徊俯仰，也值得留一纪念，如今眼看别离在即，旧生涯且将告一段落，我也当有以安慰这院落中的旧伴呵。可是呢。……我没离故乡之前，常州红梅阁的翠竹野花，环溪的清流禾稼，也曾托我的奇思遐想，母亲去世，一家星散，我只身由吴而鄂，由鄂而燕。黄陂铁锁龙潭的清波皓月，也曾使我低徊留恋，以至于北京南湾子头的新柳，丝丝的纤影，几番几次拂拭我的悲怀诗思。我又何独对于这小院落中奄奄的秋花格外深情呢？“自然”向不吝啬他自己的“美”，也未必更须对我卖弄，——我只须能尽量享用，印取他的“美”意，自慰偏枯悲涩的心怀，离别便离别，一切不过“如是而已”。

我离山东回到北京之后，匆匆的整理行装，早夜疲乏，清晨起来没精打采的坐着，不知道辜负了这小院秋花的多少好意。我纯哥的家庭，融融泄泄，安闲恬静的生活虽说不得，隐隐的森严规律的气象，点缀些花草的闲情雅意，也留我许多感想。我因远别在即，黄昏时归来就同哥嫂家常闲话，在北京整整的住了四年，虽纯哥是按“家庭的旧道德”培植扶助我，我又被“新时代的自由神”移易了心性，不能纯然坐在“旧”的监狱里，或者有和他反背的意见，——纯哥当初竭力反对我到俄国去，以为自趋绝地，我却不是为生乃是为死而走，论点根本不同，也就不肯屈从，——到现在一切都已决定，纯哥亦就不说什么，勉励我到俄国后专门研究学问，不要半途而辍。兄弟的情分，平常时很觉泛泛，如今却又有些难舍。——人生生活的剧烈变更，每每使心理现象，出于常规，向一方面特别发展。我去国未决定以前，理智强烈，已决定后，情感舒展伸长，这一时期中总觉得低徊感慨之不尽。然而走是已决定走的了。我这次“去国”的意义，差不多同“出世”一样，一切琐琐屑屑“世间”的事，都得作一小结束，得略略从头至尾整理一番。哥嫂的谈话，在家事上也帮助我不少。

应整顿的事繁琐得很。母亲死时遗下的债务须得暂时有个交托，——破产的“士阶级”大半生活筑在债台上，又得保持旧的“体面”，不让说是无赖呵！——旧时诗古文词稿，虽则已经视如敝屣，父亲却要他做个纪念，须得写封信告辞。总之当时就知道俄国远处万里，交通梗塞，而且我想一去不知道甚时才能回来（生命于我无所重轻），暂时须得像永告诀别似的，完一番“人间的”手续。于是抽出这几天晚上整理整理。

儿时的旧伴，都已星散了，谁还管得谁？然而我写信时，使我忆及我一少寡的表姊。他现在只他一人同一遗腹子孤苦伶仃的住在母家，我姑母受儿媳的供养已是很为难，何尝能好好周顾到他呢。姑母家是地主，然而生活程度随着渐渐欧化的城市生产增高，农业生产却因不能把他随着生活程度增高的雇工价值核计，不会处置变态中的农地生产资本，而且新由大家庭经济变成个人经济，顿然现出濒于破产的现象。于是我表姊的寄生中之寄生生涯，精神苦痛不可言喻。还有一个表姊，从小没有母亲，和我一处长大的，他家亦是破产的“士的阶级”，丈夫是小学教员，儿女非常的多，非但自己创不起小家庭，还非得遵从家族经济的原则，所谓仰事俯蓄，艰难得很。我表姊感着“中国妇女的痛苦”，每每对于生活起疑问。他又何尝能解决他呢？

夜深人静，灯光黯黯的笼罩着人的愁思。晚风挟着寒意，时时到窗隙里来探刺。握着笔要写又写不下去：旧话重提有什么意味？生活困难，心绪恶劣，要想得亲近人的慰藉，这也是人情，可是从何说起！亲人的空言虽比仇人的礼物好，究竟无益于事。况且我的亲友各有自己阶级的人生观，照实说来，又恐话不投机，徒然枉费。中国的社会生活，好像朦胧晓梦，模糊得很。人人只知道“时乖命蹇”，那知生活的帐子里有巨大的毒虫以至于蚊蚋，争相吸取他们的精血呢？大千世界生命的疑问不必提起。各人吃饭问题的背后，都是世界经济现象映着，——好像一巨大的魔鬼尽着在他们所加上去的正数旁边画负号呢。他们怎能明白！我又怎能一一的与以慰藉！……几封诀别的信总算写完了。

我记得，我过天津的时候，到亲戚家去，主人是我世交，又是我表姊丈。他们知道我有远行，开瓶白兰地酒痛饮半宵。我这位表姊，本是家乡的名美人，现在他饱经世变，家庭生活的苦痛已经如狂风骤雨扫净了春意。那天酒酣耳热，大家吃着茶，对着烟灯谈话。表姊丈指着烟盘道：“我一月赚着五六十块钱，这东西倒要去掉我六十元。你看怎么过?”表姊道：“他先前行医也还赚几个额外的钱。他却懒得什么似的，爱去不去，生意怎么能好？铁路局里面的事情，还是好容易靠着我们常州‘大好老’（这是常州话，指京里的大官说的）的面子弄着的，他也是一天去，两天不去。事情弄掉了，看怎么样！……”他女儿丰儿忽然插话对我说道：“双舅舅，双舅舅。你同我上北京去罢？去看三姨，三姨上次来我家里，和娘娘谈天，后来不知道怎么还淌眼泪来呢。……”茶已经吃完了，烟也抽了不少了。我的醉意也渐渐醒了。……那天从他们家里回客栈，不知怎么，天津的街市也似乎格外凄凉似的……

我记得，北京西城一小公寓，短短的土墙，纸糊的窗格，院子里乱砌着鸡冠凤仙花，一见着就觉得一种极勉强极勉强的城市生活的光景。我那天去看亲戚，进了他的屋子，什物虽收拾得整整齐齐，地方究竟太窄些。我告诉了我这表舅母快要到俄国去的话。他道："这样亦好。你母亲一世愁穷，可惜等你学好了本事，他再也看不见了。"我道："这也罢了！我是很爱学的。穷迫得紧，几几乎没有饿死，学不成学得成又是一事。一点希望本只在自己。第一次从常州出门求学，亏得你当了当头借给我川资。这次出去求学，也刚巧借着了钱。究竟穷是什么事，暂且不放他在心上。……"我去国的志愿究竟在什么地方，不能表示出来，现在中国社会思想，截然分了两个世界，新旧的了解是不可能的。——表舅母接问道："你在天津看你二姊去没有？他姑爷还吸鸦片么?"我道；"怎么不吸?"他叹道："像我们这样丝毫没有的人家也不用说了。他们这般公子少爷，有了财产拼命浪费；——也难怪他，他父亲不会教训，和儿子是一样的货。'有'的时候，不知道上进。现在'没'了，看怎么样。他却还吸烟！现今还比得从前吗？……像你表舅，从小没钱求学。现在一家两口，东飘西走，一月进款三四十元，够什么！这个那个小机关上的小官员，如此景况的人成千成万。现在的世界，真不知道是什么世界！……"接着又问道；"三小姐到京了，你去看他没有?"我说我看见过了。他道："三小姐这桩亲事，真正……小孩子时候就定亲许人家，最坏事。幸而他们夫妻还亲爱。不过姑爷中文都不大好，又不能做什么事，生计是……将来很艰难呵……"

我记得，我心灵里清纯洁白一点爱性，已经经过悱恻缠绵的一番锻炼。如今好像残秋垂柳，着了严霜，奄奄的没有什么生意了。枯寂的生活，别有安闲的乐趣。然而外界偶然又有感触，即使一片云影，几朵落花，也能震动我的心神。我的心神现在虽已在别一世界，依旧是……何况，这又和旧时代的精神密切相关，是旧社会生活的遗迹，感动了我别方面的感慨，更深入我的"人与人之关系"的疑问呢？……这一天，我看三妹去，他说："我刚从南边来，你又要到北边去了！……我一人离母家这样远，此地好像另一世界似的。满北京只有一两个熟人。西城的你的表舅母，却到我这里来过了，你近来看见他没有？他是我们家乡旧时的熟人。我总盼他来谈谈话。……冷静得教人烦闷。家里母亲大姊不知道怎样？他（指他的新婿而言）又懒，我又不会写信，你替我写封信给你姑母和天津的二姊罢。……你几时动身到俄国去，俄国离中国有多远，在什么地方呢？……”我答道：“我大概一两礼拜后就走。你有空到纯哥那里看看，明后天我在家。……信，容易得很，我写就是了。我在天津，看见二姊，丰儿要想到北京来看你呢。呀！时光过得真快，丰儿都这样大了。我们一别，不是四五年了么？现在又得分手，人生还不是驿站似的。……”半晌大家不言语。我无意的说道：“妹婿要能在什么衙门或是银行找个事情才好，三妹，你看怎么样？”他道：“自然呢！不过我也不知道要怎样托托人情才行。我真为难，我还不过是一个小孩子，现在样样事要担些斤量，怎么样好？”我答道：“不要紧，事情慢慢的找就是了，一切不知道的，你可以去问问纯哥纯嫂。”——做新妇的时代，是中国妇女一生一世的紧要关头。——“你的小叔子，小姑娘还算是好的。”他道：“也就是这样罢了。想起我们那时在环溪，乡下地方，成天的一块儿玩，什么亦不管……”我这天去看他，本想早些回家，不知不觉谈到黄昏时候。北京南城本来荒僻，我从他那里回家到东城，路却不少。出了他们大门，正是秋夜时分，龙泉寺边的深林丛树时时送出秋声，一阵一阵萧萧的大有雨意，也似催人离别。满天黑云如墨，只听到地上半枯的秋草，飕飕作响。那条街上，人差不多已经静了，只有一星两星洋车上的车灯，远远近近的晃着。远看正阳门畔三四层的高洋房，电光雪亮的耀着……

过去的留恋，心理现象情绪中的自然状态，影响于人的个性却也不少。况且旧社会一幅一幅的画呈显于吾人之前，又是我们所要解决的社会问题的对象。个性的突变没有不受社会环境的反映的。

可是呢，“过去的留恋”呵，你究竟和我的将来有什么印象，可以在心灵里占一不上不下的位置呢？我现在是万缘俱寂，一心另有归向了。一挥手，决然就走！

四

二十世纪的开始，是我诞生的时候，正是中国史上的新纪元。中国香甜安逸的春梦渐渐惊醒过来，一看已是日上三竿，还懒懒的朦胧双眼欠伸着不肯起来呢。从我七八岁时，中国社会已经大大的震颠动摇之后，那疾然翻复变更的倾向，已是猛不可当，非常之明显了。幼年的社会生活受这影响不小，我已不是完全中国文化的产物；更加以经济生活的揉挪，万千变化都在此中融化，我不过此中一份而已。

二十年来思想激变，一九一一年的革命证明中国旧社会的破产。可惜，因中国五十年的殖民地化使中国资产阶级抑压他的内力，游民的无产阶级大显其功能，成就了那革命后中国社会畸形的变态。资产阶级“自由平等”的革命，只赚着一舆台奴婢匪徒寇盗的独裁制。“自由”“平等”“民权”的口头禅，在大多数社会思想里，即使不生复古的反动思潮，也就为人所厌闻，——一激而成厌世的人生观：或是有托而逃，寻较远于政治科学的安顿心灵所在，或者竟顺流忘反，成绮语淫话的烂小说生涯。所以当我受欧化的中学教育时候，正值江南文学思想破产的机会。所谓“欧化”——死的科学教育——敌不过现实的政治恶象的激刺，流动的文学思潮的堕落。我江苏第五中学的同学，扬州任氏兄弟及宜兴吴炳文都和我处同样的环境，大家不期然而然同时“名士化”，始而研究诗古文词，继而讨究经籍；大家还以“性灵”相尚，友谊的结合无形之中得一种旁面的训育。然而当时是和社会隔离的。后来我因母亲去世，家庭消灭，跳出去社会里营生，更发见了无量无数的“？”。和我的好友都分散了。来一穷乡僻壤，无锡乡村里，当国民学校校长，精神上判了无期徒刑。所以当时虽然正是袁世凯做皇帝梦的时候，政治思想绝对不动我的心怀。思想复古，人生观只在于“避世”。

唯心的厌世梦是做不长的。经济生活的要求使我寻扬子江而西。旧游的瓜洲，恶化的秦淮，长河的落日，皖赣的江树，和着茫无涯涘的波光，沉着浑噩的波声，渗洗我的心性，舒畅我的郁积，到武昌寻着了纯哥，饥渴似的知识欲又有一线可以充足的希望。——饭碗问题间接的解决法。同时却又到黄陂会见表兄周均量，诗词的研究更深入一层；他能辅助我的，不但在此，政治问题也渐渐由他而入我们的谈资。然而他一方面引起我旧时研究佛学的兴趣，又把那社会问题的政治解决那一点萌芽折了。这三四个月的旅行，经济生活的要求虽然丝毫没有满足，而心灵上却渐渐得一安顿的“境界”。从此别了均量又到北京，抱着入大学研究的目的。当时家庭已经破碎，别无牵挂，——直到如今；——然而东奔西走，像盲蝇乱投要求生活的出路，而不知道自己是破产的“士的阶段”社会中之一社会现象呵！

从入北京到五四运动之前，共三年，是我最枯寂的生涯。友朋的交际可以绝对的断绝。北京城里新官僚“民国”的生活使我受一重大的痛苦激刺。厌世观的哲学思想随着我这三年研究哲学的程度而增高。然而这“厌世观”已经和我以前的“避世观”不相同。渐渐的心灵现象起了变化。因研究国故感受兴趣，而有就今文学再生而为整理国故的志向；因研究佛学试解人生问题，而有就菩萨行而为佛教人间化的愿心。这虽是大言不惭的空愿，然而却足以说明我当时孤独生活中的“二元的人生观”。一部分的生活经营我“世间的”责任，为自立生计的预备；一部分的生活努力于“出世间”的功德，做以文化救中国的功夫。我的进俄文专修馆，而同时为哲学研究不辍，一天工作十一小时以上的刻苦生涯，就是这种人生观的表现。当时一切社会生活都在我心灵之外。学俄文是为吃饭的，然而当时吃的饭是我堂阿哥的，不是我的。这寄生生涯，已经时时重新触动我社会问题的疑问——“人与人之关系的疑问”。

菩萨行的人生观，无常的社会观渐渐指导我一光明的路。五四运动陡然暴发，我于是卷入旋涡。孤寂的生活打破了。最初北京社会服务会的同志：我叔叔瞿菊农，温州郑振铎，上海耿济之，湖州张昭德（后两位是我俄文馆的同学），都和我一样，抱着不可思议的“热烈”参与学生运动。我们处于社会生活之中，还只知道社会中了无名毒症，不知道怎么样医治，——学生运动的意义是如此，——单由自己的体验，那不安的感觉再也藏不住了。有“变”的要求，就突然爆发，暂且先与社会以一震惊的激刺，——克鲁扑德金说[①]：一次暴动胜于数千百万册书报。同时经八九年中国社会现象的反动，《新青年》《新潮》所表现的思潮变动，趁着学生运动中社会心理的倾向，起翻天的巨浪，摇荡全中国。当时爱国运动的意义，绝不能望文生义的去解释他。中国民族几十年受剥削，到今日才感受殖民地化的况味。帝国主义压迫的切骨的痛苦，触醒了空泛的民主主义的噩梦。学生运动的引子，山东问题，本来就包括在这里。工业先进国的现代问题是资本主义，在殖民地上就是帝国主义，所以学生运动倏然一变而倾向于社会主义，就是这个原因。况且家族农业经济破产，旧社会组织失了他的根据地，于是社会问题更复杂了。从孔教问题，妇女问题一直到劳动问题，社会改造问题；从文字上的文学问题一直到人生观的哲学问题；都在这一时期兴起，萦绕着新时代的中国社会思想。

我和菊农，振铎，济之等同志组织《新社会》旬刊。于是我的思想第一次与社会生活接触。而且学生运动中所受的一番社会的教训，使我更明白“社会”的意义。社会主义的讨论，常常引起我们无限的兴味。然而究竟如俄国十九世纪四十年代的青年思想似的，模糊影响，隔着纱窗看晓雾，社会主义流派，社会主义意义都是纷乱，不十分清晰的。正如久壅的水闸，一旦开放，旁流杂出，虽是

---

① 克鲁扑德金：今通译克鲁泡特金（1842—1921），俄国革命者和地理学家，无政府主义运动主要理论家。

喷沫鸣溅，究不曾自定出流的方向。其时一般的社会思想大半都如此。我以研究哲学的积习，根本疑及当时社会思想的“思想方法”。所以我曾说：“现在大家，你说我主张过激，我说你太不彻底，都是枉然的……究竟每一件东西，既是我们的研究对象，就得认个清楚；主观客观的混淆，使你一百年也不能解决一个小小的问题。……”虽然如此，我们中当时固然没有真正的“社会党”，然而中国政府，旧派的垂死的死神，见着“外国的货色”——“社会”两个字，就吓得头晕眼花，一概认为“过激派”，“布尔塞维克”，“洪水猛兽”，——于是我们的《新社会》就被警察厅封闭了。这也是一种奇特现象，社会思想的变态；一方面走得极前，一方面落得极后。

此后北京青年思想，渐渐的转移，趋重于哲学方面，人生观方面。也像俄国新思想运动中的烦闷时候似的，“烦闷究竟是什么？不知道。”于是我们组织一月刊《人道》（Humanité）。《人道》和《新社会》的倾向已经不大相同。——要求社会问题唯心的解决。振铎的倾向最明了，我的辩论也就不足为重；唯物史观的意义反正当时大家都不懂得。《人道》的产生不久，我就离中国，入饿乡，秉着刻苦的人生观，求满足我“内的要求”去了。

五

中国社会思想到如今，已是一大变动的时候。一般青年都是栖栖皇皇寝食不安的样子，究竟为什么？无非是社会生活不安的反动。反动初起的时候，群流并进，集中于“旧”思想学术制度，作勇猛的攻击。等到代表“旧”的势力宣告无战争力的时期，“新”派思想之中，因潜伏的矛盾点——历史上学术思想的渊源，地理上文化交流之法则——渐渐发现出来，于是思潮的趋向就不像当初那样简单了。政治上：虽经过了十年前的一次革命，成立了一个括弧内的“民国”，而德谟克拉西（la dé mocratie）一个字到十年再发现。西欧已成重新估定价值的问题，中国却还很新鲜，人人乐道，津津有味。这是一方面。别一方面呢，根据于中国历史上的无政府状态的统治之意义，与现存的非集权的暴政之反动，又激起一种思想，迎受“社会主义”的学说，其实带着无政府主义的色彩——如托尔斯泰派之宣传等。或者更进一步，简直声言政府主义。于是“德谟克拉西”和“社会主义”的有时相攻击，有时相调和。实际上这两个字的意义，在现在中国学术界里自有他们特别的解释，并没有与现代术语——欧美思想界之所谓德谟克拉西，所谓社会主义——相同之点。由科学的术语上看来，中国社会思想虽确有进步，还没有免掉模糊影响的弊病。经济上虽已和西欧物质文明接触了五六十年，实际上已遵循殖民地化的经济原则成了一变态的经济现象，却还想抄欧洲工业革命的老文章，提倡“振兴实业利用外资”。——这是中了美国资本家新式侵略政策的骗，及听了罗素偶然的一句“中国应当振兴实业”的话，所起的一种很奇怪的“社会主义”的反动。当然又因社会主义渐落实际的运动，稍稍显露一点威权，而起一派调和的论调，崇拜“德国式”妥协的革命，或主张社会政策。——这又是一种所谓“社会主义”。两派于中国经济上最痛切的外国帝国主义，或者是忘记了，或者是简直不能解决而置之不谈，却还尽在经济问题上打磨旋。学术上：二十余年和欧美文化相接，科学早已编入国立学校的教科书内，却直到如今，才有人认真聘请赛先生（陈独秀先生称科学为 Mr. Scince）到古旧的东方国来。同时“中国的印度文化”再生，托尔斯泰等崇拜东方文化说盛传，欧美大战后思想破产而向东方呼吁，重新引动了中国人的傲慢心。“西方文化与东方文化”，居然成了中国新思潮中的问题。于是这样两相矛盾的倾向，各自站在不明了的地位上，一会儿相攻击，一会儿相调和，不论政治上，经济上，学术上的思潮都没有明确的意义，只见乱哄哄的报章，杂志，丛书的广告运动，——一步一步前进的现象却不能否认，——而思想紊乱摇荡不定，也无可讳言。

我和诸同志当时也是飘流震荡于这种狂涛骇浪之中。

我呢？以整顿思想方法入手，真诚的去“人我见”以至于“法我见”，当时已经略略领会得唯实的人生观及宇宙观。我成就了我世间的“唯物主义”。决然想探一探险，求实际的结论，在某一范围内的真实智识，——这不是为我的，——智识和思想不是私有权所能限制的。况且我幼时社会生活的环境，使我不期然而然成一“斯笃矣派”（Stoiciste）[①]，日常生活刻苦惯的，饮食起居一切都只求简单节欲。这虽或是我个人畸形的发展，却成就了我入俄的志愿——担一份中国再生时代思想发展的责任。

“思想不能尽是这样紊乱下去的。我们对社会虽无责任可负，对我们自己心灵的要求，是负绝对的责任的。唯实的理论在人类生活的各方面安排了几千万年的基础。——用不着我和你们辩论。我们各自照着自己能力的限度，适应自己心灵的要求，破弃一切去着手进行。……清管异之称伯夷叔齐的首阳山为饿乡[②]，——他们实际心理上的要求之实力，胜过他爱吃‘周粟’的经济欲望。——我现在有了我的饿乡，——苏维埃俄国。俄国怎样没有吃，没有穿，……饥，寒……暂且不管，……他始终是世界第一个社会革命的国家，世界革命的中心点，东西文化的接触地。我暂且不问手段如何，——不能当《晨报》新闻记者而用新闻记者的名义去，虽没有能力，还要勉强；不可当《晨报》新闻记者，而竟承受新闻记者的责任，虽在不能确定的思潮中（《晨报》），而想挽定思潮，也算冒昧极了，——而认定‘思想之无私有’，我已经决定走的了。……现在一切都已预备妥帖，明天就动身，……诸位同志各自勉励努力前进呵！”这是一九二〇年十月十五日晚十二点钟的时候，我刚从北京饭店优林（Urin，远东共和国代表）处签了护照回来，和当日送我的几位同志——耿济之，瞿菊农，郑振铎，郭绍虞，郭梦良，郭叔奇——说的话。

---

① 斯笃矣派（Stoiciste）：今通译斯多葛派。

② 管异之：即管同（1780—1831），清代散文家，桐城派后期重要作家。

十月十六日一早到北京东车站，我纯哥及几位亲戚兄弟送我，还有几位同志，都来和我作最后的诀别。天气很好，清风朗日，映着我不可思议的情感，触目都成异象。……握手言别，亲友送我，各人对我的感想怎样，我不知道；我对于各人自有一种奇感。……“我三妹，他新嫁到北京，处一奇异危险的环境，将来怎么样？我最亲密最新的知己，郭叔奇，还陷在俄文馆的思想监狱里？——我去后他们不更孤寂了么？……”断断续续的思潮，转展不已。一声汽笛，忽然吹断了我和中国社会的万种“尘缘”。从此远别了！

天津重过。又到我二表姊处去告别。张昭德及江苏第五中学同学吴炳文，张太来三位同志都在天津，晚间抵足长谈，作我中国社会生活最后的回忆。天津的“欧化的都市文明”；电车汽车的吵闹声，旅馆里酒馆里新官僚挥拳麻雀声，时时引入我们的谈资，留我对于中国社会生活最后的印象。……

十八日早，接到振铎，菊农，济之送别的信和诗：

追寄秋白宗武颂华

民国九年十月十六日同至京奉车站送秋白，颂华，宗武赴俄，归时饮于茶楼，怅然有感，书此追寄三兄。

济之，振铎

汽笛一声声催着，
车轮慢慢的转着。
　　你们走了——
　　走向红光里去了！

新世界的生活，
我们羡慕你们受着。

但是……

笛声把我们的心吹碎了，
我们的心随着车轮转了！
松柏依旧青着，
秋花依旧笑着，
燕都景色，几时再得重游？

冰雪之区——经过，
“自由”之国——到了。
别离——几时？
相隔——万里！
鱼雁呀！
你们能把我们心事带着去么？

汽笛一声声催着，
车轮慢慢的转着。
笛声把我们的心吹碎了，
我们的心随着车轮转了！

九，十，十六，晚十时。

追寄颂华宗武二兄弟暨秋白侄

菊　农

回头一望：悲惨惨的生活，乌沉沉的社会，
——你们却走了！
走了也好，走了也好。
只是盼望你们多回几次头，
看看在这黑甜乡酣睡的同人，究竟怎样。

要做蜜蜂儿，采花酿蜜。
不要做邮差，只来回送两封信儿。

太戈尔道："变易是生活的本质。"
柏格森说，宇宙万物都是创造，——时时刻刻的创造。

你们回来的时候，
希望你们改变，创造。

我们虽和你们小别，
　只是我信：
我们仍然在宇宙的大调和，
　普遍的精神生活中，
和谐——合一……

我没有什么牵挂，
不知，你们有牵挂也不？

我因复信，并附以诗，引我许多自然和乐的感想。——他日归来相见，这也是一种纪念。信和诗如下：

"Humanité" 鉴

我们今天晚车赴奉，从此越走越远了。面前黑魆魆地里透出一线光明来欢迎我们，我们配受欢迎吗？诸位想想看！我们却只是决心要随"自然"前进。——不创造自创造！不和一自和一！

你们送我们的诗已经接到了，谢谢！……

菊农叔呀！"采得百花成蜜后，为谁辛苦为谁甜???"

我们此行的意义，就在这几个问题号里。

流血的惨剧，歌舞的盛会，我们都将含笑雍容的去参预。你们以为如何？……附诗。

一九二〇，十，十八，秋白。

去国答《人道》

秋 白

来去无牵挂，
来去无牵挂！……
说什么创造，变易？
只不过做邮差。

辛辛苦苦，苦苦辛辛，
几回频转轴轳车。
驱策我，有"宇宙的意志"。
欢迎我，有"自然的和谐"。

若说是——
采花酿蜜：
蜂蜜成时百花谢，
再回头，灿烂云华。

天津倚装作

当日复信寄出之后，晚上就别了炳文，太来，昭德，上京奉车。同行的有俞颂华，李宗武。当时我们还不知道往俄国去的路通不通。"中华民国"驻莫斯科总领事陈广平，同着副领事刘雯，随习领事郑炎，恰巧也是这时候"启节"，我们因和他们结伴同行。预备先到哈尔滨再看光景。

其时通俄国的道路：一条是恰克图，一条是满洲里。走恰克图须乘张库汽车。直皖战争后，小徐办的汽车已经分赃分掉了[1]。其

---

① 小徐：指徐树铮（1880—1925），北洋军阀皖系将领。著有《建国铨真》、《视昔轩文稿》。

余商办的也没有开。至于满洲里方面，谢美诺夫与远东革命军正酣战[①]，我们却不知道，优林的秘书曾告诉我，如其能和总领事同行，专车可以由哈直达赤塔。我们信了他的话，因和领事结伴同走。

当天在天津上车，已是晚上十一二点钟光景。我同宗武和颂华说："现在离中国了，明天到满洲，不知道究竟什么时候才能到'赤都'（莫斯科）呢？……我们从今须暂别中国社会，暂离中国思想界了。今天我复菊农的诗，你们看见没有？却可留着为今年今月今日中国思想界一部分的陈迹……"车开了，人亦慢慢的睡静了。瞿秋白渐渐的离中国——出山海关去了……

六

十九日晨醒过来，火车刚走近山海关。远望一角海岸，白沙青浪映着朝日，云烟缭绕，好似拥出一片亚洲大陆的朝气。傍晚时到奉天，车站上一片嘈杂的声音。行李搬出车子之后，却看不见一个中国脚夫。对面望着大和饭店雪亮的电光，传出些丁丁当当的刀叉声，好不热闹。我们等了半天，才来了一个日本人，好容易找着了脚夫，把行李搬到站里。宗武寄在行李车的一件行李却又失了。我赶紧又同了他到外面去找。等到找着，回到大和吃饭，其时颂华已经吃完，时候也不早了，我们匆匆忙忙吃了些面包，赶去结好行李，来一位日本西崽一手包办，料理我们上了南满车。——一路车上职员完全是日本人。此行幸亏颂华懂得日本话，不然又得多许多麻烦。——上车之后已经很疲乏。倒头便睡了。

我现在已入满洲，出中国；仿佛记得中学地理教科书上写着，这满洲三省还是中国领土，为什么一出山海关到了奉天站，——他那繁华壮丽的气象，与北京天津不相上下，——却已经另一世界似的，好像自己已经到了日本国境以内呢？……也许奉天现在已经割

---

① 谢美诺夫：通译谢苗诺夫。

给日本了！然而原住奉天的许多中国劳动人民，想必一时还没有得及死尽，怎么奉天站连中国脚夫都很少很少呢？原来日本铁道车站上的中国苦力，他们劳作也受“日本的”节制的。帝国主义的况味，原来是这样！

二十日一早到长春车站。走出车站一看，已经萧然天地变色，确似严冬气象了。车站前一片大旷场，四围寒林萧瑟，晓霜犹凝，飕飕的西北风吹着落叶扫地作响，告诉我们“已经到了北国寒乡了”。天色阴沉沉的竟有雪意。车站门外停着好几辆俄国式马车，马夫也有俄国人，头上已戴油腻不堪的皮帽；风吹他帽上丝丝的毛乱动，时时掩拂他的长眉毛，越显得那俄国式的面貌愁惨。我们先又到大和饭店吃了点心。回到车站上，要换车上哈尔滨去。从长春以北就是中东铁路。——其时形式上已经收归中国管理。车上一切职员却还大半是俄国人——西伯利亚的那种所谓中流社会，或是真正的“俄国的乡下人”（Russkymujik）。车站虽然很大，比着日本的奉天车站气象大不相同。污秽杂乱，还不及江苏横林洛社的小小车站整齐。

我们一到车站，有一俄国人要替我们买票，不知怎样又多算了几块钱去，好容易弄清楚，买好票上车。中东铁路的车身非常宽大，可是三等车简陋得很。我先走进三等车一看，横七竖八，俄国人也有拖男带女，背着大麻包袋的；满地纸烟头痰沫；还有一股臭味。后来走进二等车——那天只有两辆——里面简直没有人坐，我们一进去，就有一俄国管车的来开了两间车房。——我当时一看，二等车原底子装修得很讲究，而且是单间，我以为三等车和二等车差得太远了。然而进去坐下一细瞧，椅子上灰尘足有半寸厚，窗子，小桌子，没一处不是破敝败落的。车子开动了，车里摇晃颠簸得很厉害，两天行旅已觉得疲乏，一晃就睡着了。

将到哈尔滨时，车上又来了一位警察，谈起来才知道，其时中东铁路警察，总算是换了中国人；日本护路警察却还强和中国警察同驻路旁，双方不时起些小冲突，好不麻烦。他又说他是驻哈尔滨的，此次出差到沿路小站走了一趟，又赔了些钱。他说起哈尔滨生活程度怎样高，一个月的薪水也不够浇裹，后来我问他哈尔滨离车站近的有什么客栈。他就说了一个福顺栈，并说那栈不错。

车到哈尔滨站，已是晚上八九点光景。乘了一乘马车就往福顺栈来。一出车站，寒风凛冽，竟已是严冬气候。到了客栈一看，糟不可言。其中有两种房间，一种是大敞门，上上下下横排着许多炕，来往小客商都住在那里，——所以一走进客栈，就闻得一种臭不可当的“北边人”气味。还有一种是单间的，一间可住四个人，三个人不等，每天五角钱宿费。房里就只四张铺一张板桌，凳子都没有，窗子是不能开的，空气坏极。我们要住下，就只能包了他一间房，每天二块钱。颂华当时看了又贵又不好，主张换地方；然而时候已是不早了，只能住了，明天再想法搬到别处去。我当夜又到车站取行李。(哈尔滨车站已纯是俄国式，三等待车室里，横七竖八的行李，满地泥水，头二等待车室里还供着希腊教的神像。)晚上一句钟，才把各事料理清楚，睡下。可怜，可笑，“我们”这样“文明化的”中国人，一入真正的中国生活，就着实觉得受不了；而且半欧化的俄国文明也使我们骇怪：“原来‘西洋人’也有这样的。”

我们初到哈尔滨，本预备至多只住一礼拜。这一礼拜中必须打听好，前途怎样进行。因此我就主张暂住五六天光景的事情，就是福顺栈也可以将就。颂华那时却还想搬。不过一时找不着房子，只得罢了。于是将就找着两张板凳，房间里的闲人，却想法子请他们出去，决定包下一间，就此住下。黯黯的一盏电灯，密不通风的大窗子，一张桌子两张凳子，四张板铺——我和宗武，颂华各占一张，一张放行李，满屋子，桌子上凳子上床上，堆着报纸杂志笔墨纸砚，脸盆，牙刷，高高低低像乱山似的——这就是我们哈尔滨寓所的一幅景象。天天早晚还得出去吃饭，买东西，打听消息。

从天津到哈尔滨，走过三国的铁路，似乎经过了三国的边界：奉天是中日相混，长春哈尔滨又是中俄日三国的复版彩画。哈尔滨简直一大半是俄国化的生活了。

七

初到哈尔滨的时候，还只听见一种谣言，说谢美诺夫横梗在满洲里赤塔之间，火车不通，只有专车能经过。我连日买俄文报看，起先消息还不清楚，后来过了不多几日，谢军和赤塔民军剧烈冲突的消息盛传，赤塔满洲里中间桥梁也已经毁坏了。天天去看陈总领事，他也迟迟无行意。于是才知道没有快走的希望。目的地还没达到，中途又生阻梗，实在很烦闷。三人之中不时发生退回北京的提议。哈尔滨生活程度异常之高，一间房二块钱一天，一顿饭——很坏很坏的——一元几角钱，我们三人一天至少五六元花费。看看天气又冷，天天坐在层冰严结的水晶宫里——窗子上的冰，一天一天厚起来，难得一天天气好，化得开的，——也是无聊的很。然而我们抱着坚决的意志，本当百折不回，商量又商量，决计静候时局，再定行止。

幸而不久就得到赤军占领赤塔的消息，听说远东共和国临时政府已经成立，满洲里方面战事虽还正在胜负未分之际，于我们却已有一些希望。因此大家也渐渐定心了。可是天天打听消息，延宕又延宕，一瞬已是十一月中旬。我们在哈尔滨居然住了这许多时——一直到再动身北进足有五十多天，——也正出始料之外。然而哈尔滨一游，恰可当“游俄”的绪言，我且略记当时的感想。

哈尔滨久已是俄国人的商埠，中国和俄国的商业显然分出两个区域。道里道外市面大不相同。道外是中国人的，道里是俄国人的。我们到哈尔滨时，俄商埠已经归中国官厅管理。道里也已设中国警察局。其余一切市政，俄国援向例组织市政会参与行政的。欧战后俄国商业一天凋零一天，市面差不多移到道外去了。日本乘此机会努力经营，道里的市面几乎被他占了一半。俄国市面，从革命后新旧党争，常常纷扰，俄卢布纸币（帝国时代的）跌落得不成样子，日本金票骤起夺他的市面。以前哈尔滨商场向以俄卢布为单位，现在卢布跌落，日本金票几有取而代之之势，幸而中国银行（哈尔滨）钞票有信用，居然变成中国银元的单位，哈尔滨中交银行且发辅币票，新铜元，概为十进制度，很整齐不紊乱。所以当时中国人的经济势力还算站得住。然而其时中东铁路正在所谓国际管理与移归中国争论不决的时候，中东铁路关系哈尔滨甚大。——俄国人已经完全失其经济上的威权，况且劳农及远东两政府屡次声明要归还中国，事实上俄国人在哈的经济权已经早就打破了一大半，中东路权的转移就足以证明，——可是日本人却趁此机会想取得中东路，日本人若得中东，哈尔滨就快变为日本的殖民地了。

我们从奉天到哈尔滨沿路触目惊心，都是日本人侵略政策的痕迹。日本连年经略西伯利亚，干涉俄国内政，扰乱珲春治安，其志不小，竭力想吞并满蒙西伯利亚，这一问题还不知道什么时候才解决呵。我们常和哈尔滨人谈起，凡当地红胡出没的所在，差不多总有日本人的踪迹。

哈尔滨市面上居然也有日本警察。俄国势力倒了——旧俄帝国已死——日本却又来了。我们有时街上闲走，常常听说中国人欺侮俄国落伍兵士警察，日本警察就来干涉。哈尔滨有日本商品陈列所，日本报馆，杂志，对于哈尔滨市政，调查得比中国人俄国人都清楚。我们还到一日本客栈，颂华和那客栈主人谈话，我在旁看着：那客栈主人——老妇的脸上，一丝一丝皱纹里却寻不出什么帝国主义的光线出来。妓馆饭馆，日本人开的也尽有，日人的经商确是精明，而且待顾客和气，只有颂华有一次去看一日本新闻记者，和他谈起中东路问题，他却大显其狡猾的形容语气，——俄国人说：这些都是世界资产阶级的仆御，诚然不错。我们每天在小馆子吃饭，饭馆主人和我们也熟了，我因问他“为什么哈尔滨饭食这样贵？”他说：“呵！不用说。哈尔滨什么都贵。日本货便宜些。我们吃的米都是东京米。呵！贵得很！怎么比得我们山东。更不必说你们南边了。……”原来南满横梗在中间，中国货物经过该路，花的运费非常之大，所以竞争不过日货。于是日货就充满哈尔滨了。中国人所得苟延残喘的一点经济势力未必见得保得住呵！况且中国的商业全靠几家火磨（面粉厂），当时的出产如豆，麦，油等，自从俄国断了通商关系之后，销路日隘，往南运去又非得经日本的南满铁路不可。如若中国不赶紧和远东恢复通商，结一经济同盟，其势决敌不过日本帝国主义的。

中国人在哈尔滨经商的大半是奉天人山东人，多数是小商人。湖北人，宁波人也有，湖北人剃头的居多，宁波人是做西装裁缝或皮鞋的小手工艺。那地的中国人生活，上等人是半俄国化的，——很有些俄国洋行的西崽出身立致巨富的，现在还住着几层高的洋房，娶的俄国媳妇，其余就是北京去的官僚，奉天黑龙江去的武夫。下等人大半是纯粹北方式的生活，中国苦力大半是铁路工人，也有些组织，住地地方叫三十六棚。其余工人，佣工者大概生活还不十分艰难。其地工价非常之高——一半是俄国工会的功劳。我曾到邮政局去调查，据说每月中国山东直隶等省小工寄回去的钱，总数总在一万元以上。——也足见那工人生活勤俭能储蓄了。那地方南边人非常之少。那天我们同到一小饭馆吃饭，忽然听着苏州话，问起来，才知道只有这一家。灰色的中国人生活到哈尔滨更变成黑色的了。哈尔滨生活尤其有沉默静止的特征。全哈中国学校不过三四处，报馆更其大笑话。其中只有《国际协报》好些，我曾见他的主笔张复生，谈起哈尔滨的文化来，据他说，哈尔滨总共识字的人不多；当真，全哈书铺，买不出一本整本的《庄子》，新书新杂志是少到极点了。上等人中只有市侩官僚，俄国化的商铺伙计。上上下下都能几句“洋泾浜”的俄国语——哈尔滨人叫做毛子话。然而他们下等社会静止的生活却依旧漠然不动，即使稍受同化，却又是俄国式乡下人的污糟生活。这种地方住着未免烦闷呵。

俄国人在哈尔滨的经营历年也不少。到现在道里及秦家岗一带差不多都是俄国人的生活。商铺也还有不少。俄革命后亡命者的白党，资本家将军都聚集在此地。成天在街上只看见俄国人，那些亡命的资产阶级却还是高楼大厦的住着，肚皮吃得饱饱的，和日本人鬼鬼祟祟串些新鲜把戏。各派俄国社会党在哈尔滨联络一中东路工党联合会，多数党少数党社会革命党都在一起，而以中东路工人联合会及哈尔滨城市工人联合会为实力上的后盾。哈尔滨的劳动运动，以这一联合会为中心点。他为俄国工人，青年，以及中国工人举办好些事业——教育卫生等。中俄两国民族的接近，确比日本人及其他欧洲人鞭辟入里得多。中国苦力心目中的俄国人决不是上海黄包车夫心目中的"洋鬼子"。下级人民互相间的融洽比高谈华法、华美文化协会的有些意思——他们大家本不懂"文化"这样抽象的名词，然而却有中俄文化融会的实效。——不过并不是什么文明进步的意义罢了。

哈尔滨道里的俄国化生活使人想到上海天津等欧化景象，彼此截然不同。俄国的资产阶级，在哈尔滨盘据着中东路的要津，已经根深蒂固，如今一旦动摇，他们就起恐慌，阴谋诡计百出。革命后各处的俄国亡命客又都聚集在哈尔滨。于是哈尔滨，就变成俄国新旧党的纠葛地。新党（各派社会党）自有组织，努力于工人运动，和中国劳工结合。旧党分子也非常复杂，旧党机关报如《俄声》(Russky Golos）及谢美诺夫派报馆《光明》(Sviet）专和新党机关报《前进》(Vperiod）反对，差不多天天打笔墨官司。《前进报》总经理国尔察郭夫斯基（Gorthakovsky)，我们见过好几次，谈及中东路问题及工人运动，他常发很恳挚的言论，——已见那年《晨报》通信，现在时过境迁也不再及，——他为人非常蔼然可亲。常常发一种疑问："俄国劳动人民对于中国国民未尝有丝毫的恶意，白党在哈尔滨勾结日本暗杀新党首领，——国氏本是中东路工党联合会的会长，也曾遇过两次险，——不但扰乱治安，而且他们一旦得势，全满洲都成日本的殖民地，我们同是东方被压迫的民族，何以中国政府不知道果断实行而还是这样优容旧党，养痈遗患呢?"我们自己也不懂得，始终不能答复他。却有一次，我为好奇心所激发，以新闻记者名义去访《光明报》主笔。《光明报》是谢美诺夫的机关报；其时我听见谢美诺夫和赤塔军队打仗已连败数次，退到离满洲里不远的地方，而同时又有日本驻哈总司令赴满洲里的消息，我要知道谢军的实力，究竟如何，日本的接济能否维持他。所以去见《光明报》主笔探探他的口气——或者间接能知道我们的行期：假使谢军确实预备退出满洲里，我们就可以动身了。他听我问到“谢将军”，他说：“呀，谢将军是真正的俄国民主主义者，可恨社会党，过激党胡闹。现在日谢同盟仍旧很巩固，不过满洲里形势异常……他们已另定有计划，换一方面或竟换一地点进行。可是‘谢美诺夫民主国’，如其成立之后，希望中国了解远东问题的重要，能和‘新俄’及日本结三国同盟，抵御美国的侵略……中东路，只有‘俄国’日本中国有过问之权，岂容欧美人插嘴……”我当时就知道他所说另一地点，或者是海参崴，也就不以为意。他说到“三国同盟”的时候，笑嘻嘻脸，放出油光闪闪的狸猫眼睛，不断的看着我……谈话非常之客气，真正资产阶级的招牌挂得起呵！现在谢军差不多一败涂地，也不过一场春梦罢了。

哈尔滨的大概情形，我在哈时所做的几封《晨报》通信也曾略略叙及。这是要专门调查研究的，我此时不过随便写几句感想，零乱无序，也无从整理了。

在哈等待出行的时期，非常烦闷心焦。每日出去访俄国朋友，调查俄国的工人组织，并且搜集些俄文书报，以为研究劳农政治的材料。寓所里龌龊污秽得很，坐不住，也常常出去散步。——似乎生活很不适意。然而眼前横着一种希望，也便耐心等候。初次和俄国党人接触，得着的教训，也就不少呵。

八

哈尔滨这个地方，中国本部人初到的时候，总不免有种种奇异的感想。俄国旧日经营西伯利亚一直到北满一带，生生开辟出来的荒地，历年以来，虽渐渐的一方面资本主义化，一方面孕育劳动运动，始终经济生活还是保存落后民族的特性。如此“非现代的”经济生活里，如西伯利亚，如哈尔滨，怎样实现科学社会主义的理想社会？——这是一个问题。再则，我就经济现象想来，最容易显现出生产关系的，除非是“交易单位”（各地的货币制度交易汇兑方法）。而现代资本主义帝国主义的殖民政策，往往使殖民地的经济生活，另成一种特异性。经济生活的研究，我们就最粗浅的现象观察，观察当地的“财政资本”流通的状态（即银行经济在市面上的影响），在日常生活中就可以感受资本主义的痛楚。——何况在殖民地的特异经济中呢，自然尤其显得帝国主义的功能。我就旅哈身受的经验想起：从天津到奉天，北京天津的中交票不能用了，要换日本朝鲜银行钞票，从长春到哈尔滨，中东路未归中国管理之前，还不得不换俄国卢布买车票，现在虽可用中国银元，然而天津钞已不大行，非得哈尔滨钞票或日本钞票不可。同样差不多在一范围内的经济生活，何以必须经三重“国家”的麻烦呢？人类经济生活，生产消费各得其当，便完了；像这样“殖民地的”剥削政策下之经济，依社会主义的原则，应当怎样整顿呢？——这是第二个问题。这两个问题，虽然不是我现在所能解决，然而却引起我心灵中的变化：我预想社会改造既在俄国实现，事实上他们——俄共产党——必定有确切实际生活的方法。——抽象的“真”“美”的社会理想，决不能像飞将军似的从天而降。——因此我个人的哲学概念，推广这种实例；由主观立论，一切真理——从物质的经济生活到心灵的精神生活——都密切依傍于“实际”，由客观立论，更确定我的“世间的唯物主义”。劳工神圣，理想的天国，不在于智识阶级的笔下，而在于劳工阶级实际生活上的精进。心灵的安慰，物质与精神的调和，——宇宙动率的相映相激——全赖于人类的“实际内力”。“实际内力”能应付经济生活的“要求”及“必需”，方真是个人，民族，人类进化的动机。

我“回向”实际生活。我且就在哈尔滨的感想，所处的环境随笔记一记。那经济学问题，哲学问题，暂且搁下，留在此做我心理变迁史中的一鳞一爪的痕迹。

黯黯的天色，满地积雪，映着黄昏时候的淡云，一层一层春蚕茧似的退去，慢慢透出明亮严肃的寒光来；嘁嘁喳喳私语的短树，林里穿过尖利残酷的寒风；一片空旷的冬原，衰草都掩没在白雪里，处处偶然露出些头角，随着风摇动，刷着雪丝作响；上下相照，淡云和积雪，像是密密诉说衷肠，怨叹生活的枯寂，哈尔滨秦家岗南头，俄国人住家多数在那里，热闹的市面已经过去了。我走去看一俄国朋友并访他的妹子马露西霞（Raigorodsky Marucya），才走到这段地面。向来厌恶哈尔滨小城市生活的繁猥，到此也稍有安慰了。“呀！你们来了。”他们赶紧招呼预备茶点，大家坐下，就谈起来。他们知道我要到俄国去，随便替我说些俄国文化上的趣事，怎样不和西欧相同，怎样宗教的势力很大等等。——马露西霞是一托尔斯泰派。——谈到苏维埃政府，他们也不知道详细情形，莫斯科生活如何，他们也很想去看看，可是苏维埃俄国穷困不堪，大家是知道的，所以要回籍须得政府的许可，因此他们却不比外国人，能容易入境。我因他谈及俄国文化，就随便问问他，住在中国许多年，对于中国文化有怎样的感想。他们都说：“我们没到过中国。你们以为哈尔滨是中国么？俄国侨民的生活却完全是俄式的。——和中国文化接触的机会很少。就是在俄国商务中学念过点中国史。东方古国的文化非常之有趣。也很想到北京上海等处走一走。……”我和俄国人的交际虽因俄语程度太坏，不十分广，却也认识十几个人——有是党人，有非党人的。我们请他们吃过一次中国饭，他们羡慕得不了；——原来住中国地方，一直没真确知道中国生活，中国文化。他们心目的中国人只有一般苦力，小商人呵。当天晚上七八句钟回寓，走出他们家门，街上已经很冷落。天气很冷，走了好一段路，才看见一辆马车。我叫了他一声，只听得回答道：“Kudai？我才知道是一个俄国车夫，随即和他说了地方，坐上车去，相离不到一里半地，却要五角大洋，读者如其是中国内地人，不要以为是上海汉口的马车，这是破旧不堪的俄国式马车，却要得如此之贵，——中国车夫要得便宜些。我因随口问问这一车夫家计怎样，据他说哈尔滨样样东西都贵，所以车费不得不昂，一天却也可以赚得五六元钱，——俄国车夫大半只知道要日本金票，不要中国洋钱，我这里是和他折算的。他也没甚功夫去到俄国工会所设的俱乐部，音乐会。一路谈着，忘其所以，抬头一看，却走到秦家岗南头去了。——和我们的寓所背道而驰。其时云影翻开，露出冷冰冰亮晶晶的一轮明月，四周还拥着寒雾，好像美人出浴披着轻纱软帔似的；马路旁寒林矗立，一排一排的武装着银铠银甲，万树枝头都放出寒浸浸的珠光剑气；——贪看着寒月雪影，竟忘告诉车夫，走错了路。愈走愈远，——错误偶然与人以奇遇：领略一回天然的美，可是寒意浸浸，鼻息都将绝，虽则沉寂的寒夜，静悄悄已没有一点半点风意，宇宙的静美包涵在此“琉璃天盒”里，满满的盛住没起丝毫震荡，然而大气快成冰水，“干冷”的况味，也不容易受。我才唤醒车夫，叫他拨转马车，赶回寓所。他却还咕噜着说：“……中国人……中国人今天怎么忽然不知道哈尔滨街道的俄国名字？……叫我跑这许多冤枉路。”我心上想，你在中国地面赶马车，却不知道中国街道的中国名字，等到到了福顺栈，才说：“唔，原来是这个地方，为何不早说清楚！”那又怎么说呢？

哈尔滨道里及秦家岗两部分，完全是俄国化的，街道都有俄国名字，中国人只叫第几道街，第几道街而已。俄国人住在这里，像自己家里一样。可惜年来俄国商务，道里市面，不大繁盛了。却是，俄国资产阶级一方面和日本人勾结，日本人商界实业界努力搏取哈尔滨的经济势力；劳动阶级一方面，组织运动却有一步一步兴旺起来的趋势，和赤塔新党暗中互通消息。那一天我从前进报馆出来到七道街江苏小饭馆吃了饭，沿着俄国人所谓中国大街（Kitaiskaya Ulitsa）回家，已是傍晚时分。走过一家俄国报馆，看见许多中国卖报的，领着报，争先恐后的跑到中国大街去抢生意做，——抢着跑着，口里乱喘，脚下跌滑，也顾不得，逢着路人，喘吁吁叫着："买《Novoctijizni》呵！买《Vperriod》呵！买《Zarya》、《Russky Golos》呵！——为的是生活竞争。沿大街两旁，俄国人，有相拥相倚坐在路旁椅子上的；有手挽手一面低低私语指手划脚，一面走着的；有在铺子里买东西，携着一大包裹出来的；雪亮亮的街灯，电灯光底下，男男女女一对一对穿花蛱蝶似的来来往往，衣香鬓影，紫狐披肩，蓝绸领结，映着大商铺窗帘里放出的电光，还想努力显一显西欧化的"俄国资产阶级"文明。还有一阵一阵俄国青年学生和女郎散步的踪迹；我走着，看见大街对面，乱乱落落俄国人影的背后，雪亮的电光，从窗子里映出来，照着很清楚两个金字在玻璃上："朝日"，却是俄文，细看窗子里面，有日本女郎的影子，窗口露着一端一端的日本绸布呢。中国大街尽头，一转弯就是一日本的哈尔滨日本商品陈列所，我们走过时却不见门口有电灯，已经关门了，然而我记得陈列所里商品很丰富，除农业品平常不足论外，工业品却应有尽有，形式上看来和"西洋"货无毫厘差别。过了这陈列所，离我们寓所不远，却走过我们天天吃饭的小饭馆，饭馆主人是山东人，看见我们就问："为什么今天不进去坐坐呢?"我们和他说已经吃过了。正谈着的时候，忽然听着背后有人哼着"Milocti……Milocti"（请赏……）回头一看，却是一个俄国乞丐。饭馆主人给他两个冷馒头，我也给他一角钱钞票（在哈尔滨难得用着铜元，身上竟不大找得着）。他画着十字尽说："谢谢，谢谢，上帝佑你……上帝呵！中国人比俄国人还好多着呢……"咕噜着去了。饭馆主人说道："给不得他们，天天来歪缠，昨天还有两个毛子，不知什么地方偷来一丈多黑绸，要卖给我们；少他的呢！……毛子真不好打发。先生们，呵，知道不知道，在这儿俄罗斯毛子穷人多得很。先生们想，要是俄国穷党（北方人俗称'布尔塞维克'的名字）一来，这般人都得抖起来罢？……"我笑一笑，也没回答他，就顺路走回寓所了。

蔚蓝的天色，白云似堆锦的一般拥着，冷悄悄江风，映着清澄的寒浪。松花江畔的景色，着实叫人留恋。那天我同着俄文专修馆的同学特地去游一游，趁着小船从道里到道外。在江中远看着中东铁路的铁桥，后面还崇起几处四五层的洋房，远远衬着疏林枯树带些积雪，映着晴日，亮晶晶光灿灿露出些“满洲”的珠光剑气。在船上谈起俄文馆同学，原来在哈尔滨我们同学很多，审判厅，俄白党报馆，中东铁路，戍通公司在在都有。——不但哈尔滨，从奉天至满洲里以及中东路小站都有我们同学。他们的教育程度是“如此”，他们的生活也比上海洋行买办式的英文学生甚至于北京天津研究英法文的“大学生”寒俭得多。然而大家都是知道的，满洲三省文化程度几等于零，他们还要算此地的明星呢。我这次到松花江畔，本是顺便找我的俄文馆同学，——一个船长，可惜他没有在那里。所以趁此乘小船逛一逛，到道外上岸——沿着中国地界的茅屋土舍间污秽不洁的小路转回寓所。俄国的哈尔滨，俄国的殖民地，——可怜得很，——已经大不如天津上海，马路上到处堆着尿粪。——在中国人眼光里还只见他辉煌庄丽的商铺。再一到中国“北方”人生活里，更加污糟不堪。道外这种远僻街巷，沿松花江边，几间土屋，围着洋铁皮木板乱七八糟钉成的短墙，养着几只泥猪；这就是中国人的写生。文化不是天赋的，中国民族应当如何努力；并欧洲人所笑的野蛮的俄罗斯人都不如。经济生活，生产方法不变，一方面既不能有文化的要求，以进于概括而论的文明；别一方面更不能有阶级的觉悟，担负再造文物重责。东方古文化国的文化何时才能重兴？所谓“改造”，根本的意义，通筹统计原在于“为全人类文化而奋斗”。如此黑暗的民族，不是须经更深切的资本主义化，就得行“新式的”无产阶级化。在满洲三省尤其重要。且不谈那总解决的大问题，就是目下急切的零星解决，满洲的文化运动，也就紧急必需“往民间去”的先锋队。可惜在此地的智识阶级只有一般中了“北方式”官僚教育毒的俄文馆派。只好任那松花江里帝国主义的血浪，殖民政策的汗波，激扬震荡，挟着红胡子似的腥秽的风暴，丘八爷似的严酷的冰雪，飞吼怒号罢了。

哈尔滨旅馆生活一瞬已有一月多了，天气一天一天冷起来，街上的积雪，树梢的寒意，和着冷酷陈死的中国社会空气，令人烦闷。北地严寒，渐渐的显他的威武。可是我心苗里却含着蓬蓬勃勃的春意：冒险好奇的旅行允许我满足不可遏抑的知识欲，可爱的将来暗示我无穷的希望。宇宙意志永久引导人突进，动的世界无时不赖这一点“求安”的生机。天气的温度降低，他的密度失去了均势，以压力不平而不安，汽质就自然倾向于凝结。社会组织失去了根据地，自然就动摇，借着怪物的“社会声浪”，鸣他心意的不平。自“不知”动而至“知”。自汽动而至冰。自资本主义，帝国主义动而至社会主义，至“新式的”现代的无产阶级化。全宇宙不过只这一“求安而动”的过程。安与不安的感觉，又只在前“五识”及第七识上显现，以为行为最后的动机。第六识（意识）的动机是粗象而且虚伪谬误的。而社会的意识（社会的第六识）尤其常常陷于伪造幻想错觉。动的过程只在直觉直感于“实际”时显其我执（第七末那识）的功能[①]。我旅俄的意义，实是我直感的反射动作。第六识的分别，计较成败所影响于行为的极少。

凄凄的寒月，冷冷的寒风，映着晶晶的寒雪，澈影我的心神，——照见我就是“斯笃矣”主义（Stioicisune）也只是求精神生活安宁，甚至于还求物质生活安宁的倾向而已。我自念我的内力，实际所有的才能，在当时实无一利于社会，同时于我个人的生活意趣，有极不安宁的状态。所以因求安宁而愿蹈危险。“至于冒险而去，成就究竟如何？”并不是不应当问，而是不必问，或简直是不问。意识万能，本是迷信；何必起计较分别。至于极粗的心理现象“意志”，更不足论。所以我冒险而旅俄，并非是什么“意志坚强”，也不是计较厉害有所为——为社会——而行；仅只是本于为我的好奇心而起适应生活，适应实际精神生活的冲动。生活不安的程度愈高，反应冲动的力量亦愈大。既无益于抽象的中国社会文

① 末那识：佛学用语，意为“思量”。

化，又无味于具体的枯燥生活。当然，除出那一部分薄弱的意识作用：有无利益于社会，而心理上突然呈现一种猛进的状态。“宁死亦当一行”。——如其还有“社会”“文化”观念。求为人而劳动，那只是第七识的我执的驱策。每天工作完，同着颂华散步，荒地上凄凄的月色，雪影晞微放他“自然”的动机，往往就谈及这引起兴味浓郁的问题。哈尔滨寓所狭隘不堪，我却常常说到莫斯科，有这样一间屋，三个人住住也就可以了。那时听说莫斯科食粮缺乏，燃料不足，又常常说笑话：“颂华，我们去了，不但冻饿，还有别种危险，兴兴然而去看‘新奇’，也许不幸奄然而就死。……”颂华道：“你为什么说这种不祥的话，扫兴得很！……”

九

十二月初得到确实消息，谢美诺夫的兵已败退，日本人出来调和，护送谢氏到沿海滨省，满洲里方面总算肃清了。我们行期，好容易有一点希望。一鼓作气从北京到哈尔滨，忽然中途停顿了这五十多天，锐气恐怕有所消磨。得到这种消息，勃勃的生气又振作起来。去看了陈广平，知道他的专车已经办妥，行期也定在十二月七日离哈尔滨。

启程了，启程了！向着红光里去！苏维埃俄国，是二十世纪世界第一个社会主义共和国，究竟如何情形，虽有许多传说，许多宣传，又听见他们国内经四年欧战三年内乱，总不知详细，只是向着自由门去，不免起种种想象。此去且要先经新造的民主主义的远东共和国，——为苏维埃俄国之缓冲地，行民主主义制度而执政党是共产党——布尔塞维克[①]；亦是研究的兴趣盎然。快走了！快走了！快到目的地了！苏维埃制度，——无产阶级独裁机关，——共产主义——马克思经济学的社会主义，可以有研究的机会了！而还没有

① 布尔塞维克：今通译布尔什维克。

研究。请先得共产党一点空气（atmosphére），回转去说一说哈尔滨工党联合庆祝十月革命纪念的盛况。

十一月七日是彼得城发生界上第一次无产阶级革命的日子[①]（俄国向用希腊历，比西历迟十三天，十一月七日乃俄历十月二十五日，所以谓之"十月革命"），我当时还在行止未定，得一俄国友人的介绍去参观他们的庆祝会。会场是哈尔滨工党联合会预备开劳工大学的新房子，那天居然得中国警察厅的许可，召集大会。会场里人拥挤得不了，走不进去。我们就同会长商量，到演说坛上坐下。看坛下挤满了的人，宣布开会时大家都高呼"万岁"，哄然起立唱《国际歌》（International），声调雄壮得很。——这是我第一次听见《国际歌》，到俄国之后差不多随处随时听见，苏维埃俄国就以这歌为国歌。演说的庆贺苏维埃政府，俄罗斯共产党，第三国际（Ⅲ International），世界革命。末后又得赤塔远东新政府亦在这一日宣告正式成立的消息，还有从莫斯科刚到的一个共产党报告，大家更激昂慷慨，欢呼万岁。最有意思的是：一少数党代表宣言中东路一带少数党以至于赤塔，趁此不参与多数党反对的策略，在远东方面两党可共同协济。其时有一社会革命党宣言的意思，"大致也相仿佛"可是他指摘多数党许多谬误，甚至于说他专制残酷。坛下就陡起"嘶……嘶……"的斥骂声……大会完之后我们就到俄国友人——一多数党——家里去晚宴。屋子里放着盛筵，电灯上包着红绸，满屋都是红光，红光里是马克思，列宁，杜洛次基的肖像[②]。吃饭的时候，大家痛饮欢呼。席中有许多俄国女郎，靠我坐的身上香气浓郁，都凑近来问中国，北京，上海的风俗人情，絮絮不已。忽然席间来了一位刚从莫斯科到此的共产党，又站着演说："我们在此地固然还有今夕一乐，莫斯科人民都吃黑面包，还不够

---

① 彼得城：即彼得堡。

② 杜洛次基：今通译托洛茨基（1879—1940），苏俄领导人，列宁逝世后成为党内反对派首领，1929年被驱逐出境，后在墨西哥居住地被暗杀。

呢。……共产党担负国家的重任，竭力设法……大家须想一想俄国的劳动人民呵。……”我因问和我谈话的女郎是不是共产党，他回说不是，然而是对于共产党表同情的。他却问：“你是共产党不是？中国政党有多少，有像我们共产党这样大的没有？”我说中国政党的情形，又说：“中国社会党还没有正式成立的，只有像你们十九世纪四十年代时的许多研究社会主义马克思主义会。”他道：“中国政党原来这样，难道只有张作霖一个人管政事么？……”酒阑兴尽，站起身要回寓，颂华却因不懂俄国话，和一个刚来的人谈英文，那人听说罗素已到北京，想赶去听讲，却很倾向于基尔德社会主义呢[①]。我叫着颂华回去。十月革命的庆贺算完，要待到莫斯科过第二次十月革命纪念了。

启程的日期已到，陈广平却又迟延。他说从哈尔滨到莫斯科虽是专车，恐怕劳农政府要车费，一个人约摸要三四百块钱，我们没法，三人共给他一千元，又因莫斯科食粮缺乏，托他买了一百元面。——那一千块钱，后来到了莫斯科四五个月之后，陈广平说：“哈满运面费二百二十六元，我虽没付出，外交部一定要在公费内扣算的，还有，‘什么要多少钱，什么要多少钱’，我算来该还你们四百五十几元。……颂华已经拿去五十五元。这里有苏维埃钱四百零七万卢布（其时一万八千苏维埃钱才能兑一块中国钱），请你们收了，写张收条罢。……”这一千元的公案是这样完结的。我们赴俄，知道那时俄国禁止商业，沿站什么也没有卖的，自己备了火酒炉，陈广平又答应我们共同吃饭。后来算账，他却要了我们买的面十铺德（中国秤合有三百斤面），算三个人在车上一个半月的伙食。带的面居然大有用处。我们后来在莫斯科的食用消费都靠他。这都是后话。

十二月八日才搬到专车上住下。又等两天方才动身。那几天料理一切，交旅费，买食粮，委琐不堪的事情使人烦恼。这才尝着现

---

① 基尔德社会主义：即基尔特社会主义。“基尔特”为拉丁语音译，意为同业联合或行会。

实社会生活的滋味。所以说：世故，人情，经验。原来是不懂得世故人情，没有经验，就该受骗。懂世故人情，有经验的人都受过“骗的教育”。我却后悔不曾多受几年东方古文化国的社会教育，再到“泰西”去。

十二月十日开车，又离哈尔滨往北去了。

同车一共六个人，我们同样三个，莫斯科领事馆三个。在车上没有事就随便谈话。这次旅俄“和领事同行”有很重要的意义。一方面因此略知中俄外交以前的经过，中国在俄的外交界向来的态度，在俄京外交团里的地位，在俄国华侨里的口碑。别一方面，截然两个世界两个社会的人聚在一块，精神上的接触，发生种种的痛感，绝不投机的谈话，费了无限的宝贵光阴，双方各自隐匿了真面目，委蛇周旋也夺去我不少精力。

俄国一九一七的二月革命之后，中国公使刘镜人和协约国外交代表取一致行动，留在彼得城没有什么作为。其时华侨的事情，一半却还是华侨联合会办。华侨联合会会长那时就是现在的副领事刘守清。守清自己说，他留学彼得城莫斯科前后好几年。中国公使馆在俄京外交团向来有一种特别态度。人家在外交上总有跳舞会等的交际，中国公使不但习于沉静的生活，而且以节省交际费起见，常处于隔离的状态。守清当留学生的时候，有事情就到使馆抗议，公使见着留学生作向例的惧态——守清自己说的，很可一笑呵。战时俄国华侨困苦，北京曾经募捐十万元接济，其时还是黎元洪总统时代，老黎亦捐了不少钱。捐款到刘镜人手里，听说吞没了一个大大半，至今没有下落。可怜中国的穷苦侨民，一点儿没有受到国内资产阶级的慈善家之些须许恩惠。十月革命一起，公使团退出彼京，别国公使多少总料理自己侨民归国，或是自己带着走。中国公使自己得了一辆专车，赶紧偷着就跑，生恐侨民和他“纠缠”；有些留学生得信早的，挤上了同走，公使却想向他们讨车费，禁不起一番抗议，也就罢了。那时战事紧急，枪林弹雨里刘公使固然得逃了一条性命，贫困的侨工十数万人——除了华桥会救出一些之外——至今转侧困苦，饥寒冻馁呵。谈及这一次总领事的赴莫，原是两年前华侨会举刘守清为代表到京请愿的结果。此去的职任，第一就是遣送华桥归国。我听说陈总领事以前在刘镜人公使馆前后七年。说起来才知道，他非但对于俄国文化丝毫不了解，外交政治上的大势也不知道，连几句普通的俄国话也就有限得很——简直一句都说不完全。中国本和苏维埃俄国还没有条约的关系，领事到后，还不知行使什么样的职权呢。

我们离哈尔滨往西北，没途经过齐齐哈尔等站，穿行黑龙江全省向满洲里进发。途中和领事等谈话外，就和颂华商量调查俄罗斯的方法。新闻记者的职任，照实来说，我是无能力的；颂华说："我们此行，本是'无牛则赖犬耕'，尽我们自己的力量罢了。"可怜中国现代的文化，这种调查考察一国文化，一种新制度，世界第一次的改造事业，却令我这学识浅薄，教育不成熟的青年担负，——这是人才的饥荒。我与颂华说，请他负通信事务指导的责任，我当竭力帮助，——成败不问，尽力而已。我个人呢，定了一勉力为有系统的理论事实双方研究的目的。研究共产主义，俄共产党，俄罗斯文化。车已离哈，从此渐入佳境，也就渐渐感觉责任的斤量。

闲着无聊，望着车窗一片雪色，往往几十里内绝无人烟，令人感慨。西伯利亚直贯满洲的铁道，欧亚大陆的血脉，几十年才垦出这点荒地。地力的开发，还存着莫大的富源，何以中国自己闹人满之患，却等别人来经营呢。盲目的资本主义经济，生产消费分配，一件都不能有计划的。满哈道上沿站多少都有存积的粮食。原来自从西伯利亚和中国的商务关系断绝，交易就停滞。世界经济整个的身体里，血脉忽然不流通，自然就成臃肿的病状。沿站一堆一堆禾麦，盖着积雪，愁惨惨对着凄凉的天色，好一似病人四肢困顿——南边遏于"南满铁道的手铐"，北边锁着"谢美诺夫的脚镣"——血气壅滞，颜色死灰，奄奄就毙了。车行飞掠，听着狂吼的北风，震颤冰天雪窖的严壁，“红色恐怖”和东方太阳国的财神——资本主义——起剧烈的搏战，掀天动地呢。

十二月十三日晚到满洲里站，那天正是中国边防处派俄军事代表张斯麐中将回国，亦到满洲里站。我们见张斯麐，据他说，中俄外交本是极有希望的，可惜中国政府畏葸，没有确定的计划方针：“俄莫斯科政府，很愿意放弃一切帝国时代所侵略的权利，和中国开始友谊的谈判，恢复通商。……政府不给我以全权，我的事情也是办得有头无尾。俄政府招待外国人代表向来是非常之优待的，——我亦在优待之列。不意‘段督办’一倒，中央政府特电伦敦，说我不是正式代表，劳农政府几乎当我是间谍，……一切开始的交涉都成泡影……“中国侨民在俄国的确很困苦。可是，中国人对法纪，“政府”的抵抗力，好似生物学里所谓“抗生素”，是中国人天性中的特质。劳农政府在军事时代采严厉的集权制，正在禁止商业投机（speculation），中国奸商却还乘机作恶，竟有卖鸦片的；或者呢，简直有混入共产党，以冀倚势力妄为；穷极无聊的困兽，也有去当红军的——在南俄最多——施其残忍杀掠。就是张斯麐的随员中也有因为投机商业而被捕入狱的。这都是张斯麐的随员，其中有俄文馆的老同学，随便谈及的，也有以后在俄国华侨中听见的。如此严厉的政制之下，中国人仍有取巧作弊的本领，真是天赋。“社会力强制的非正道的抑遏天性的制裁，所得几千年的遗毒，就成为个性横溢于邪道的本能呵。”

和张斯麐中将同回国的，还有一位旅俄华工联合总会会长刘绍周。他是在俄留学生最出色的一个人才。他曾经对我们说许多华侨的事情；还有关于共产主义的：欧俄经过三年大战四年内乱，经济状况破坏得不了。那时却正是由军事时代过渡于和平时代的关键。蓝格尔已经败退，东纳（Don）煤矿区已入赤军之手，从此波兰战事亦已停止，可以努力于经济改造了。当时——据刘君说——已比一九一九年冬天，人民生活要好得多。国内三种人：一，兵及工人，国家所最注意的，二，农民，是当时俄国中最富有的，三，智识阶级，也有很苦的，也有受优待的。至于一九一九年冬天刘君还吃过两个月马食料呢。苏维埃俄国现在学校不收费，儿童公育。可是国家穷困，经费不足，一时也不能普遍，成绩不能十分好。……

自从到哈尔滨一个半月，先得共产党的空气，现在到了满洲里能遇着刘君绍周，得知劳农政府的事实上的经济状况。可惜于研究学问的过程中，不得不受实际社会生活的影响，耗我精力呵。

十

车到满洲里又停下，张斯麐的专车已往南下，陈广平的专车却欲进不进。张斯麐在莫斯科奉政府撤回命令时就报告劳农政府，另有总领事赴莫，劳农政府只说一声“中国既派代表来，俄国亦要派代表去”。欢迎是一定欢迎的，可是中国总是由伦敦转电，劳农政府不得正式通告，何从预备，又况远东共和国呢，——他更不知情由了。所以在满洲里还要等待赤塔政府回电，才能前进。再则呢，满洲里方面初经战事，张斯麐回国的车是战后第一次自满洲里至赤塔的车，途中桥梁毁坏，还有危险呢。

在满洲里停顿四天。天气寒冷，纷纷的大雪，我们偶然上站闲步；买些东西，其贵不可思议，俄国理发处，一人要一块钱。站外荒荒落落，街道也是俄国式的。以前此地也算中俄交界第一商埠，几经战事，凋敝不堪。我们曾到邮局访一俄文馆的同学，他住的地方非常寒俭，一张木桌几本《列国志》而已。走进一家山东馆子。“你老来呀！请坐请坐！”吃一些极无味的菜，三人总共化了四块钱。那堂倌絮絮叨叨说，那地俄国人怎样多，谢美诺夫的兵怎样蛮横，穷党来了，又不知道怎么样？“现在倒又忽然平静了！”……我们那天吃完回车，因不认得路，雇一辆俄国马车，走几步路就到，却要五角大洋。

十二月十六日得到确实消息，方才前进，经中俄边境，出满洲，到俄属的西伯利亚了。那天晚上又是大风雪，沿途战争中所毁铁道，都只暂时在冰上架了临时铁轨。因此车行非常之慢，车身簸荡，厉声作响，好像替冤死于“白祸”的俄国劳动人民，哀诉于东亚初临的贵客。黑夜里望着窗外，鸟洞洞暗沉沉。微微远见惨白的雪影映着，约摸知道是一片荒原。偶然一阵厉风，刮着火车烟筒里的烟，飞舞起来，掠过窗外，突然闪过万丈红光，滚滚的往东去。……十七日早晨还只到沃洛汶站（Oloviannaya Station），车又停住了。前面看得见一顶铁桥已经齐腰折毁，桥下压着破火车。——谢美诺夫的成绩。我们的车只能在河里冰面上搭的铁轨上走。慢慢的，慢慢的，挨着过去，只听着“轧只”“轧只”的冰响，突然一震，砌然一响……“车要出轨了！……车下冰碎了！”好容易看着没有事，走过了。离此不远，又一村，山色四围；金顶的教堂，还努力放他“中世纪”的光彩呢。十八日到赤塔①——远东共和国的新都城。从此又须费许多手续，致电莫斯科得复电，再转北京政府，领事专车才能前进。我们三人亦须向远东外交部请签护照。赤塔离中国很近，是中国“消极的殖民地”——和南边的南洋群岛一样的性质，所以中国人非常之多，中俄两国劳动人民密接的文化关系，很的趣味。

赤塔车站前，就是一片空场。我们到后仍住在车上等消息，天天上去调查调查，天气却非常之冷，每走到空场中间，——离车站不过五十步——大氅上就已满身结霜。我有肺弱的病，每每觉着呼吸困难，温度也确已到列氏寒暑表零点下四十余度。我们调查，首先注意赤塔的社会生活。

荒落落的赤塔车站尽头，停着一辆火车，顶上五色的中国国旗，趁着寒风招飐，熹微的晨光，映着旗上的霜影，放出不自然的奇彩，要显一显他是新产生的西伯利亚之小主人——远东共和国——之第一位来宾。四围山色如屏幕，拥着全赤塔都城，居高临

---

① 赤塔：位于距莫斯科74公里的赤塔河畔，1920—1922年间是远东共和国首府，1937年起为赤塔州首府。

下，合抱而来，直到车站。山顶苍翠的松杉，隐在积雪之下，遥遥的含笑望着五色旗，时时放出清澈无比的“绿意”。车站上许多人忙忙碌碌的来往。身上穿的都是破敝不堪的重裘，满身油腻。待车室的门一开，便放出许多热气。闲步走过待车室，必定闻着“俄国乡下人的臭味”。出车站空场上，远远看见东零西落的房屋，战争时烧毁的建筑，残石剩础，凄然的哀诉资本主义的破产呢。脚下冰滑，——经冬满天满地都是冰雪，不到春来不消。由此东去就近市场，远远听着嘈杂的人声了。

歪斜不整，污秽杂乱的街道，曲曲斜斜折入一个市集，屋角檐梢时时看得见五色的中国国旗。乱杂的人声里，只听得“东腔西调”的中国式的俄国话。严冬的清早，满市腾着“人雾”，街左一间小铺面，低低屋檐下贴着淡红色的纸联，上面写着歪斜不整的中国招牌。原来是一家中国茶馆，门窗开处冒出一阵阵的烟雾浊气。油腻褴褛大羊皮袍的俄国“苦力”，满嘴嚼着白沫，两手抹着胡须，时时从他家门走出走进。市场进口又有一中国理发馆。我进去剃了一个头。和那理发师谈起来，他们亦是湖北人。他们说：“以前赤塔市面好得多呢。三番两次的打仗，闹得不成样子。我们要走也走不掉。穷党来了，安静了些。可是中国那班山东奉天的红胡子暗中捣乱。前些这里晚上还听得枪声，一个中国人被抢了几十元钱。他……”我道：“听说穷党政府要没收商货，中国人的怎么样？”他们道：“知道呢！说是只说，每家商货只要登记起来。中国领事还要抗议‘办公事’哩。……俄国人自己不敢做生意，还托着中国人的名儿。”又一个中国人，亦是来剃头的，插嘴道：“那陈老三可不是这样发财的么！……”进了市场，——只是一片旷场，横七竖八的小摊子。中国小买卖很多。俄国人的货物都是旧鞋旧袜。还有十七八岁的小姑娘背着一两件旧衣服兜卖的。我看见有苹果，顺便问一声，回道：“二十毛钱！”（俄国小银元，值中币一元。新政府还没发新币。）我道是一斤，他说：“二十毛钱一个呵！”我就不敢买了。

赤塔上乌金斯克（Werhne Udinsk）一带，从一九一七年革命以来，常常闹乱子，有钱人——资产阶级——都已逃走了。军事时代中，经济上向例是起恐慌的，何况几次三番的这样乱呢。我们到时，正值乱事刚刚平静，还没恢复，黄昏时分静悄悄的街上，只偶然见一盏两盏电灯，寒气侵人，脚下尽是冰雪，飕飕的风声，越显得市面的萧条。我们同到赤塔一戏院去看戏。这里却又是资产阶级的遗产，完全的文明化，不过规模小些罢了。休息室里雪亮的电灯，门口站着守卫的红军。男男女女围着室内散步簪花，一样有穿得很讲究的。我随便和同伴赤塔副领事葆毅——俄文馆的同学——谈起资产阶级在革命后所受影响。他道："也不过如此。"——忽然他的思想一变，对我说道："我劝你不要到莫斯科去……"却不回答我的问题。他同道的一个俄国女郎说道："可怕得很！可怕得很！莫斯科去么？……女郎披着紫狐披肩耸耸肩，慌慌张张的。……看完戏出来，那女郎又对我说，他家有一所房子，现在一大半充公了，自己只留四五间住的，其余尽让新来的官员住，还有工人，……弄得一塌糊涂。我笑一笑也没回答。他又说："这是赤塔布尔塞维克初来的光景，以后还不知怎样。莫斯科更不必说了。"资产阶级的心理，生来如此。

可是赤塔这个地方本不是工业区域，而是西伯利亚农业国的市镇而已。所以那地方土著的资产阶级很少，大多数只是"农业的"小资产阶级，外来的如中国人等，也是私人商业经济，小买卖小手艺等等。我在哈尔滨认得一俄国人，他在我临动身时给我一封介绍信，并托我带东西到赤塔亲戚处去。我因此在这家人家见着西伯利亚居民生活之一斑。

赤塔北郭已在山腰。松林寂寂，垂着银幕，铺着银毡，山气清新，丝毫城市文明的浊气，都已洗濯净净。我找着这家人家，走进栅门，就是一大院落，院子里拴着牛马，旁边放着牛奶桶。房屋都是纯粹俄国式的"木屋"，又精致又朴实。到了里面，也有小小的一间客厅，收拾得很干净。女主人看见我们是带信给他的，殷勤招待，还懂得几句法文，见我们俄国话说得不大熟，夹着俄法文问长问短。“……哈尔滨生活怎样？我们亲戚都好吗？”我们也随便和他谈谈赤塔的生活等。他说：“呵！赤塔么？生活比哈尔滨还要贵呢。糖也没有，茶也没有，几时你们中国才能运茶到我们这里呢？以前这里茶也是很便宜的，面是本地出产，不用说了。现在面包贵得不成样子。离中国这样近，一斤茶都买不着。真正奇怪！你们还不知道呢，赤塔市面上钱没有。谢美诺夫在这里的时候，发了许多纸币，现在一个钱也不值，简直就是废纸。我这里还有一百几十万元卢布呢。”说着就拿出一大包纸币给我们看，还送我们几张五百卢布一百卢布的。说着话，他的小孩子醒了，我们看他喂小孩牛奶，——糖也没有，只用小匙子舀着一瓶预储糖水给那孩子。小孩子却尽嗓着要吃糖呢。说着话已到傍晚，主人回来，又说了许多感谢我们的话。请我们吃饭，那黑面包却还可口，我和宗武说：“到莫斯科要是有这样的面包吃，也就差不多了。”当晚他家又来了一位亲戚，是伊尔库次克（Irkutsk）派来购买食粮的。那客人不断的骂布尔塞维克，他本来是智识阶级。我们当晚回车，因不认得路，同那客人一路同走，又顺便问问他伊尔库次克的情形。据他说，那地方情形比赤塔坏得百倍。“唉！什么共产主义！布尔塞维克只会杀人。还有什么……”淡淡的月光拂着云影，映着寒雪，照见他智识阶级式的武断的头脑，——蓬松的头发胡须，油腻的颈项下，拖着破烂的领结，拥着乌黑的皮领，还点头摆脑咕噜着：“他们自己吃好的穿好的，还说是共产党……呢？”

赤塔新政府成立，多数党得握政权而宣言民主主义的共和国。这一方面固然是缓和外交的冲突，对全世界资本主义国家为缓冲地，别一方面也是恰合于西伯利亚实际的经济生活——小资产阶级的农业国。于是通商问题所首先接触到的中国侨工会，却枉然费了一番惊惶：中国商人以为多数党一握权政，就要没收他们的货物，——那时恰巧又是赤塔政府行第一步整顿经济的计划，——令私人工商企业家呈报存货数目。固然不差，中国俄国两民族在赤塔有实际生活上经济关系，社会关系，“阶级性”也相仿佛，都不是工业的资产阶级；无产阶级，即有也很少很少。然而国家经济的总计划，——保护“劳动者”权利的，共产党民主主义政府在相当范围内所当采的国家社会政策，——不得不侵及小资产阶级一部分的所谓“营业自由权”。我因这问题及中国在赤塔的侨民问题，曾问过赤塔华侨联合会会长，看他的回答，就可见在西伯利亚华侨的生活，又可见小资产阶级适应实际经济生活要求的政治能力之限度了：

“赤塔有一华侨旅俄东部西伯利亚总联合会。在后贝加尔省共有分会十二处，侨商总共有七万人，赤塔当地有四千多人。那时华侨的商务，屡经战争，已很凋敝；到满洲里的交通断绝已久，侨商所有货物，都是旧存。如其再有半年，交通不能恢复，赤塔以及各地华人商铺都得倒闭。至于中国侨商，在此地的自己颇能维持秩序——据他这样说。以前捷克斯拉夫，谢美诺夫，日本人一直到现在的多数党政府，无论哪一种当权的人来，都和华侨会联络，信任他们。华侨会向来能自己组织巡防队之类的商团武装起来抵御红胡子。现在——就是我们在赤塔的时候——有些红胡子却冒充信仰共产主义，共产党有时竟相信他们，他们也就倚势妄为，处处和华侨会为难。然而无论如何，华侨会必定竭力维持‘国人’的利益。我们华侨会费尽心血，却还要听许多闲话，也真难说了。……”——这却是的确的。我就听见许多穷苦的华侨，货物被赤塔政府依官价征收去了，官价一时发不出来，华侨会，赤塔中国领事又不肯认真帮他们办交涉，因此怨骂华侨会和领事。华侨会本身的组织本来代表“有”的阶级之利益的，“有”得愈多，愈能被选为会上的职员，——这是资产阶级“政治”组织的功能，也无足为怪。所以当此赤塔政府下令调查呈报商货的时候，华侨会又和领事馆联合竭谋抗议，保护“他”一阶级的利益。华侨在赤塔很有经济上的势力，和当地的俄国人民利益相容，很倾向于共同对于新政府表示他的政治上外交上的能效呵。

十一

到赤塔后，又是迟滞不进。领事往北京，莫斯科两方面所发电报，等来等去不得复音。时时听欧俄危苦的传言。车子一时没有前进的希望。于是我们三人中又发生改变计划的问题。在哈尔滨时亦因迟迟不行，想留哈研究俄文和共产主义，开春再定计划。到此听说赤塔亦可以找一私家寄住（Pension），于是又发生这一计划。想在赤塔住下，研究远东共和国的政体及共产主义，俄文俄语也可以有练习的机会，这是我和宗武两人的办法。至于颂华呢，他不习俄文，就想回国。此行沿途都有阻滞，也真焦闷。幸亏后来机会好，不然，目的地恐怕就此走不到了。

在此等待期间，除为社会生活调查之外，也曾访问远东政府的要人谈话。最初我们在远东电信通信社遇见一波兰兵官，他稍懂得几句英文。彼此谈起来也很有趣。有一天我们在远东电信通信社谈着，和通信社里几位记者说起中东路，他们说，我们最好见一见交通总长。波兰人欣欣然的说道："我介绍你们去……"

远东共和国交通总长沙都夫（Chatoff）的办公室，空堂堂的一间屋子，疏疏朗朗排着几张椅子，波兰人不脱帽子大氅，拖着泥腿的烂靴，一闯一闯的就进去了。他坐下，就伸手拿沙都夫桌子上的烟，说着："Mojeno?"（可以么?）就抽起来了。我和颂华两人就和沙都夫谈话。沙氏能说英国话，盛气凌人的说："请发问罢!"我们申述来意并说关于中东路问题，哈尔滨工党联合会会长也屡次和我们谈及，我们表同情于革命的俄国劳动人民，总算还能代表他们正当的利益，在中国舆论界上说几句话，此来经过赤塔，——还要到莫斯科去呢，——愿意知道远东新政府对于中国中东路的政策。他听说着，"总长的"气焰渐渐低下去，才和和气气的和颂华说："中东路，赤塔政府决定主张以条约的形式归还中国，中俄有密切的邦交，必须协力抵抗日本的帝国主义，中东路一旦落于日人之手，大非远东各小弱国之福……”我们辞别出来。第二天又由波兰人介绍见食粮部总长葛洛史孟（Grosman）。葛氏很直率，有诚意，和我们解释新政府在食粮上的社会政策：“俄国认中国为全世界最亲密的友邦，愿意和中国为同盟国，——远东共和尤甚，——竭诚希望和中国通商，不过俄国因为久受封锁，货物甚少，容易发生投机商业，所以不得不以食粮等营业置于国家监督之下。凡是商人都必须呈报存货的数量，并受政府监督卖价，中国商人如能遵守这两条件，尽可自由营业。就是日本，亦可以和他通商，只要他抛弃侵略政策。商业之必须受政府监督，并不是什么社会主义，——远东国体本是民主共和国。不过投机商人私藏货物，市面上缺乏的时候，再高价出售，贫苦的劳动人民，就要受饿……”葛氏一面和我们谈话，一面办公事，忙碌得不堪。我们同着波兰人出来。波兰人扬扬得意说道：“你看！我们这里非常之自由平等，‘我要见总长就见总长’，可不是么！……”

当时远东共和国新成立，国民议宪大会方在召集，暂时只算临时政府。外交总长克腊斯诺史赤夸夫（Krasnochtchekoff）兼国务总理。我们到赤塔已两次求见，他正有病，不能会客。一九二一年一月二日，方是新年，忽有外交部部员传信给我们，说总理请见。当天晚上，我们到他家里——就在外交部。融融的灯光，映着丝罗的帷幕，穿过客厅，转入卧室，迎面来一晚装轻盈的少妇，——克氏的夫人，说着很纯熟的英语，和我们说，克氏有病，请勿过于多谈，恐怕他劳神。我们进卧室之后，见克氏躺在卧榻，很魁梧的体干，刚直的面貌，不像俄国人，却大有美国人的风度。我们问他的问题，早已交给他秘书。他虽觉精神不十分振作，却一一回答我们的问题，丝毫不棼；——最主要的意思是：“远东政府，虽有共产党在内，然依本国经济组织，决采共和民主政体，不召集国会——‘国民立法大会’——着手于新国家之建设事业。远东对苏维埃俄国的关系，是一协约的同盟国，一切自主，唯外交得与莫斯科政府协商。对于中国，竭诚希望缔结密切的友谊的条约……”其余无关紧要，已有颂华的通信，此地再多谈，也无意味。克氏谈吐非常之诚恳，说到意思重要的地方，虽言语喘息，还尽以英俄文重复再四解释。时候已是九十点钟，我们道谢告辞出来。秘书对我们说："他们的国民立法大会，是采普选制的，凡十八岁以上的男女，不论财产的多寡，都有选举权，这次选举，共产党很有把握……"

"社会生活切近的感受，再比之于'外交式'的考察，使我得一结论：如其仅仅为政治外交上的交涉，大关节目的考察，或者有了'抽象名词爱'的社会调查家，那么，就是重要人物的谈话，参观，访问也就足够足够了，——况且这是'新闻记者'的责任；假使除此之外，还想为实质社会生活的了解，要了解人类文化意义之切实隐掩的结构，那就不如以无一资格的'人'，浸入于所要考察的社会里，一方面又得于考察时，提出自己的观点，置之于可能的最高限度的客观地位上，然后所得才能满足自己的希望，——宁可比较的不完全些，不广泛些。"——所以我决定从此多留意于我自己冥求人生问题答案的目的，至于"新闻记者"的责任，只能在可能的——我的精力限度以内略略尽一些罢了。

一九二〇年十二月十八日到赤塔后，一晃又是十多天，虽则我们一方面为社会生活的调查，一方面做新闻记者"官样的"事务，足以安慰我的"失业苦"，然而我们同领事同行，同住在一车上。谈及中俄外交，所聆听诸位领事的清教，又是"纯粹的中国式答案"：一面说得太抽象的，无着落的结论——"贪""廉"，"爱国""卖国"，这公使是"好人""坏人"；一面又说得太具体的，无原则的事实——"俄国人不请吃饭，看不起他，""俄国不信他的话，什么什么事不和他表同意。"不能回答我，中国外交界方面在某一时期，处什么地位，取什么态度。（譬如说：克伦斯基政府时，中国公使是中立，还是承认?）亦不能回答我，中国外交方面对俄革命有什么具体的意见，留俄华侨如何处置。（譬如说：陈领事去莫，将行使何种职务，负何等外交上的责任?）亦许他们掩藏，而实在他们自己也不懂。同时，日常一处起居，无谓的应酬话："我在北京那天打麻雀输多少多少……等，——这是我所谓中国式的实际社会生活，——因为彼此渐渐亲狎，也就得费许多宝贵的光阴去听他，可是就中却知道了中国外交界几件逸事——笑话！

陈广平领事在哈尔滨时，预先付留俄华侨的护照。那一天护照印好了，印刷局的人送来，陈某赶紧慌慌张张匆匆忙忙的把他收起来，锁好，又打开，打开又锁上。到了晚上，陈某又把箱子打开，翻看护照，忽然拿着一张，一掀一掀的给刘守清看，说道："到了莫斯科，这就是钞票呵！……"护照费的意义原来如此。我现在想象，他说这话时的笑容，还俨然如在目前呢。

那时的赤塔管尚平领事，以前在伊尔库次克领馆里，因为和馆员分护照费不均匀，相打起来，因此撤差。现在在赤塔和商会（华侨会）倒还合得拢。反正赤塔亦没有别国领事，尽他一人，和远东搅罢。我还记得他第一次和我谈话，灰白色的头发，皮笑肉不笑的脸，打着无锡调的官话，和我这常州人谈话呢："赤塔这样乱，幸而好，侨商一毫没受损失……幸而好，……哈哈哈！"唉！官僚！官僚！

这种绝对两个世界的人，——无经验的青年和陈死人的官僚，——相处在一起，日日谈些面是心非的话，精神上的痛苦，固然很大，却还可以借此一窥中国旧生活的内幕。赤塔的生涯也便如此。寒风凛冽，西伯利亚的色彩已鲜明了；"民主共和的"中国的代表，亦决定日期起程前去，叩苏维埃的，社会主义的俄国的大门了。一九二〇年完了；一九二一年开始了。赤塔车站上鲜明的中国国旗，时时映照"民主共产"的远东之穷苦国民的颜色，他们寒颤颤拥着泥烂敝裘，挽着筐子篮子，对着"银烛"高烧的中国专车，闻着"朱门"的酒肉臭呢。"中国人过年了。"在这时却还要些点缀，赤塔领事馆和莫斯科领事循例道贺。这还不算。"中国的"消遣品——麻雀牌，牌九之类——非得请出来"以光佳节"不可！于是我更落于精神的监狱里：一面不得不应酬应酬他们，一面心上挂念着种种须整理的材料。

赤塔共产党委员会送我们许多书籍杂志，我在他们赌博的余暇中，勉强翻阅翻阅。所得如《俄罗斯共产主义党纲》，如第三国际之杂志《共产国际》，《社会主义史》等，披阅一过，才稍稍知道俄共产党的理论。新年过了，一月四日，启程的诸事停妥，又开车西进。一切停滞的计划都打消，安心向目的地进行罢。哈尔滨得空气，满洲里得事实，赤塔得理论，再往前去，感受其实际生活。

十二

阴沉的天色，几万里西伯利亚的广原，蒙着沉寂冷酷的雪影，寒意浸浸，天柱地轴都将冻绝。“冷酷”“严肃”的天然隐隐限制生活之迫促，虽令人失冥幻想象的乌托邦乐及优游余暇的清福，却能消灭“抽象名词爱”的妄想的所谓智识劳动的奢侈毒。宇宙的本质结晶于假设的现实世界，——生活的意义只有两端：在此现实世界内的世间生活，与超此现实世界上的出世间生活。如其无能力超脱一切，就只能限制于“现实”之内，第六识（意识）的理解所不能及之境界，却为最浅薄最普通的“现实感觉”所了然不误的。显现生活的情感（空气 atmosphére），虽不与人以切实的了解，却也不生意识上的错觉。传达思想的文辞（理论），表示情况的名物（事实）[①]，却都只能与人以笼统抽象的概念，不见现实生活是绝对不能明白了解的，而且常常淆乱人的思断。人类表示思想，传达事物的言语文字本来只能在某一限度内抽出一相对合于“现实”的概念，因此思想的本身也受这“惰性化”的影响，只凭主观概念中的理解去思索论断现实生活。——于是往往使现实生活堕于抽象的恶化。“当使现实了然显现，以立真理之世间的一方面，必须令理论的文

① 理论如言俄国土地之社会化（socialization），如言无产阶级独裁制之实行；事实如言俄国全国食粮只有若干铺德，如言“饥荒”“寒冻”“工业不发达”。——作者原注

辞，事实的名物服从于现实生活，而现实生活；因得自此映现的情感之助，而能驾驭得住文辞中的理论及事实之抽象性。”身离赤塔，不日入“赤国”，我实行责任之期已近，自然当立此原则。从此于理论之研究，事实之探访外，当切实领略社会心理反映的空气，感受社会组织显现的现实生活，应我心理之内的要求，更将于后二者多求出世间的营养。我的责任是在于：研究共产主义——此社会组织的人类文化上的价值，研究俄罗斯文化——人类文化之一部分，自旧文化进于新文化的出发点。寒风猎猎，万里积雪，臭肉干糠，猪狗饲料，饥寒苦痛是我努力的代价。现在已到门庭，请举步入室登堂罢。

寒气浸浸的车舱里，拥着厚被，躺在车椅上，闭眼静听，澎湃的轮机声，怒号的风雪声，好一似千军万马奔腾猛进，显现宇宙活力的壮勇，心灵中起无限的想象，无限的震荡；一东方古文化国的稚儿，进西欧新旧文化，希腊希伯来文化，剧斗刚到短兵相接军机迫切的战场里去了：炸爆洪声，震天动地，枪林弹雨，硫烟迷闷的新环境，立刻便震惊了“东方稚儿”安恬静寂的“伪梦”。——新文化的参谋处，一面要定攻击西欧旧文化之战略，一面要行扑灭东欧半封建文化遗毒的抗拒战斗力之计划。正是军书旁午千钧一发的时机，何况战略的玄妙在于敌人反抗力之利用，新建筑的构成在于安顿基础之苦功，请看他所负责任的重大——全人类新文化的建设！他所为工作的艰苦——数十重“文化落后障碍物”的排除！无怪搏战所用的力量如此之重，战争过程活现得如此之剧烈。“东方稚儿”！你只待春梦初醒，冷眼相觑，那战线渐渐展开，炮弹远度之所及，不由得你不卷入旋涡呵！

四日离赤塔，当晚到上乌金斯克。睡梦之中，听见上乌金斯克华侨商会会员上车来见总领事，诉说那地方胡子哄着俄国多数党反对商会，派兵搜查，诬蔑商会长，剥去上下衣勒索，要求总领事办理。他们絮絮叨叨咕噜着，那实实在在中国北方人的笨声音诉说个不了。——这件事后来不知道怎样结果。五日深夜到色楞河边，远东及苏维埃俄交界的地方。到此一带真是黑暗阴幽的所在。现在在政治地理上是民主的远东国与苏维埃的俄国交界之地；文化上是东西杂色的俄国积极殖民地文化，与北方中原的中国消极殖民地文化融会之处。经连年战乱，刚刚平定，奄奄一息，正如久病之后，勉强得一点生机，元气亏耗，病根还没有全去，未来的命运恰在当地劳动人民之手呵。“查票了！护照！护照！”寒梦惊醒，黯黯的浊影，寂寂的风声，车已停住，听着窗外轻轻的一阵一阵雪花簌簌的飞转。人声嘈杂，车上的人都检护照。我出来把护照验过，深夜寒甚，又复睡下。听着隔舱人声，似乎查票的没有走。朦胧睡梦中，只偶然听到断断续续的谈话：“这是什么？有 Cognac（白兰地）!”——听着一人答道：“有便怎么样！这是外交人员的特权……你想……我不……”这确像是中国人说俄国话的声音。接着极粗笨的俄国人声音，声浪很重，可是语音模糊：“……你们中国……没有；我怎么没见上面来电……本来不能放……”——“怎么样?”寂然半晌，语声不可辨。忽听又一个俄人的声音：“我们打电到伊尔库次克……走罢！……那边自有办法。……”天色渐渐明亮，车又开了。

六日清早醒来，已到美索瓦站（Mézovaya)。极望一片雪色，浩无边际，道旁疏疏落落几株槎杈的古树带着雪影，绝对一幅王石谷的《江干七树图》[1]。车进站后停下，就有三个中国人上来求见总领事，说他们许多苦状。美索瓦是苏维埃俄东方边境第一站，到此当换车头，原有车头要退回远东，所以车停足有四五点钟。因此那三个中国人要求总领事接见当地全体侨工。总领事极力安慰，说“不好太费事”。我们顺便和那三人谈谈。美索瓦有中国侨工二百多人，大概都是做苦工的。他们说着，颜色凄然：“……不能回去，有什么法想呢！……一个月我们现在得了三十斤黑面包，只够半个月吃。大家都得做活，不做活的呢，更坏！‘登’上大狱，要到别

---

① 王石谷：即王翚（1732—1717)，字石谷，清代画家。

处去也很难……”

车停在站南头等着开发。我们在车里吃饭，旁边走过去好几辆运兵的车，一个一个，穿着褴褛不堪的兵衣，顶着油腻污秽的皮帽，都伸长着颈项看中国专车里的白米饭，牛肉，白菜呢。过了一会，一辆车停住在我们车窗前面，就有几个兵向我们车窗里做手势要香烟吃，我们给了他们几支，千谢万谢着去了。

我们的车原是因为误了趟，远东交通总长沙都夫特派一单车头送过来的。车手得到了美索瓦站站长另派车头引车西去的消息，他就上车来道别，回赤塔去，要几支烟。他说：“可怕可怕……生活真难呵！我一个月薪水七百元苏维埃卢布，买一盒洋火倒要二百元。……”

“赤色”的火车头带着我们的车进苏维埃的新俄了。七日一清早，朦胧睡梦初醒，猛看见窗外一色苍白，天地冻绝，已到贝加尔湖边。蜿蜒转折的长车沿着湖边经四十多个山洞，拂掠雪枝，映漾冰影，如飞似掠的震颤西伯利亚原来生活中之静止宇宙，显一显“文明”的威权。远望对岸依稀凄迷，不辨是山是云，只见寒浸浸的云气一片凄清颜色，低徊起伏，又似屹然不动，冷然无尽。近湖边的冰浪，好似巉岩奇石突兀相向，——不知几时的怒风，引着“自由”的波涛勃然兴起，倏然一阵严肃冷酷的寒意，使他就此冻住，兴风作浪的恶技已穷，——却还保持他残狠刚愎倔强的丑态。离湖边稍远，剩着一片一片水晶的地毡，彻映天地，这已是平铺推展的浪纹，随着自然的波动，正要遂他的“远志”，求最后的安顿，不意不仁的天然束缚他的开展，强结成这静止的美意，偶然为他人放灿烂突现的光彩。凄清的寒水，映漾着墨云细雪，时时起无聊畏缩的波动，还混着僵硬琐碎的冰花，他阵阵的皱痕，现于冷酷凄凉的颜面，对着四周僵死冻绝的乡亲，努力表示那伟大广博的“大”湖所仅存的一点生意：“呵！不仁的‘寒’神震怒，荡漾狂澜几乎全成僵绝的死鬼，所剩我这‘中心’一毫活泼的动机，在此静候春风；和煦的暖意，不知甚时才肯惠临？……”

十三

七日下午三时车到伊尔库次克[1]，站长命令教把中国专车摘下来，停在车站尽头。随即上来了几个人，口称得到边境来电，中国专车带有秘密文件，须得扣留检验，扰扰半天，查不出什么东西来，刘守清又骂了他们一顿，才算偃旗息鼓的下去了。那副领事刘守清狠狠坐下说道："他们现在那里来这许多犹太人，真正缠得很！这还不是那天要白兰地没要着的小子弄的鬼么？今天一闹又闹晚了。明天非得去当地的外交当局不可。……"我听了才想起那天晚上听见的谈话，原来有这样一段故事在内呢。车离车站足有四分之一里远，我只听得他们来来往往的上车站打电话。到晚上十二句钟才听说，电话打通了，那边认错，答应好好接待，一有通车，就可以挂车前进，只待明天当面再谈一谈罢了。……大家的疑虑才烟消云散。

冷清清漫天的雪色，镇着死神似的沉寂，清早的严寒，掩没了熹微的晨光，云影滞凝，死也不愿开展，反令人觉着死沉沉的暮气。只有那疏疏密密的枯枝，时时战颤，忍着百般痛心切骨的苦恼，静待遥远未来的春意呢；偶然残酷的北风拂拭簌簌的雪响，好一似力尽声嘶，耐不住疼痛，突然漏出一些畏怯的呻吟。车站外长河已经冰冻着一半，架着木板的码头，满盖着冰雪。从此桥渡河进伊尔库次克城，——走尽桥端，上"苏维埃渡船"，一只小小的火轮，也已征收公用，不费渡钱，可是不但桥上冰滑，再三再四几乎滑下冰里，就是船上也是污泥痰秽，烟气迷闷。站出船头，宁任寒战风侵，也比闷闷的站在舱里好些。回看阴阴凄凉的天色，近车站高岗上的树影，还远远的含笑点头致意呢。我同刘守清渡河，经此二十分钟就到"彼岸"。刘君想找西伯利亚外交委员，我也得去验

---

① 伊尔库次克：今通译伊尔库茨克，伊尔库茨克州首府，位于东西伯利亚南部。是西伯利亚大区铁路上的重要客货中转站，有"西伯利亚的心脏"之称。

一验我们来俄的种种文件，——得知道知道他们招待的态度。上岸之后，只见荒凉的街市，一片雪影，足迹都非常之少，可怜的店铺掩着双扉，从外面看去，好像都是没人住的。沿着道旁慢慢的走，偶然遇着行人，问一问街道，大概都不能清楚回答，走得筋疲力尽，想找一辆马车，也找不着。转过三四个弯，远远一条长街只看见三四个人，蹀躞着，缩头缩颈歪斜着走；却有一辆冰橇停在路旁，我们赶紧去问一问，要的价钱贵得可怕，不能坐，又往前走，好容易问着一人同到外交委员家里。我们一进院子，看见一女郎穿很整齐华丽（那一天是希腊教耶稣降生节），自己捧着木柴拿斧子在那里劈呢，院子东角上两间小屋前站着两个人，远远的看不清楚。忽然听着中国话的声音，抬头一看，那两人已经走近，原来是中国人。我们正在谈话，听得那女郎高声叫道："华西里（中国人的俄国名字），唉！帮一帮我，Radi Boga（意为"看上帝面上"——俄国俗语）！"那一中国人就去帮他劈柴；还剩一个，拼命的拖我们到他屋子里去，他媳妇也是俄国人，出来见我们，彼此问长问短。他们同外交委员住一院子里；外交委员住"上房"，他们住"下房"。那天外交委员不在家，只得留话便走出来，同着那中国人，找到留伊的副领事薛君处。

现在已经进了饿乡了。饿乡的滋味却还没尝着。可是，在伊尔库次克，赤军刚刚占领不到半年，兵燹之后，余烬还没全熄，一切建设都还在草草初创，或者一毫都没动手呢。那地经济状况，在那时为全国最窘迫的地方。我们在薛君处第一次吃着"苏维埃的黑面包"，其苦其酸，泥草臭味，中国没有一人尝过的，也没有一人能想象的。可是那天席间还有些鸡鱼。据他们说，布尔塞维克来了之后，商业一概禁止，这是乡下有熟人偷买上来的。我们因问起工人职员（官吏）的生活，据说口粮分好几等：从每月十五斤（俄一斤抵中国一斤之四分之三）到每月四十五斤黑面包。薪水最多的不过八千卢布，依那时卢布的行市只抵到中国的八角钱。吃完了饭之后，觉着身体轻松了好些，冷风里跑了三四个钟头，得在软椅上躺着，又饱又暖，听着桌上“自暖壶”细细的私语，随意谈话，听来都有新奇的奇闻，这也是饥寒之国的一瞬间的乐趣。薛君所住的房屋，还有一工程师及一中国医生；电灯房费都很便宜，房子是后来简直完全免费了。他们介绍我见那工程师，走进屋子，只见烟沉沉的依稀映着一老瘦的人面。旁边还坐着他几个亲戚——女人，工程师恭恭谨谨的请我们坐，我心上想：今天第一天进赤色的苏维埃俄国的城市——饿乡，怎能不知他们主张“饿”的人究竟是什么样的一种人生观，因问工程师是不是共产党。工程师放下烟斗，破壳的喉咙里发出嘲笑的声音，而又带着愁惨的声调，说道：“我？共产党！咦！……”旁边有人插嘴，指着一女郎道：“他是共产党。”我就回身问他共产党的党纲；并看他脸上涂脂抹粉的，很可笑的形容。那女郎愣着，只是笑，勉强说着一两个字，又顿着不说，似乎害羞不好意思。……工程师抢着说：“党纲好极了！好极了！可惜梦想，幻想；枪，监狱，监狱……”老工程师在铁道局办事，屡次怠工，唾骂布尔塞维克，下狱三四次，依旧如此，劳农政府没有技师，也只能听他。他又说：“乡下人的鸡鱼鸭肉一概都行集权制，怎么办得了，又不准做生意。办事的人才有饭吃，不办事的，——也许他不高兴，——可不行了。好罢，看着罢！究竟怎样？……”可惜他所说都是零星片断，不能给我一明晰的观念。那天谈着不觉得已经是晚上八九句钟了，辞了主人就回车上。

九日上午八时，一切都已接洽妥帖，开车。在伊不过两日，只得一闪烁的印象，一切还留在我幻想中。社会的实际生活，卖书买面，极普通极平常，不如理论的深奥万倍，粗看虽只见“黑面包”一极具体的事实，而意味深长，要了解他须费无限的心灵之努力。——反不如社会主义深奥理论的书籍容易呵。冻澈的轮机声随着我的幻想颤动，从此又西去了，渐渐的入欧俄了。

十一日过乌客（Uk），呰木沙尔（Zamzor），十二日晚过克腊斯诺雅尔斯克（Krasnoyarsk），十四晚过新尼各拉叶斯克（Novo Nikolaevsk）——正是俄历新年，在车里亦没能看一看俄国旧俗，十五日过发腊宾斯克（Farabinsk），十六日到沃木斯克（Omsk）。沿路车行甚慢，只有漫慢的雪色，阵阵的风声。到沃木斯克又要办交涉，因此再停顿。

车站上行人很多。我们上站走了一走，离站不远一荒场上聚着许多人，似乎是市场，我买一盒俄国烟，价值要到一千七百五十卢布。市场上的俄国人都穿得褴褛不堪，看见中国人来都围着兜卖。遇见一中国工人，谈起来，说是：一九二〇年春天那地方还可以做小买卖，后来全充公了，强逼做工，一天一斤半黑面包，现在商业禁止，这市场上的小买卖还可以做，可是从前每每因为工人缺乏，全市场都赶进工厂做工，这两天才稍为松些。中国人有二千多，新尼各拉叶斯克有四五百，做工还好，不做工的很苦，也只得偷做些生意。华工会发的护照勉强可以保护工人，可是非钱不行。我听着有无限的感触；极目荒凉黯黯的夕阳，投着散乱的人影，寒风浸浸，回头一看，已经满身都是霜了。

在伊尔库次克时外交委员答应打电到沃木斯克可以领些食物，到此交涉好久才出官价二千多卢布买了面包牛肉鸡子等。可是当天（十六日）晚上，车停在车站尽头，我们货车上的锁被人扭断，偷去面十铺德，陈广平咆哮大怒，噪了半天，也就无法可想了。

十天以来我的生活一发无味枯燥。西伯利亚快过完了。生活上的感想，只觉得全宇宙盖满了阴沉沉的肃气。我主观的人格抑郁到极处，应当豁然醒悟：请看恬静可爱的“俄国乡下人”百年来奋斗争取自由……到现在不容他口口声声否认，不得不承认外围的社会力。梦想！幻想！离社会求个性，个性在什么地方呢！

社会是整个的具体的，假使了解他，或者还嫌“社会”一字，抽象的名词为多事呢。西伯利亚中世纪的社会，半封建的经济组织，离共产主义有多远！俄国的所谓无产阶级革命的伟力竟渐渐的侵犯蚕食他。我只见实际生活：俄皇政治，欧洲大战，国内战争，在宇宙的大海内涌起巨波，震荡西伯利亚的小舟。社会革命，俄国的社会革命，不是社会思想的狂澜，而是社会心理，——实际生活

“心”的一方面，——及经济生活，——实际生活物的一方面，——和合而映成的蜃楼。来俄之前，往往想：俄罗斯现在是“共产主义的实验室”，仿佛是他们“布尔塞维克的化学家”依着“社会主义理论的公式”，用“俄罗斯民族的原素”，在“苏维埃的玻璃管里”，颠之倒之试验两下，就即刻可以显示“社会主义的化合物”。西伯利亚旅行的教训，才使人知道大谬不然。

“只有实际生活中可以学习，只有实际生活能教训人，只有实际生活能产出社会思想，——社会思想不过是副产物，是极粗的现象。”西伯利亚的人民在严厉的教师之下，自然的学习呵。

主观的我在客观的物之中，何容你呓语连篇的求解放呢。

十四

十天以来，伊尔库次克暮霭沉沉中的晚钟，沃木斯克追赃查贼时的骂呓，沿途褴褛瑟缩的人影，车行风掠雪碾的厉声，中古神教威权的想象，现代国际公认的痴念，远东泰西西伯利亚人文的混合，帝国主义狂暴之下的呻吟，人类文化热病之中的喘息，——一切一切融和会杂复映而成我的心灵之印象。亲亲热热抱着这一印象来到“现代的文明的”欧洲之遥远荒僻，“现代性”（contemporanéité）色彩还很淡很淡的边境，——十八日离沃木斯克，二十日到都明站（Tiumen），欧亚的交界。当晚到嘉德琳堡（Cathérinburg），那地矿产非常丰富，宽洪大量的“天然”，含笑看着：人类因“家事”扰攘，蜗角牛斗，还竟没闲暇去聘请他（“天然”）以奏天下太平的盛乐呢。依稀恍惚的费尽幻想，伴着震荡飞掠的旅梦，掩没在寒衾里，二十一日清早醒来已在乌拉岭（Ural）上郭同站（Kordon）。白雪四山掩抑那丰富的“天然”，不见无产阶级实业家的轮椎，却只见诗人呼啸清新的美意。

长林迴密，随着高低转折的峰峦，蜿蜒漫衍，努力显现伟大雄厚的气概；闪烁晶光的雪影映射着寒厉勇猛的初日，黯云掩抑依徊时，却又不时微微的露出凄黯的神态；松杉的苍翠披着银铠晶甲的圣衣，固然明明轩昂有骄色，表示他克己能耐忍受强暴的涵量，倏然忽起狂吼的怒风，号召四山的响应，万树枝头都起暴动，簌簌的雪花不由的纷纷堕落，虽然越显得寒厉的“冬之残酷”，然而散见零星的翠色，好一似美人的眉飞目舞，已确然见温情密意的“春之和畅”之先声。一干一枝拥着寒雪，只觉得冷凄凄的外围掩抑他的个性，渴望和润的幻想虽充满了他的内力，究不敌漫天盖地宇宙的伟力。等到万树长林，震荡巨波泛滥的风暴，才能群起蜂涌，摇展飞动。其时虽得不着内力充分的发展，——本是盲然蠢动，何尝立刻得饮春风中的甘露，却也如巨潮澎湃，嚣然不可复当，暗示天意的回转。何况他们占东半球大陆的领袖地位，据高临下，安镇乌拉岭崇峻的峰头，为大地之脊，上接飞舞的长云，下临寒澌的小流，暗示全世纪以宇宙伟大的动力呢。

长蛇蜿蜒的火车在乌拉岭上缓缓的游行，山色清新时时投入车窗，成飞掠转折翠白相间的画影。顺山麓西下的时候经一小站。在山凹密林的中间，当窗突然显现可爱的俄国乡村。琐居复凑的木屋，盖着一片白雪，中间矗立希腊教堂的塔影，铜顶的光彩闪烁不定，和四围万树的雪枝相语，只有午钟初动，传响山壑时，突然打断他们密密相诉的情话。车窗外有一老人，掘着铁轨中的死雪，模糊的须影里露着忠诚朴实的面貌，披着破旧油腻皮氅，把着铁铲，勤勤恳恳的一铲一铲抛那雪块。笑嘻嘻手搀手飞跑来了两个小孩，约摸七八岁。老人似乎和他们说着几句话，一个小孩就拿起雪铲帮着铲雪，那一个两手捧着雪块搬运；大约有十几分钟，铲雪的放下铲子，从破口袋里掏出来一块黑面包，捧雪的忙忙的抛下雪块赶来要着半块面包；两个小孩相对着吃，笑嘻嘻的似乎谈什么事情；忽然捧雪的捡起一块雪掷去，掷在那铲雪的肩上，两个又扭在一块，相打起来；一个翻倒在地，一个往前就逃，翻倒的站起来就追；那时老人举起铲子，只看见他蓬松胡须的嘴唇乱动，似乎说着一大篇话似的，小孩子却头也不回。我正看得出神，忽然“嘟”的一声汽笛，车已动了，那老人和小孩都渐渐不能看见了，只有那老人体力工作时和蔼沉静怡然自乐的笑容和小孩子活泼天真的神态，还在我心里留一印象。

二十二日晚下乌拉岭西麓，经小站，有一俄国村妇携着一筐鸡子要换食盐，——我们带的盐却很少——只得出三万苏维埃卢布买了他一百枚，问他为什么不愿意要钱，他说："这样的布尔塞维克的钱有什么用处，反正什么也买不着，只有外国人带点子'product'来就换些用用。盐呢，糖呢，布呢，少得很呵。那……那花花绿绿的纸票，干什么！我们自己也是拿东西换东西，'上面'还不准呢。"从此往西，每站都稍须有些东西买，只算是偷做的生意。伊尔库次克到乌拉岭，沿路火车上是绝对没有小买卖。到此才见物物交换的原人经济。此后共产党改变经济政策，三年来喘息方定，才着手于经济改造，经济组织因工商业的恢复，或者渐渐的进步到现代的文明，建筑起共产主义社会的基础。（这已是一九二一年三四月间的话。）那时呢，还只见一般可怜的"偷做生意者"呵。二十三日晨，经维阿德嘉（Viatka），二十四日到复洛葛达（Vologda）。愈往西愈近俄国的工业区，已出中世纪而现代，所以西来渐渐觉得有生意，车站上往来的行人也穿着比较好些，整齐些，不像东西伯利亚的穷窘形状了。简单的物质文明的进步观念，原来在人类文化上有很大的意义的。"克己复礼"爱人如己的废除私有制，唯心的社会主义，究竟只侥幸他身家好，受祖父几世的教育文化，铸成这样社会主义家的慈善心肠，那知就这点教育文化也是唯物的经济组织中剥削劳动而得来的呢。只有这一带新俄罗斯居民，因经济组织的落后，虽政权入了共产党之手，何尝就能一全无私有观念的人呢。不仅如此，这一区（欧俄东部）入苏维埃版图，还在十月革命一年及一年半之后。风起潮涌的自由战激励他们驱逐地主，打破封建遗毒的偶像。等到农民得胜，初赖共产党的指挥操纵，分到了土地，小资产阶级心理发现，屡次为白党利用扰攘多时。实际生活的教训和社会心理的内力如此之显著呵。唯心的"社会主义试验家”，也只好干笑罢了。

复洛葛达离彼得城六百余俄里（一俄里抵中国二里），是北线(Sieverney ligne）的腰站，从此折往南四百七十俄里就到莫斯科。

车轮雷辗，鼓动热烈的声浪，血气奋起，含着不定的希望，舞手蹈足似的前往，经俄国大河复尔嘉（Volga）的上流①，铁桥两面，望去已经隐约看得见两两三三的工厂的烟筒。二十五日早起，忙着整理什物，四十多天的火车生活快完了。天色清明，严肃的寒风，裹着拥锦的白云越发谨饬，宇宙含笑融容，都和煦我的心灵，使勿太沉寂。满目雪色长林，欣欣然迎我这万里羁客。苍苍的暮霭，渐渐地漫天掩地的下罩，东方故国送别的情意，涌出一丸冷月安慰我的回望。轮机轧轧，作谐和的震动，烟汽蓬勃喷涌，扑地成白云缭绕；夹着木柴火烬的飞舞，星星在长林墨影冻堤白雪上显现灿烂勇武的“红光”，飞掠的车龙更抛拂他们成万条宛转的金翼。沿铁道两旁，行近莫斯科郊外的地方，夹着两排疏疏密密的雪树，车行拂掠着万条枝影前进，偶尔掠过林木的缺处，就突然放出晶光雪亮的寒月，寒芒直射，扑入车窗，如此闪闪飞舞突进，渐近莫斯科。已经遥遥看见城中电光明处，黑影中约略还辨得出喘息稀微的工厂烟汽。几分钟后已到莫斯科雅洛斯拉夫站（Yaroslavsky Wokzal)。那时是一九二一年一月二十五日晚十一时光景，太阴历的庚申年十二月十七。寒月当空，杂嘈的人声中，知道已到“饿乡”。

赤国的都城也就是四世纪前俄罗斯莫斯科时代皇朝的旧宫。处于欧洲无产阶级“心海”的涛巅，涌着俄罗斯劳动者心血热浪，颠危震荡于资本主义风飓之中的孤岛已经三年有余了。“赤都”第一夕的心影，留一深切的印象，东方稚儿渐渐自觉他的内力，于人类文化交流之中求一灯塔的动机已开，饿乡之“饿”如其不轧窒他的机括，前途大约就可以见平风静浪的海境，只待于百忙之中，将就

① 复尔嘉：今通译伏尔加（河）。

先镇定了原人时代海运的帆篷舵索，稳稳的去探奇险。

社会革命怒潮中的赤都只是俄劳动者社会心理的结晶。社会结构的幼稚，或者可以说现代人类文化的程度不过如此，群众心理的表现，大部分还只能如婴儿饥渴求饮的感觉。三年以来，奔腾澎湃的热浪在古旧黑暗的俄国内，劳动者的“生活突现”，就只在勇往直前强力怒发的攻击，具体的实现成就这一“现代的莫斯科”。他们心波的起伏就是新俄社会进化的史事，他们心海的涵量就是新俄社会组织的法式。实际生活中的社会心理变迁再变迁，前进再前进，遥远的未来如果能允许俄国劳动者以胜利，也得先立条约：以他们在“实际生活学校”中的成绩作预支“胜利基金”的信用(Credit)。

赤色的旗帜之下——新莫斯科——只能见很稀很少的唯心派社会主义试验法的痕迹。社会进化史是社会心理变迁的记录，就是只显露情感感觉流动的“阴影”；他不是社会思想，社会学说的学案，并无理性分别计较试验的公式图表，本来群众心理还非如个人心理之有理性意识（第六识）作用的表现。

十五

白雪的沉影下，盖着六层的大楼，一面遥对克莱摩（Kremlin）皇宫的殿阙[①]，一面俯接帝国大剧院院顶上雄伟的铜马，这是旧时莫斯科最大的旅馆，现时俄罗斯联邦苏维埃社会主义共和国的外交人民委员会。四层楼上，一间办公室，窗帘华丽而破旧，稀微的雪影时时投射进来；和软的沙发，华美的桌椅时时偶然沾着年久的尘埃，欣欣然的欢迎远客；打字机声滴滴答答不停，套鞋沾着泥雪在光滑可爱的地板上时时作响；办事员都坐在破旧的皮大氅里手不停挥的签字画押，忙忙碌碌往来送稿；兴兴勃勃热闹的景象中，只有

① 克莱摩：今通译克里姆林（宫）。

大病初愈的暖气管，好一似血脉尚未流通，时时偷着放出冰凉的冷气，微微的暗笑呢。这就是外交人民委员会东方司司长杨松（Yason）的办公处。杨松微微含笑对着远来的新客道："我们这里怎么样！……可是很冷呵，你瞧我穿着皮大氅办公呢。……中国的劳动人民自然是对我们表很亲密的厚意，可惜协约国封锁以来，谣言四布，他们未必得知此地的实情，或多误会。诸位到此，正可为正直的中国人民一开耳目，为中俄互相了解的先声。我们能不竭诚欢迎吗！不过我们处于窘急的经济状况，一切招待有不周到的地方，还请原谅。……"

到莫斯科的第三天就得到外交人民委员会发给的"膳票"，并且派一人同往外交委员会的公共食堂。饭菜恶劣，比较起来，在现时的俄国还算是上上等的，有些牛油，白糖。同吃饭的大半都是外交委员会的职员。我看他们吃完之后各自包着面包油糖回去，因问一问同行的人。他说俄国现在什么都集中在国家手里，每人除办事而得口粮外，没处找东西吃用，所以如此。"譬如你们这种'双喜'烟，我已经一年多没抽到这样的好的烟了。……你们通信，可不要写俄国的坏处呀……哼哼……"他忽然低声的问道："你们有鸦片烟吗?"……"怎么！竟没有！……我听说此地的中国人常常有抽的……"公共食堂是以前的旅馆，外交委员会职员大半都住在里面，却是很方便的，过不到几天（二月二日）外交委员会就派汽车送我们到一公寓。这公寓亦是旧时的旅馆"Kuyaji Dvor"。我们三人占了两间屋子，桌椅床铺电灯都很完全。草草收拾整理停妥，房间汽炉烧得暖暖的，吃饭在公寓里有饭堂。饱食暖居，凭窗闲望，金灿灿辉煌的教堂基督寺的铜顶投影入目，四周琐琐的小树林，盖着寒雪，静沉沉的稳睡呢。这种物质生活的条件，虽然饮食营养太坏，亦满可以安心工作了。我想一切方便，都赖旧时旅馆的结构处置，公共居住公共消费，也可见资本主义给社会主义打得一好基础呵。三四个月之后，劳农政府实行新经济政策，食粮停发，饮食的方便，在我们公寓里，因此就消灭了。——就是后话。

东方稚儿已到饿乡了。回看东方的同胞在此究竟“如何”。我们到莫斯科十天之后，就刚值全俄华工大会。会中从俄国各地到的代表约有近二百人。所代表的人数尽在欧俄的总有四万多。他们有从法国德国欧战时逃回国没成而流落此地的，有向来在俄经商作工的。现在呢，工作的物质生活条件很窘，往往迫得营私舞弊。一百多代表中“识字知书”的很少，可是穿着倒还不错，——真可佩服的中国人的“天才”！然而他们听说我们来了，异常之高兴欢迎，长久不听见中国国内的消息，他们也正如渴得饮。我们随便谈谈国内的学潮，却也只激出几句爱国的论调。陈领事不敢出席，——不知因为什么，——各代表都不满意，会议中的要案，因为当时还禁止经商，大家都想回国，所以最重要的就是“回国问题”。——结果都推在领事身上。至于其余的组织问题，乱七八糟，不用说自然是中国式的组织！大会之中我因此得认识些中国侨工，后来也常往来。只可怜饿乡里的同胞未必认所居地为饿乡呵。

饿乡！饿乡！你还是磨炼我的心志，还是亏蚀我的精力呢？工作开始了，看着罢。

我们的工作条件是不很困难的。杨松介绍我们许多地方，可以搜集材料，访问要人。第一就见着俄罗斯共产党机关报《正道》(Pravda)[①] 的主笔美史赤略夸夫（Méchtcheryakoff)。他指示我们参观的手续，一切种种，从他开始。同时东方司还派一翻译郭质生，他懂中国话，生长在中国，所以有中国名字，虽然他不能译得很好，我们也另有英文翻译，亦是外交委员会派来的，自己又可以说几句俄文，本来用不着他，然而后来我同郭质生竟成了终生的知己，他还告诉我们许多革命中的奇闻逸事，实际生活中的革命过程。因此我们正式的考察调查从那天见美史赤略夸夫起，“非正式的”考察调查也从那天见郭质生起。

---

① 《正道》：今通译《真理报》。

雄伟壮丽的建筑，静悄悄的画室，女郎三五携着纸笔聚在一处一处大幅画帧之下。——这是德理觉夸夫斯嘉画馆（Trityakovskaya galleréya）[1]，我们在莫斯科第一次游览之处。那地方名画如山积，山水林树，置身其中，几疑世外。兵火革命之中，还闪着这一颗俄罗斯文化的明星。铁道毁坏，书报稀少，一切文明受不幸的摧折，于此环境之中，回忆那德理觉夸夫斯嘉（Pavel Mihailovich Trityakovskaya，1832—1898，这画馆的首创者）的石像，还安安逸逸陈列在他死时病榻之处，正可想起“文化”的真价值。俄罗斯文化的伟大，丰富，国民性的醇厚，孕育破天荒的奇才，诞生裂地轴的奇变，——俄罗斯革命的价值不是偶然的呵！社会之文化是社会精灵的结晶，社会之进化是社会心理的波动。感觉中的实际生活教训，几乎与吾人以研究社会哲学的新方法。进赤俄的东方稚儿预备着领受新旧俄罗斯民族文化的甘露了。理智的研究侧重于科学的社会主义，性灵的营养，敢说陶融于神秘的“俄罗斯”。灯塔已见，海道虽不平静，拨准船舵，前进！前进！

十六

荒凉广漠的大原，拥抱着环回纡折的峦谷，冷风凄雨，严霜寒雪，僵绝的冰流澌澌的溅裂，飞舞的沙砾阵阵的扫掠，一切“天然”的苛酷累年积月，层层抑遏，却有兀傲猖狂的古树，翘然矗立于其中。臃肿的伟干，蜷曲的细枝，风伯雹神恨他的猖獗，严刑酷罚一日不离这“天然之叛贼”，飕飕微动就已震颤，点滴僵石，却又木然，唉！积威之下，难道他畏怯至此！年龄无量数，幅员无量大，经受尝试无量苦，——不知道天地的长久，宇宙的辽阔，鳏寡孤独的惨戚。只时时飐拂自己的万里长枝，零星琐叶，从容徘徊于此惨忍不仁的“天然”间。似乎是已经老态龙钟，枝叶委琐，雨侵

① 德理觉夸夫斯嘉画馆：今通译特列季亚科夫美术馆，是俄罗斯的世界级美术馆，藏品以古俄罗斯圣像和当代画作著称。

虫蚀，靡靡难振，然而又未尝闻斧斤之声而有丝毫转侧，受啄木之喙而起细微呻楚，确也崛然强项。只有凄微的风色，匿黯的日影，重云摩顶，孤鹄啼枝，添绘了几许悲愁的景象！回忆小阳春时几微流转些将近暖谷的和风，偶尔沾惠些尚未凝霜的甘露，虽则凄惨依然，预觉“严冬之恶神”狂暴，却还有余力作最后的奋斗，试一试防御的战术，居然能及时自显伟大的“春意之内力”；那时何等光荣！殊不知道一切都如梦呓，到而今枉然多些悲叹。然而！……然而这春意之内力，他是自信的，不过何日得充分发展，何道得出此牢笼，他那时也许未尝想及。然而……然而他是自信的，神圣的古树呵，自有他永不磨灭的自信力。

果不其然！在荒原万万里的尽端，炎炎南国的风云飙起，震雷闪电，山崩海立，全宇宙动摇，全太阳系濒于绝对破灭的危险恐怖，天神战栗，地鬼惊啸。此中却还包孕着勃然兴起，炎然奋焰，生动的机兆，突现出春意之内力的光苗，他吐亿兆万丈的赤舌，几几乎横卷大空。我们的老树，冰雪的残余，支持力尽，远古以来积弱亏蚀，——况且赤舌的尖儿刚扫着他腐朽的老干，于是一旦崩裂，他所自信的春意之内力，乘此时机莽然超量的暴山，腐旧蚀败的根里，突然挺生新脆鲜绿的嫩芽，将代老树受未经尝试的苦痛。

可惜，狂波巨涛，既卷入深曲的港湾，转折力尽，又随“天然”的惰性律而将就澌静。赤舌的光苗于此渐黯渐黯。他国新林中的鲜芽受不足春之热力，又何从怒生呢？孤零零这一棵古树中的新枝，好不寂寞凄清。何况旧时残朽的枝叶，侵蚀的害虫，还有无数的遗留，苛酷的天然，依然如旧，或者暴风霹雷之后，天文的反动，更加暴虐苛刻，冷酷非常。春意的内力呵！你充满宇宙，暂借此一枝不自然，超其能量而暴发的新芽，略略发泄。还希望勇猛精进抗御万难，一往不返，尤其要毋负这老树兀岸高傲的故态呵！

跋

几世纪几千年的史籍，正像心血如潮，一刹那间已现重重的噩梦，印象稀微，何独不因于此。人类社会的现象萦回映带，影响依微，也不过起伏震荡于此心波，求安求静，恃生活力为已后援。一切一切都放在这“实际”上，好一似群流汇合于心波的海底；任凭你飞溅临空，自成世界，始终只成一抽象的空间之点，水落时依然归于大空，不留半毫痕迹，那时自知枉然。

心海心波的浪势演成万象，错构梦影。醒时愈近，梦象愈真，亦许梦境愈恶。心海普通圆满，心波各趁奇势；所以宇宙同梦，而星神各自炫耀他自己的光彩。其中梦短者不必多羡长梦中的“旧时歌舞”，已可先见后来恶鬼的狞脸：——只须经过中加速几秒，跳过几重类似的梦影，——咱们同梦者还得同醒。假设心海的波涛，展荡周遍，“趋平”之机成熟，这自然是可能的。

唉！资本主义的魔梦，惊动了俄罗斯的神经，想求一“终南捷径”，早求清醒。可惜只能缩短分秒，不容你躐级陟登。西欧派斯拉夫派当日热烈的辩论，现在不解决自解决了。中国文运的趋向，更简直，更加速，又快到了这一旧步，同梦同梦！东方文化和西方文化的交流，在俄在华原是一样，少不得必要打过这几个同样的盘旋。

我这东方稚儿却正航向旋涡，适当其冲，掌舵得掌稳才好。还有我个人心理的经过，作他浮桨前依拂的萍藻，更成交流中之交流；必得血气平静，骇浪不惊，又须勇猛镇定，内力涌现。

我寻求自己的“阴影”，只因暗谷中光影相灭，二十年来盲求摸索不知所措，凭空舞乱我的长袖，愈增眩晕。如今幸而见着心海中的灯塔，虽然只赤光一线，依微隐约，总算能勉强辨得出茫无涯际的前程。何况孑然飘零，远去故乡，来此绝国，交通阻隔，粗粝噎喉，饿乡之“饿”，锤炼我这绕指柔钢，再加以父母兄弟姊妹，一切一切，人间的关系都隔离在此饿乡之“乡”以外。如此孤独寂寞，虽或离人生“实际”太远，和我的原则相背，然而别有一饿乡的“实际”在我这一叶扁舟的舷下，——罗针指定，总有一日环行宇宙心海而返，返于真实的“故乡”。

一九二一年十月稿竟。

这篇游记着手于一九二〇年，其时著者还在哈尔滨。这篇中所写，原为著者思想之经过；具体而论，是记“自中国至俄国”之路程，抽象而论，是记著者“自非饿乡至饿乡”之心程。因工作条件的困难，所以到一九二一年十月方才脱稿。此中凡路程中的见闻经过，具体事实，以及心程的变迁起伏，思想理论，都总叙总束于此（以体裁而论为随感录）。至于到俄之后，这两部分，当即分开。第一部分：一切调查，考察，制度，政事，拟著一部《现代的俄罗斯》，用政治史，社会思想史的体裁。第二部分：著者的思想情感以及琐闻逸事，拟记一本《赤都心史》，用日记，笔记的体裁。只要物质生活有保证，则所集材料，已经有极当即日公诸国人的，当然要尽力着手编纂，在我精力范围之内，将所能贡献于中国文化的尽量发表。成否唯在于我个人精力能否支持，——可是我现在已病体支离了。

瞿秋白志于莫斯科 Knyaji Dvor 病榻。

一九二一年十一月二十三日。

赤都心史

一　黎　明

沉沉的夜色，安恬静谧笼罩着大地。高烧的银烛，光炧影昏，羞涩的姮娥，晚妆已卸；酒阑兴尽，倦舞的腰肢，已经颓唐散漫，睡态惺忪，渴涩的歌喉，早就烂漫沉吟，醉呓依微。兴高采烈，盛会欢情，极人间的乐意，尽人间的美态，情感舒畅，横流旁溢，“留连而忘返”，将当年“复生”的新潮所创造的“人间美”，渐渐恶化，怠化，纵恣化。清歌变成了醉呓，妙舞已代以淫嬉，创造的内力已自趋于磨灭。一切资产阶级的艺术文化渐渐的隐隐的暴露出他的阶级性：市侩气。地轴偷转，朝日渐起，任凭你电花奇火有几万万光焰，也都濒于夺光失采的危怖。几分几秒后，不怕你不立成“爝火”的微光。黎明来临，预兆早见，然而近晓的天色几微，鱼肚惨色渐转赤黑愁黯的霞影时，反不如就近黄昏的夕阳！游荡狂筵的市侩乐，殊不愿对于清明健爽的劳作之歌让步。何况夜色的威权仍旧拥着漫天掩地的巨力，现时天机才转，微露晨意，未见晨光，所显现的只是黎明的先兆，还不是黎明呢。鱼肚之光，黑霞之色，本来是“夜余”而又是“晨初”呵。

人类的文化艺术，是他几千百年社会心灵精彩的凝结累积，有实际内力做他的基础。好似奇花异卉受甘露仙滋的培植营养：土壤的膏腴，干枝的壮健，共同拥现此一朵蓓蕾。根下的泥滋，亦如是秽浊，却是他的实际内力的来源；等到显现出鲜丽清新的花朵，人人却易忘掉他根下的污泥。——社会心灵的精彩，也就包含在这粗象的经济生活。根本方就干枯，——资产阶级经济地位动摇，花色还勉留几朝的光艳。新芽刚才突发，——无产阶级经济权力取得，春意还隐于万重的凝雾。

那将来主义[①]，俄罗斯革命后而盛行的艺术上之一派，是资产阶级文化的夜之余，无产阶级文化的晨之初；他是春阑的残花，是冬尽的新芽；凝雾外的春意暂时委曲些儿，对着那南风中的残艳，有无愧色？……固然！然而，夜阑时神昏意怠的醉荡之舞，看来已是奄然就息；那黎明后清明爽健的劳作之歌，还依稀微忽。当然仅觉着这目前沉寂凄清的“奇静”，好不惨惋。可是呢……悄悄地里偶然遥听着万重山谷外“新曲”之先声，又令人奋然振发，说：黎明来临……黎明来临！

莫斯科的德理觉夸夫斯嘉画馆里，陈列著名的俄国画家，如联萍等的手笔[②]，旧文化沙砾中的精金，攸游观览，可以忘返。于此间突然遇见粗暴刚勇的画笔，将来派的创作，令人的神意由攸乐一变而为奋动，又带几分烦恼：粗野而有楞角的色彩，调和中有违戾的印象，剧动忿怒的气概，急激突现的表现，然而都与我以鲜，明，动，现的感想。前日，我由友人介绍，见将来派名诗家马霞夸夫斯基[③]，他殷勤问及中国文学，赠我一本诗集《人》。将来派的诗，无韵无格，避用表词，很像中国律诗之堆砌名词形容词，而以人类心理自然之联想代动词，形式约略如此。至于内容，据他说和将来派的画相应——他本来也是画家。我读他不懂。只有其中一篇《归天返地》，视人生观似乎和佛法的“回向”相仿佛。家乐剧院更取将来主义入演剧的艺术，一切旧规律都已去尽，亦是不可了解。

---

① 将来主义：即未来主义。

② 联萍：今通译列宾（1844—1930），19世纪后期俄罗斯画家，作品有《伏尔加纤夫》等。

③ 马霞夸夫斯基：今通译马雅可夫斯基（1893—1930），苏联诗人，代表作为长诗《列宁》。

新艺术中的有政治宣传性者，如路纳察尔斯基的《国民》一剧[①]，我曾经在国家第二剧院——旧小剧院看过。所用布景，固然是将来主义，已经容易了解些，剧本的内容却并非神秘性的，而是历史剧，演古代罗马贫民革命，且有些英雄主义的色彩。昨日到大剧院，一见旧歌剧花露润融，高吟沉抑，旧艺术虽衰落不少——据俄国人说如此，——却一切美妙的庄丽的建筑艺术都保存完好。

危苦窘迫，饥寒战疫的赤都，文化明星的光辉惨淡，然而新旧两流平行缓进，还可以静待灿烂庄严的将来呢。

一九二一年二月十六日。

二 无政府主义之祖国

克洛扑德金夫人前日来莫斯科，他学生纪务立，外交人民委员会的职员，介绍我去见。夫人老态龙钟，听见远东的新闻记者都来吊克氏，非常之感动，表示许多欢忭的意思，——我并且送他一袋白面。纪务立当问夫人什么时候回德美脱洛夫村，他说明天就走，可是这一次身体不大舒服，恐怕不能步行到车站，况且还有许多东西，因叫纪务立一早去送他。夫人回答时还笑道说："今天最高经济苏维埃会长一定要派自己的汽车来，我不肯要他们布尔塞维克的汽车，——汽车夫却说，这不是他们布党的，这是我个人敬仰克氏，所以自愿来的。我回他说，他亦辛苦，感谢不胜。他才走了。"见了克氏夫人出来，纪务立对我说，这是真正的俄国贵族，王爵夫人而有这种克己复礼的精神。可是克氏的本性却非俄国的不务实际的智识阶级，他的主义亦不是俄国式的无政府主义。所以他死后，墓前吊词中，竟有无政府党讥诮克氏太迷信科学了。

我回忆，我们到莫斯科开始工作时，第一事就是克洛扑德金逝世。二月二日我们迁居于外交委员会公寓后，每天报载克氏的温

---

① 路纳察尔斯基：今通译卢那察尔斯基（1875—1933），苏联文学家、教育家。作品《国民》是一部历史剧，描写古代罗马的革命。

度，派专车送医生到克氏那里去。等到九日已经听说克洛扑德金去世了。十二月我们到灵前参观，十三日一早去送殡，宗武忙忙的收拾照像器具，我们同着去。远远的就看见人山人海，各种旗帜招飐着。沿路有人发一张《克氏日报》，上面还载着许多吊文传志，并且还有克氏死后无政府团体通告全欧全俄全世界无线电稿，列宁批准暂释在狱无政府党参预殡礼的命令。当日送殡的除种种色色无政府团体外，还有学生会，工人水手等联合会，艺术学会等；社会革命党，社会民主党少数派都有旗帜。最后是俄罗斯共产党，共产国际，还有赤军拿着俄罗斯社会主义联邦苏维埃共和的赤色国旗。无政府主义者手持旗帜，写着无政府主义的口号，其余各团体也都张着"克氏不朽"的旗。人山人海拥拥挤挤之中，我远望着克氏的灵梓抬出来，面色还蔼然含笑似的，——宗武正拿着照相机照呢，——猛听得震天动地的高呼"万岁"声。一时人丛中更挤得厉害，乱杂之中我只听得四方八面嘈杂的谈话和巡官的号令："请诸位保持秩序，不要往上挤，……""克氏科学上的功绩，道德上的廉洁，真可不朽，虽然他不是……""无政府主义大家殡礼，为什么要军队警察来参预？不用他们……""唉，挤死了！""哼……无政府主义，本来就是无秩序……"我好容易挣扎着走出人丛，站在一旁，远远的见克氏的灵梓拥着黑魆魆一片人影，无数旗帜慢慢的往南去了。

林德（Lind）女士，克氏的亲戚，曾经和我谈及克氏临死时的逸话。克氏病重的时候，温度非常之高，乱梦热呓，每每不能安寝，生平非常之喜欢音乐，所以每每对林德女士说："唉！我又看见许多埃及中国字的花花绿绿影子，似乎只想著书，要去看这些不懂得的字！请你弹琴解闷罢，省得我又乱梦颠倒。……"林德女士有一次拿一叫人钟到克氏床前去，克氏笑着说："我是无政府主义者，向来不发命令，用不着叫人钟，呵呵呵！……"

俄国无政府主义从十八世纪末年就和自由主义同时发生，至十九世纪七十年时代托尔斯泰的无政府主义即极盛。然而无政府主义的俄国性，东方文化性，在俄国社会思想朴实的农民之中比较的发展，俄国式的智识阶级尤其欢喜空谈的无政府主义。至于巴枯宁，克洛扑德金的科学的无政府主义[①]，反而不为俄人所喜，而且比较的带有现代的国际的性质。克氏殡礼后一日，我曾遇一无政府主义者黑诃（Heiho），他说现时克氏既死，俄国的无政府主义还有三派呢[②]。

二月二十三日。

三 兵燹与弦歌

清霜薄日的早晨，冻得凝凝的云色，映着半新不旧的赤旗，时时招拂，荡漾着四周霜枝玉树间的晨光，——这就是俄罗斯社会主义联邦苏维埃共和国的教育人民委员会。门前穿着重裘的看门的让我们进去；沿着扶梯上去，墙壁上处处画有宣传图画，经过一个小客厅，里面却挂着“无产阶级文化之华”等标题，一个赫尔岑的铜像[③]。招待员伊凡诺凡女士殷勤的请我们进去参观，送我们许多书报杂志。我们要求见委员长路纳察尔斯基。秘书文葛洛夫说，路氏明天就上彼得城，恐怕没有工夫见了。我们再四请文氏打电话到克莱摩宫去问，谁知一问居然立刻说：“请。”

我当日就同颂华、宗武准备好入宫券，同进克莱摩；经过两重卫卒，到宫里，巍然高大的城墙，古旧壮丽的建筑，令人神爽。宫城内地方廓大，有许多机关，人民委员大半都住在里面，我们问了一回，才有人指给我们：“那绿房子里，就是路纳察尔斯基住的。”

---

① 巴枯宁（1814—1876），俄国无政府主义者，1864年加入第一国际，后被开除。著有《国际革命协会的原则和组织》等。

② Korelin Slonovitch 派；总体主义派（Universalism——首领 Gordin）；大技术主义派（Pan-technicalism——首领为 Gordin 之兄），其实还有小派别。——作者原注

③ 赫尔岑（1812—1870）：俄国作家、革命民主主义者，著有《谁之罪》、《往事与随想》。

我们进去。灰尘积滞扶梯，电灯有些破毁的，空空的一大间，疏疏朗朗排着几张极华美的锦椅，有一人迎面进来说："等一等。"等了好半天，静悄悄的，似乎一个人也没有，那间屋子又不像是招待室，正在骇怪，东角的门一闪，露出一个面，相片上看见过的路氏，招手请进。我们进办公室一看，排着好好的几张桌子，除路氏外，一个人影都不见。路氏招待我们坐下之后，我们就拿出问题请教：最近教育上的设施和东方文化的意趣。路氏是一演说的艺术家，谈吐非常的风雅，又简截了当，总谈不到十分钟，而所答已很完满不漏。他面色灰白，似乎不大健康，所穿衣服非常朴素。他的谈话大约如下："革命后我们即日促学校教育上的革新，扶植无产阶级文化的基础。然而初行非常困难，因为教员教授之非共产党者——立宪民主党，甚至于还有更右于立宪民主党的——都以怠工反对政府；好容易设了种种方法，现在这种怠工总算消灭了。何况兵燹之后，物质条件也窘迫到极点呢。可是最近几年来学术上的发明也还不少，比如：X光线，化学原子锂的成分，医学上癌症治疗法等。因此欧美各国对于俄国革命后学术文化上的进步，非常之引为有趣而大家想来研究。荷兰科学院曾经派过学生来。我们亦派学生到欧美留学，国内处于破坏状态，纸张印机都很缺乏，所以又设法在德国开了一俄文书籍印刷局。我们在文化上能尽力的地方都已尽到了，然而不敢自满，——实在战争与革命的破坏力非常之大，创造新文化也不是轻易的事，还得努力做去。至于我们共产党对于东方文化的意趣，倒是一个很有趣味的问题。第一，因为俄跨欧亚，和东方古文化素有接触，第二，革命之前俄境内各民族也是被压迫的，对于'东方'极有同情。况且苏维埃俄国，不像其他欧美各国妄自尊大，蔑视东方，我们是对于东方民族极端平等看待，对于他的文化尤其有兴趣。现在极注意于促进两民族的互相了解，采用他的文化，已经设一东方学院。东方文化之'古'，'美'，'伟大'，'崇高'，诗文哲学，兴味浓郁。不过对于他的宗教性，我们认为是已过去的东西，应当自然消灭的。"说完时我看见有一女人捧着一小盘黑面包进来，还有好几个职员模样的坐在那边一张桌子旁等着，因此起身告辞，路氏握手道歉说：“可惜现在有一委员会要开会，我不能多谈了……”

过了两星期，教育人民委员会又派了汽车来，我们到好几处幼稚院，劳动学校去参观，规模虽小，精神却很好，只是物质生活太苦些。今天到一林间学校，离莫斯科有二三十里，那地方空气清新，房舍清洁，专为体弱的儿童而设的，一切设备非常完美，小学生活泼之至，听见中国新闻记者来，大家唱歌跳舞的欢迎，拥着问话；有一学生，居然学会了写“中国瞿秋白”五字呢。

三月二日。

四 秋意

——题画赠林德（Lind）女士

万林森疏，西风又紧，
拥落叶如潮做奇响。
独那月亮儿静悄悄地，
万籁中，自放灵光。
　　虽有些纤云薄翳，
　　原不碍，原不碍，
　　他那果毅沉潜的活力，
　　待些须，依旧是光华万丈。
渗透了，渗透了，
那宇宙的奥秘，
一任他秋意萧萧，秋云黯黯，
我只笑，笑君空扰攘。

三月十二日。

五 公 社

莫斯科生活开始，我们求学考察还正兴致勃勃，然而因物质生活的困苦，竟奄奄有些小恙。病中无聊，同寓一日本人新白介绍几个女友来谈，勉强解闷。一冬以来，足有四五个月，天天是凄清惨淡的天色，一片白漫漫的青影，到底使人烦闷，现在春天已经快来了，这四五月的“俄国生活”也当渐渐转出生意呵！莫斯科城市生活，经革命兵燹之后却很凄清，商铺都封闭着……病中无事，因与俄国友人闲谈，略略得知莫斯科城市生活，并及全俄布尔塞维克革命后草创的设施。

欧洲第一次无产阶级革命，要算一八七一年巴黎公社（La Commune de Paris）革命，马克思亲与其事。公社大概的组织就是城市工人共同组织一消费社，分配一切需要品。俄国十月革命之后，每一城市作为一共产社。又一友人告我，俄国现在无物不集中，消费都以团体为单位，个人名义很难领到需用物品。全国集权行得很厉害。譬如莫斯科公社——市政工会之类，每月为莫斯科居民运取食粮，消费者凭劳动券领取，劳动券以工作高下为标准分好几等，每等可得若干，十日以前在《消费公报》登载。其余一切用品都有相当的机关。友人还说这种集中制在军事时代很有用处：没有一人没有一天能浪费物品或偷闲惰怠的，固然有许多弊病，然而这本是列宁所谓“军事的共产主义”，这是军事的共产社制度，在“国内战争”期间，他的必要，却有一定的程度。至于乡村间呢，贫苦农民多分得土地，生活还像私有者。

日本人新白是一飞行家，年纪正轻，风流倜傥，屡次想回国，都没成功，现在莫斯科飞行学院及参谋部学院东方部做事，所领口粮还不错，他说莫斯科生活很苦，参谋部学院有一英国妇人——英法文教员，家里失窃，穷得可怜呢，丈夫在战线，还因交通不便，虽停战亦不能北返。

三月十一日。

六 革命之反动

今天报载克龙史泰（Kronatadt）之乱已平[①]。

当三月初间公布在彼得城搜获社会革命党之煽动的机关，接着就发表二月二十八日在克龙史泰——彼得城的港口，向来是军事上的要塞，——有一军舰上水手等暴动，三月二日一早，旧步兵将军郭子洛夫斯基公然率领群众声言反抗“共产党的苏维埃”，克龙史泰的苏维埃议长顾子明及数职员均被乱党所捕，于是彼得城里也形势不稳。三月五日劳农国防苏维埃议长列宁，革命军事苏维埃议长杜洛次基联名出布告剥夺郭子洛夫斯基将军的公权，宣布彼得城戒严，地方全权暂移交彼得城国防委员会。外面谣言数起，还有芬兰暗中助叛党之说，因为海冻未解，由克龙史泰还可直接步行经冰上到芬兰对岸。——三月六日杜洛次基又出要降布告，致词非常之动人。九日已经听说赤军节节战胜。到今天——三月十九日——报上载，居然已经完全平静，死亡却也不少，我初到莫斯科时曾经遇见一共产党，这次他去投充志愿军，也死在里面。

大概不得志的小商人，小资产阶级的农民，一九二〇年以来，都不满意于劳农政府，社会革命党所谓“代表农民利益”的政党，到处宣传鼓动。实际上“食粮均配法”，收取农民出产物之全量，为近时西伯利亚以及其余各处农民反抗的真因，——这种风潮，我们到莫斯科时已经很甚。现在正是俄共产党开第十次大会，商议改变策略，于是克龙史泰乱事趁此而起。

我还记得，二月底，华工会中，有人告诉我，莫斯科暗中正在戒严状态之中；共产党中有反对改变政策的，居民庸众同时却秘密的阴谋，所以形势不大稳当。那阴谋的口号是要求三端：（一）自

---

① 克龙史泰：也译喀琅施塔得（德语音译），即布拉索夫，1950—1960 年称斯大林城，罗马尼亚中部城市。

由贸易，（二）开国会，（三）解散共产党。这次克龙史泰的口号却是“无共产党之苏维埃”。其实受资产思想之影响是相同的。

三月十九日。

七 社会生活

教育人民委员会的职员刘白文纳女士送来好些书籍杂志，路纳察尔斯基的著作等，偶然有些白面包，我们请他喝茶，他吃了一个面包，又拿一个，很不好意思的说道：“我们两三年没有吃这样的面包了，我想带一个回去给我母亲，他一定高兴得不了，……”我们赶紧答应，并且又送他两个，他很感谢。随后刘白文纳女士谈及家庭生活，颂华因问：“共产主义的家庭怎样？”他笑着说：“郭冷苔女士著书说家庭生活社会化①——我们却还想不到这一层。”他走时又再三致谢，并因听说李宗武能唱中国戏，约着日子同到无产文化（Proletcult）的音乐会去。

无产阶级文化部——简称无产文化——是教育人民委员会所设的，一切图画音乐诗文戏剧的新作家都加入，凡有创作就大家详论研究。常开音乐或诗文晚会，有时自编戏剧以为工人娱乐。我们去时会员极端欢迎，宗武所唱汪调的《马前泼水》居然收入留声机。他们亦收着几张广东戏片。又给我们看一新式的意大利钢琴，可以不按自鸣，谱子从琴背插入，机括开时音调佳妙无比。说所奏乃日本女郎思夫之曲。音乐会会长问，日本调我们能懂不能，并且详详细细和我们讲那曲子的内容。——意大利一贵族游日本，娶了一日本女子，后来又到美国，竟忘日女，曲中所奏一大部分是日女怨泣之词。会长并说，旧文化的音乐人才，革命中未免凋零，新的还很幼稚，然而假使物质生活不这样困苦，我们的工作还可以强几倍呢……

---

① 郭冷苔：通译柯伦泰（1872—1952），俄国革命者，斯大林时代成为世界第一位女大使。

俄友纪务立介绍托尔斯泰孙女苏菲亚来谈。托氏派在各地曾有一“真自由之结合”，每星期六开会演讲，并有一杂志，现在为政府所禁——因为他们反对征兵太厉害。苏菲亚说，现有以前托氏在莫斯科的住宅——托氏死在其中——改为陈列馆，因约我们去参观并到他家里叙谈。

托尔斯泰陈列馆离我们寓所不远。馆中非常清洁整齐。苏菲亚指示讲解各种图画照相，并有一小画，为托氏亲笔所绘，画中有一小马一大人，苏菲亚说，这是他小时，祖父赏他的玩物。到托氏家后，苏菲亚母亲很亲热的接待我们，并送给我们好几本书——其中有一本为《老子》的俄文节译本。

各种社会公共机关，——据苏菲亚母亲说——凡不是共产主义的，只要不带政治上的危险性质，如托尔斯泰陈列馆等，都不受什么妨碍，有时亦可能稍得辅助。

四月三日。

八 “烦 闷……”

列尔孟托夫（Lermontoff）[①]

烦闷忧愁，
和谁握手，
在这心神
不定的时候？
　　希望，希望，
　　绝无影响，
　　又何事
　　徒劳意想？
　　芳时易过

① 列尔孟托夫：今通译莱蒙托夫（1814—1841），俄国作家，作品有小说《当代英雄》、诗歌《诗人之死》等。

驹隙年光。
爱乎谁爱，
枉费心神，
暂时的——
不值得，
永久的——不可能。
自视又何如？
陈迹都无。
苦乎乐乎？
一切比泡影还虚。
情爱呢？
可知，这甜情蜜意，
禁不起——
理性一闪，
迟早是——
雨消云散。
生活呢？
你且……
冷眼相觑，
才知道：
人生空泛，
人生真太愚。

四月五日译。

九 “皓 月”

——题画赠苏菲亚·托尔斯泰女士

皓月落沧海，
碎影摇万里。

生理亦如斯，

浩波欲无际。

四月十日。

十 “俄国式的社会主义”

德国经济调查员兼外交代表史德勒（Paul St ähler）博士曾来访。他说德国革命后疮痍未复，现时协约国强迫德国赔偿巨款，——其实枉然的。德国俄国经济恢复中必须互相辅助，他来此就是作正式缔结外交关系的预备的。最近德国共产党要求政府与俄通商，德国或者就派公使。我们问他来俄的感想，他说资本家是可以推翻的，资本却不可毁的，——无产阶级胜利后，那资本就是无产阶级国家的库藏，俄国革命中或者有这一类误点。至于政治关系却还有一层：俄国智识阶级向来与平民特异，隔离，不相了解革命中种种经过，这一点未始不是根本远因。德国社会情况不同，假使共产主义革命突现，他的过程一定不与俄国相同。

伦敦 *Daily Herald* 报的通信记者亚尔史孛葛（Alsberg）和我们说，他来此几月，确知道，苏维埃政府是现今俄国唯一的政府，至于共产主义的建设，因为战事和内乱的缘故，还没有什么成就。他又介绍我们见美国资本家房德列浦（Vanderlep）及《旅俄六周记》的作者朗塞（Arthur Ransome）。房氏说他此来乃是为堪察加订租约的事，愈速愈妙，新大总统哈定对俄政策还没一定①，所以迟滞，堪察加租约如成，美国可以供给各种原料，及主要的工业品机器等，俄国方面，木材，皮货，矿产种种天然的富源亦可以开发。

今天我们又见着通商人民委员会副委员长列若乏。他告诉我们

① 哈定（1865—1923），美国第29任总统，共和党人。曾三次被列为美国最糟糕的十个总统的第一名。

许多苏维埃政府的国际关系：

俄国与国外通商，是政府的专利。现在国外的关系已经很好，英国已经正式签约，德国就在这几天内，其余边境各小国及意大利，捷克斯拉夫，都已结通商关系，俄国代表在国外大概都尽先同无产阶级的组织，各生产协社，工人协社等接洽之后，再和资本家商量，外国商人在俄国的，暂时只在我们通商人民委员会里接洽，俄国政府担保他的利益。现在俄国还在努力协理各种租借地，借外国资本来发展俄国工业——社会主义的基础。战事革命，工业毁坏太甚。内战继起，令政府不得不注全力于战事，一切原料及工业生产品都用在军事上。机器不够用，技师非常之少，技术程度又太低——战争时俄国技师死者甚多。所以非聘用外国技师，购买外国机器来发展工业不可。不但机器，就是工业附属品，如工厂中所用电灯泡等，也须向外国购买，如此情形自然不得不和外国资本相接洽。

列若乏还着重的说：“没有工业就没有社会主义，况且决不能在隔离状态中实行新村式的共产主义……我们俄国革命史上十九世纪七八十年代盛行的民粹派（Narodniki）主张无工业的农村公社社会主义。马克思派和民粹派的争执的焦点就在于此。你们想必很明白，我们是马克思主义者，决不能行这种俄国式的社会主义。……当然并且必须和暂时没倒的外国资本家相利用，——发展工业培育无产阶级社会主义的基本；……看罢，资本家胜呢，还是我们?”

四月十一日。

十一　宗教的俄罗斯

愁惨的阴云已经散尽，凝静的死雪已经化完，赤色的莫斯科渐渐融陶于明媚的春光。蔚蓝的天色，堆锦的白云，春气欣欣，冷酷的北地风雪已化为乌有了。基督救主庙壮丽的建筑，辉煌的金顶，矗立云际，依然昂昂突显神秘的奇彩。庙旁旷园，围着短短的灌林，初春的花草，鲜黄嫩绿，拂拭游春士女的衣袂。

俄友郭质生来谈，说今天是俄国旧历复活日曜日，家家都插“瘦柳”，教堂中行大礼拜呢，因邀我们去看。希腊教的仪式，却是中国人的基督教观念中所没有的。

莫斯科最大的教堂——基督救主庙，建筑伟丽，雕刻画像都有很大的艺术上的价值。我们进去的时候，人已很多，每人手中都拿着一握“瘦柳”。只见十余丈高的堂顶上，画着非常之伟丽的耶稣像，四壁辉煌金彩，中间成一十字甬道，甬道的一端，正中有大理石龛，龛前（十字甬道之前）二角有两台：一经筵，一歌筵，十字甬道之他端是庙门，此处和经筵歌筵相对，又有两座：左为国皇座，右为神甫座。救主庙的神甫是全俄最高神甫，革命前受国库供养，统辖全国教堂事务，所谓“国家中之国家”。十月革命后教制仍存，不过与国家政府绝对脱离关系，单受信教徒的供给。我们在教堂中站着不多时，人渐拥挤，最高神甫到了。只见一老者穿着银色长袍，仿佛中国的道士服装，旁有两侍者，服装相类。一侍者手执香炉，垂着银索，在前一面走着，一面荡着，领导最高神甫走向祭坛，歌筵上立刻就唱起圣歌来。大礼拜式就此开始。随后神甫走到堂中向众画三次十字，一侍者展开斯拉夫文《圣经》，放在他前，高声朗读。如此种种仪式，延长约有两小时余。

我们回到寓所，郭质生问我有何感想。我说仿佛不在欧洲。他笑着说俄国东方文化很深，大多数农民群众，迷信得很呢。——革命之后才稍好些。诚然不错，希腊教仪式竟和中国道教相似。

农民因俄国旧文化的缘故，守旧而且愚昧。据郭质生说：十月革命初期，各地乡村中农民奋起，高呼分权万岁，各村通行须有当地地方政府的执照，如此者三月。后来国内战争剧烈，农民少壮都受征调，政府派遣食粮军收集食粮，农民才渐渐忘掉苏维埃政府分给土地驱逐地主的政策而起怨忿之心。现时新经济政策初实行，还时时听见农民反抗的事——他们还不十分相信呢。然而革命前俄国人民有百分之七八十不识字，如今识字者的数目一跃而至百分之五十。最大的原因有两个：（一）二月革命后政局上不断的起非常之巨大的剧变，虽然沉寂的乡僻地方也渐渐有得政治消息的兴趣，各党宣传者多四出散给报纸。（二）退伍兵士，从战线回家，思想已大改变。——因此现在农民对于宗教的关系稍淡，思想上的改造，已经要算大告成功了。

四月二十三日。

十二　劳工复活

夜深了。虽是俄国诗人的“五月天气”，晚寒还暗袭行人的衣袂。莫城稠密的街市，一时也稍沉寂，隐隐约约渐听着四处教堂的圣钟殷鸣——陡破夜神的深寂。巷口街梢，三三五五的人影渐现，一时多似一时。教堂钟声愈久愈多，愈晚愈洪，圣诗的歌声摇曳沉抑，萦绕天际。等到夜间一二时，教堂的圣阶前已聚着黑密密一大堆人，星星点点耀炫着信教徒手中的圣烛，画像的高门下排着神甫入庙的仪式，年老龙钟褴褛疲弱的乞丐双手拱着等候基督教徒的慈悲——复活节的夜祭开始了。我们挤在基督救主庙里，人山人海，至少也有两三万，一切仪式也不能十分看得清楚。好容易挤得出来，回寓已经四点多钟，很疲乏。莫斯科城却为一千五百余教堂的钟声——殷洪沉递——的震动飞颤。“异教徒”的清梦也受骚扰。

复活节是俄国旧历中最大的一佳节，家家户户都相庆贺，今年恰巧和国际的五一节同在一日。俄俗凡逢复活节的一星期，每家设着盛筵，种种食物，鲜美丰盛。儿童得受“复活鸡卵”——鸡卵染着种种彩色，并有玉琢木雕的，友朋亲戚往来宴请，人人相见，都以接吻相庆，即使未嫁的女郎在这几天亦可以和男友交吻。革命后战祸相承，政府行集权制及劳动券，已经两三年没有大大的过这佳节，食物菜膳不容易取得。今年第一年行新经济政策，开放商业，民间值此佳节，突现活泼泼的气象。

五月一日的清晨，暖欣欣的朝阳，温和的春风，路上行人却很寂寞。——昨天晚上礼拜归去太晚了，市场又因佳节而停闭。只有莫斯科的中心——赤场附近[①]，设有演坛，无产文化行农民跳舞种种新艺术庆贺五一节。全城电车通挂红彩，游行全城，演说五一节工人运动的复活。我们路过一场，许多教育人民委员所办幼稚院的儿童穿着新衣称号“万岁”，场的另一端，又有嘉里宁演说呢[②]。

我们趁两重佳节的兴致，顺路一访女友。——可是没有接吻，因为东方人的羞态……

——啊呀，恭喜恭喜，今天在我们这里吃过节饭。

——你们正忙着做菜呢！我来帮你。肉是市场上买的，新鲜么？

——昨天买的。现在劳动券废了，东西容易有新鲜的。呀！——我们忘了问你，你们中国有复活节么？

我因此略略解释中国人的宗教观念，风俗，和对于基督教的关系，他们听得非常之有趣。

回忆二三月间，我到俄人家里，那冷淡枯寂的生活，黑面包是常餐便饭唯一的食品，中国茶是请客的佳味。现在丰富得多了，可是非得有钱不可，市场物价因投机商业之故很不稳。然而大概而论，大多数劳动人民也受许多方便利益——工厂工资大增，废劳动券而令得购买于市场的可能。——无大工业，或大工业破毁的国家里，那集权制的分配本不适宜；共产方法另有途径，集中的制度暂受技术上的困厄，——仅能为“军事的共产主义”时期暂时的奋斗方法。

假使俄国的市侩见布尔塞维克的让步，远东初醒的社会科学研究者于此证实马克思所谓社会关系中“经济现象”的现实力。假使莫斯科市民淡于五一节而热于复活祭，更见着经济落后国家的守旧性，小资产阶级心理的反映。

五月一日。

---

① 赤场：即红场。下文的赤军即苏联红军。

② 嘉里宁：今通译加里宁（1875—1946），苏联革命家，早期国家领导人。

十三 “劳动者”

马克思、昂格思[①]，凡遇着笼统言“生产者”，“劳动者”，而不辨阶级的差异性的人，必定和他竭力辩论。没有笼统的“劳动者”或“工作者”，而只有：或是自有生产工具的“小经纪者”，他的心理，状态及一切生活习惯完全是资产主义的，——他亦不能有别样的心理——或是雇佣“工人”。

列宁《俄共产党第十次大会演说辞》

清风朗日的春早，莫斯科天色已经非常和快，昼时而且很热了。游春士女都到郊外树木草地，一畅郁积。莫愁园畔，莫斯科河边，绿林荫下沐浴畅怀。青青的藻林，悠悠的池水，士女三五，携手并肩，尽着情话呢。我们同着俄友纪务立，苏菲亚·托尔斯泰女士，嘉德琳·亚尔奏莫维次女士（前俄最高法院院长的女儿）同着步出郊外，清风拂拭，全宇宙都在怀抱中了。纪务立却不十分高兴，对我们说道：“你看嘉德琳女士，以前的贵族，那倨傲之态还依然存在，不大愿意理我似的……”我说：“也不见得，你心上不舒服，因为他待你没有你所要的亲热样子罢了，怎说不理呢？他不是刚才还和路旁的农家女问话的么？……”

从莫愁园回来的时候，天色还早，稍微有些风，灰尘蓬勃；路上有一扫街夫，不用水洒，拼命乱扫，尘土腾得更高。纪务立问他为什么不用水洒。

——请你问列宁去！“他们”没有给水，教这样扫的，又怎么办。

回寓很疲乏，吃完饭在饭厅闲坐。饭厅的女仆坐在自暖壶旁斟茶给我们吃。静悄悄的看着窗帘飐拂，随意谈着。

一女仆说他的兄弟在乡间耕地，今年春天收成或者还好，雨水

① 昂格思：今通译恩格斯。

若是不足那可没希望了。食粮年年政府收尽，乡间生活，也没有城里人说得这样好。我告诉他，今年实行课税法，不至于尽收食粮，很可以多下些种了。他说他兄弟不敢信政府公报上的政策，还不肯多种，恐怕枉费力呢。

公寓门首，阶沿上坐着两三个人，夕阳红艳，照着他们神圣的劳工颜面。晚风清利，令人回想日间莫斯科河里的沐浴。闲着在门首散步，只听见工人谈说得高兴。

——唔，老兄弟，你知道“劳动义务”也改“劳动税”了。省得他们胡来，还是我们做得来工！

——你们新定薪水有多少？我们现在听说快得十倍的薪水呢。

——自然，一天一斤面包，一顿中饭，还不好？要什么钱！

——别慌！咱们国家工厂口粮还得发呢，钱亦加多，还有我们制的东西，也可以领……

五月二十日。

十四　“死亡之家”的归客

西伯利亚冰天雪窖中埋没了不少俄国青年热烈的“地底下的”亡命客，从笃思托叶夫斯基（Dostoevsky）以来到革命怒苗的爆发[①]，五六十年，不知有了祖孙父子兄弟几代的志士呢！有一俄国共产党告诉我，他前天得见一很老很老的革命家——“西伯利亚的亲戚”。

这革命家就是芭烈澳斯基[②]。他革命事业开始得很早，才学过人，政见虽和民粹派相近，而向来是无党的，政治运动中往往站在社会革命党和社会民治党之间。经济财政办实事的才干非常之敏捷

① 笃思托叶夫斯基：今通译陀思妥耶夫斯基（1821—1881），俄国作家。1849—1859年间曾因革命活动被沙皇政府流放西伯利亚长达十年。

② 芭烈澳斯基：二十世纪早期俄国无党派人士。

周到详细，俄皇政府时屡次受通缉，亡命在国外。欧战时，俄政府从1912年之后反动潮流已息，又值战事，社会问题急迫，不得不俯就维新派稍稍采用革命党中的人才。芭氏返国当军事工务委员会会长。克伦次基政府时曾续为工商总长①，十月革命后因阶级斗争的剧烈，卷入狱中。他怠工抵制受革命法庭判决下狱一载半。芭氏详悉欧洲商埠情形，对于俄国的工业——尤其于“采取工业”素有研究，全国实业经济状况了若指掌。所以他在狱中的时候，最高国民经济苏维埃屡次有人乘着汽车到狱中访问请教。监狱中他住的一间房和办公处差不离，地图簿籍满屋都是；当初共产党公布土地国有法，小农慌着出卖田地，农政弄得一时纷乱不已。苏维埃大会时特派代表去问芭氏，芭氏画定“田地仍按公社习惯法一概禁止买卖”，草了一稿，共产党才据此公布。——这是俄国农业经济客观的特点，没有办法！有两次俄劳农政府请他出狱，然必以为国任事做条件，——要委他做交通人民委员长。他不肯答应，说：“附条件的释放我不干。”后来又坐了一年半监狱才出来。现在在彼得城大学当教授。新经济政策实行，他来莫斯科，或者要接办协作社的事情呢。本来俄共产党对于俄技师的利用——智识阶级的才智，亦用集合的办法。芭氏向来是技师联合的首领。全国无论什么地方要用技师，都由那一联合会接洽，——人才的分配，报酬的多寡都由他们自己决定。此来芭氏已经大可有所供献于国家了。

小小的一间客厅，只有一盏桌灯光线暗暗的，映着窗帘旁的花影在壁上横斜飞舞。几个俄国女郎和东方少年坐着谈心呢。这是莫斯科托尔斯泰家的客室。苏菲亚和我说：

——今天有一很重要的布尔塞维克到我们这里来呢，——全俄中央执行委员会秘书长。

深夜一两点钟，街上人声稍寂，日长天“逛”的俄国士女大半

---

① 克伦次基：今通译克伦斯基（1881—1970），俄国地主资产阶级临时政府总理。

归去了。听得门响，进来了一伟大的黑影。他脱了大氅，露出俄国式的朴素的服装。深沉和静的面貌——纯粹俄国态度。彼此相见，他很奇诧，“中国的新闻记者也到我们这里来了！”谈吐非常之风雅有礼貌，托尔斯泰母女都陪着他问长问短，他还殷勤细问：日常生活不缺乏否？教育委员会的托氏图书手稿整理委员会——苏菲亚母亲是会员，——口粮薪水还能做物质生活的保证不能？他又谈着革命前的回忆，兴致深浓。人也确谨慎老练。

——我们充军到西伯利亚去的时候正有意思，现在想起来都另有一种感慨呢。就在这样一辆车里，监差的和流犯同起居，也辨不出来，谁是犯人谁是公差。相待不能苛酷，他们明白。——这才真是所谓“俄罗斯的心灵”。英德监狱公差手中去试一试看！“公事公办”？那才残忍呢！1914 年反对战争，流到西伯利亚的同伴更不少——杜洛次基也在内，——我们之中大概都是屡次三番发配的。可是那次我们同伴多聚在一起，居然，还在充发地集会结社演讲呢……

十五　安琪儿

列尔孟托夫

迴飞安琪儿，
低吟绕天梁；
云拥星月惊，
神歌圣意昌。

清灵赞洪福，
天幕阖且张；
大哉我主宰，
竭诚为颂扬。

长抱赤子心，
悲泪盈洪荒；
歌声清且纯，
无言意自长。

此曲留人世，
历炼心志良；
天声自玄妙，
尘俗敢相望？

六月八日。

十六 贵族之巢

两三月前，《劳农公报》初发表开放商业的命令。小商人市侩欣欣然的露出头来。不但小商人呢！体力不能当工人的一班“念书人”，夫人，小姐，受不着职工联合会的保护，口粮所领太少，消费的欲望又高，——这才有了机会。

十字街间，旷场两面，一排一排小摊子。……人山人海，农家妇女，老人，工人，学生……种种色色人，簇拥在一处。这里一批白面包，香肠，火腿，牛奶，糖里点心，那里一批小褂，绒裤，布匹。一堆一堆旧书旧报，铁罐洋锅，碗盏茶杯，……唔！多得很呢！再想不着：严冬积雪深厚，——我们初来时，劳动券制之下，——这些丰富杂乱的“货物”，都埋在雪坑里冰池底么？经济市场的流通原来这样；可是开端的原始状况还很可怜。学生服装的一两个人或是拿一条裤子，一双旧鞋也算做生意呢。

远远的日影底下，亮晶晶耀着宝石，金链；古玩铜器，油画也傲然一显陈列馆的风头。有华丽服装，淡素新妆的贵妇人，手捧着金表，宝盒等类站在路旁兜卖。有贵族风度的少年，坐在地下，展开了古旧贵重的红氍毹，等着顾主呢……

现在又过了两月了。亚尔培德街前，许多小孩子拿纸烟洋火叫卖，汽车马车穿梭似的来往，街窗里红玫瑰绣球花欣欣的舞弄他的美色，一处两处散见着油漆的商号匾额，——啊哎！热闹呢！再不像“冬时”，军事的共产主义之下，满街只有茫茫的雪色，往来步行的“职员”，夹着公事皮包的人影了。

一间大玻璃窗，染着晶亮的银字：“咖啡馆”。窗里散排着几张小桌藤椅。咖啡馆小室尽头帐台上坐着一素妆妇人，室中间站着一半老的徐娘，眉宇间隐隐还含贵倨之态，却往来招呼顾客。

——请问，是不是要咖啡，还是中国茶？

——两块点心，糖果多拿些！——一男子粗鲁的口音回答着，翘着双腿，笑嘻嘻的和同伴谈天呢。

——就来，就来！咖啡一杯，中国茶两杯，点心两块，这里的客人要。……

馆开门处，一位“美人”走进来了，红粉两颊，长眉拂黛，樱唇上涂着血滴鲜红的胭脂，丝罗衣裙，高底的蛮靴，轻盈缓步的作态坐下，眼光里斜挑暗视，好像能说话似的。拈着一枝烟，燃着了，问道：

——咖啡牛奶要一杯，有好点心么？

贵倨的半老徐娘和声下气的答应着。咖啡点心都拿来了。忽然又进来一女郎，服装虽不华丽，神态非常之清高，四处一看，只有那一“新妓女”神气的女人坐在那里，于是不多看，忙找着店主人，问好之后，接口就咕噜咕噜用德国话谈了半天。店主人拿出几万苏维埃钱交给女郎，他就匆匆的走了。新妓女那时已吃完：

——你们这里没有牛肉饼么？几万钱一碟？

——没有，对不住，可是可以定做，晚上做好，要多少呢？请问。两万钱一碟。

——要两碟，浓浓的油。

说完他就站起来，扭扭捏捏的走出来，走到门口，懒懒的说一句“再见”。店主人忙答应着，回头笑向那半老徐娘用法文说道：

“这不知道是那一位‘委员’的相好，看来很有钱呢……”

假使屠格涅夫（Turgeneff）的《贵族之巢》在地主华美的邸宅[①]，现在五十年后，苏维埃俄国新经济政策初期的贵族之巢却在小小的咖啡馆。——原来革命后贵族破产，所余未没收的衣饰古玩，新经济政策初行，流到市场上，过了这么两月他们便渐渐集股积聚，居然开铺子了。其实新经济实行，资本主义在相当范围内可以发展。而资本集中律一实现，这班小资本的买卖不过四五月就得倾倒。我初见街头所卖白面包，还是小生意家家里自己零做的。现在已经看得见一两种同式同样又同价的白面包，打听起来，原来已有犹太旧商人复活，做这大宗批发生意，替他算起来，一天可得利几千万苏维埃卢布呢。资本的发展——按经济学上的原则——真是“速于置邮之传命”。

俄国贵族的智识阶级向来最恨资产阶级的文化，——赫尔岑说西欧文明不外一“市侩制度”而已。现在却都要成可怜的资产阶级中的落伍者呢。虽然……虽然……那“忏悔的贵族”，——“往民间去的青年”，一世纪来在社会思想上为劳动人民造福不浅。共产党领袖中磊落的人才也不少过去时代的贵族呵。前一月我曾遇一英国共产党员——对俄国文学很有研究。他说俄国文化资产阶级一分都没创造，历来文学家社会思想家差不多个个都是贵族。……

我的俄国历史教授纪务立说：大俄罗斯民族东方性本重，个性命发达，——固然有许多特点优良的国民性，然而缺点也就不少。老实说，一切艺术科学文学的文化不是西欧输入的么？未欧化的大俄罗斯人污秽迟钝，劣性很可见，至于贵族青年有志的，那又是一件事——他们欧化虽不纯粹，始终在历史上占了一过渡西欧文化的地位。如说到小俄罗斯人——乌克兰人，已近西欧，东方色彩就淡

① 《贵族之巢》：今一般译作《贵族之家》。

得多。平民之中也可以看得文化性。

初到莫斯科时，我们认得一英国人——共产党员，外交委员会的职员威廉。威廉夫人是生长在小俄罗斯的。他曾说小俄罗斯贵族的地主制——封建遗迹，破坏的较早。那地农家妇女爱清洁，有条理，——日常生活之中才真见得文化的价值。往往在大俄罗斯及乌克兰边境，小俄农家女有嫁给大俄人的；新媳妇进门不到两三天，立刻就要把大俄农村家庭整顿一番，油刷裱糊都是新媳妇极力主张的，——他根性就不能忍耐那半东方式的污糟生活。

六月十三日。

十七　莫斯科的赤潮

十月革命爆发，莫斯科成了世界革命的中心。这几天正是赤潮高涨的时候。一九一九以来万国革命的社会党已经屡次会集于此。现今，一九二一年的六月，在此城里又要开四个国际大会：共产国际第三次大会，共产国际妇女部第二次大会，少年共产国际第二次大会，赤色职工国际第一次成立大会。

十七日，各会各国代表差不多都到齐了；在赤场行阅兵典礼欢迎代表团。广大的旷场，几千赤军，步马炮队，工人军事组织，共产党军事训练部，男工，女工，儿童，少年都列队操演。杜洛次基洪亮的声音，震颤赤场对面的高云，回音响亮，如像声声都想传遍宇宙似的。各国代表都致祝词。……“万岁”声……

昨天共产国际行第三次大会开会式。大剧院五千余坐位都占得满满的，在台上四望，真是人海，万头攒动，欣喜的气象，革命的热度已到百分。祇诺维叶夫（Zinovieff）致开会词：“我以第三国际执行委员会的名义宣布第三次共产国际大会开会……”下面鼓掌声如巨雷，奏《国际歌》……

各代表演说庆祝完了之后，还聘请全俄全世界负盛名的名伶沙略屏（Sholiapin）唱歌曲助兴，……歌声高入云际。

沙略屏歌完笑着说："我虽不是国际主义者，而是国家主义者，今天却有一歌，普希金的词，四国（俄德法意）文字都有译文，请为共产国际代表诸君一歌，恰好应景呢。"歌竟，四座鼓掌不已，坚请沙氏再唱。沙氏说我们唱时行的《劳工歌》，请诸君相和，……于是五千多人的全剧院都卷入《劳工歌》的声浪中了。

六月二十三日。

十八 列宁 杜洛次基

克莱摩宫十三世纪的宫墙，七百年前的教堂——朴素古旧，建筑奇特，当时必是国家中央最大的圣地，而今比着后代西欧式的新殿宇，已竟很低狭了，累世纪的圣像画壁——人面衣饰，各画之间还留着古艺术的"条件性"，好一似中国的关帝像，希伯来君士但丁文化的遗迹还显然；中央执行委员会，人民委员苏维埃的办公室，都在新殿宇内：巨寺的跳舞厅，光滑雪亮的地板，金碧辉煌的壁柱，意大利名艺术家的雕刻，有一部分宫殿，彼得大帝以前的俄皇起居，还另设陈列馆人员指导浏览，西欧化后俄国的文明已算会集希腊日耳曼的精髓糟粕；现今则安德莱厅赤色光辉四射，全宇宙映耀，各国劳动者代表的演辞，声音震及环球，——第三次大会的共产国际；今日之克莱摩宫真做得人类文化三阶段的驳杂光怪的象征。

第三次大会第一天，杜洛次基提案《世界经济现象》，指呈当时经济恐慌稍缓，渐有改善，劳动运动由进攻一转而为防守——资本家反乘机进取，然而这不打紧，共产国际可藉此深入群众，正是历练巩固革命力的好机会。丰采奕奕的杜氏，演说辞以流利的德语，延长到三小时余，……后来讨论时，法国共产党有许多疑问，争辩很久。我们新闻记者中有不十分懂的，因约着布加利亚代表同去问杜氏。杜氏见中国新闻记者很欣喜，因竭力和我们解释，说话时眉宇昂爽，流利倜傥。他说，经济状况窘迫——就是"恐慌"到时，并不一定是革命的时机，有时一部分小资产阶级的无政府派之激于意气，冒昧暴发，反丧群众的元力；经济状况改善时，工人资本家冲突渐入“经济要求”的狭轨里，然而即此可鉴“社会党人”和群众的密接训练程度增高……“法国同志就是不赞成我这一层意思……”他说得兴高采烈的时候，手里一枝短铅笔，因他指划舞弄，突然失手飞去，大家都哄然笑起来了。……

列宁出席发言三四次，德法语非常流利，谈吐沉着果断，演说时绝没有大学教授的态度，而一种诚挚果毅的政治家态度流露于自然之中。有一次在廊上相遇略谈几句，他指给我几篇东方问题材料，公事匆忙，略略道歉就散了。

安德莱厅每逢列宁演说，台前拥挤不堪，椅子，桌上都站堆着人山。电气照相灯打开时，列宁伟大的头影投射在共产国际，“世界无产阶级联合起来”、俄罗斯社会主义联邦苏维埃共和国等标语题词上，又衬着红绫奇画，——另成一新奇的感想，特异的象征。……列宁的演说，篇末数字往往为霹雳的鼓掌声所吞没。……

大会快完，政治生活的莫斯科这次才第一次与我以深切的感想呵。

七月六日。

十九　南　国

——“魂兮归来哀江南”（庾信）

阴晴不定的天色，凄凄的丝雨，心神都为之忧黯……污滑的莫斯科街道，乱砌的石块，扰扰行人都因之现出破相。街梢巷尾小孩子叫唤卖烟的声音，杂货铺口鱼肉的咸味，无不在行人心理上起一二分作用。

钟表铺前新挂起半新不旧的招牌，也像暗暗的经受愁惨的况味。我走到铺前，只见一老者坐在帐台旁，戴着近视眼镜，凄迷着双眼，在那里修表呢。旁坐一中年妇女接着我的表嘻嘻的说道：

——呵，你们来开“大会”的，预备回去宣传无产主义么？

我笑着回答他不是的。他还不信呢。后来又说：“不错不错，中国也不用着宣传，——在中国的资本家都是英国人，和我们从前一样，德国人在此占‘老爷’的地位，咱们大家都当小工，现在又兴租借地了，和你们中国差不离。”我说，你们有苏维埃政府呢。他默然一晌，笑一笑，就不言语了。……

我回寓来觉得更不舒服。前几天医生说我左肺有病，回国为是。昨天不是又吐血了么？七月间病卧了一个月，奄奄的生气垂尽，一切一切都渐渐在我心神里磨灭……还我的个性，还我为社会服务的精力来！唉！北地风寒积雪的气候，黑面烂肉的营养，究竟不是一片“热诚”所支持得住的。

万里……万里……温情的抚慰，离故乡如此之远，那能享受。习俗气候天色，与故乡差异如此之大，在国内时想象中都不能假设的，漫天白色，延长五月之久，雪影凄迷，气压高度令人呼吸都不如意。冰……雪……风暴……那有江南春光明媚，秋花争艳的心灵之怡养。

可是呢，南国文物丰饶也不久（其实是已经）要成完全的殖民地，英国“老爷”来了……想起今晨表铺主人的话，也许有几分真理。……

梦呓模糊，焦热烦闷，恍恍忽忽仅有南国的梦影，灿黄的菜花，清澄的池水……桃花……

唉！心神不定，归梦无聊。病深了！病深么？

八月五日。

二十　官僚问题

俄国社会问题从十九世纪以来，除九十年代勃然兴起的劳工问题外，向来在社会思想中占极重要而不得解决的还有三个问题：智识阶级问题，农民问题，官僚问题。封建遗毒，东方式专制政体，使官僚问题种得很深的根底。葛葛里(Gogol)的《巡按》[1],俄国官僚社会的肖像,几十年,因有社会经济的根源,只在变化不在消灭,革命的巨潮如此汹猛尚且只扫刷得一些。无产阶级新文学中已有"新葛葛里"出现,共产党报刊上努力的攻击官僚主义呢。

一小学女教师值学校停课,所领口粮不够生活,因就一临时讲席,原来的口粮也没辞去。农工检察人民委员会,委派整理职员予以考核的时候,这位女教师不得不受审判,争辩的结果,反而得知审判官中每人至少也得七份口粮呢。

郭质生和我说:有一营官兼营中政治文化委员会委员,不知怎么样作弊得五百万苏维埃卢布,营长及委员长两人最初假装着不知道。此后营官赂赠营长妻以地毯,却骗了委员长。营长及委员长两位长官的夫人谈起来,委员长夫人吃起醋来了!于是这件事就此发作。营官的老母托质生去看他,他对着质生凄然的说道:

"听说判决死刑……枪毙,……枪毙……难道我的命只值五百万……五百万么?……"

八月十二日。

二十一　新资产阶级

无产阶级政府命令如箭的飞来,"店老班"的肚子如牛的胀起。

一月半前有一共产党的亲戚开了一咖啡馆,托一朋友雇跑厅的女郎,道:

——每月十五万卢布,每天两小时的工作,……嘻……嘻,额外钱"在咖啡馆"里他们自己还可以另赚,只要会……请你留心替我找一找。

郭质生——虽是"非政治主义者",然而始终是热烈的"忏悔

① 葛葛里:今通译果戈理;《巡按》:今通译《钦差大臣》。

的贵族”，嫉视市侩主义的文化——他听说这件事，暗含隐语地说道：

——现在又多一出路了。你中国的道学家！以为资产阶级，上等社会清高得很呢，你看，现在俄国机关有多少女郎！战前向来没有过。第一次外交部有女官，大家还诧异呢。现在这班“女官”你想她们怎么样。早晨上衙门，外交委员会呀，教育委员会呀，下半天“公余”，赶紧重新梳掠涂抹起来，上咖啡馆当女役去！又是一条出路！你还不知道，革命时资产阶级破产，这些女孩儿家，速记生，打字生……怎样得上衙门去的呢，革命了，炮火连天。家里一个钱也没有，生意做不成，工厂没收了，丈夫在战线上不得回来，一个女人家年纪又老了，……要吃要用，怎么办呢？唔！哼……女儿十八九岁了，……一清早梳掠同着女儿去看一看“熟人”新任的委员，主任，“怎么样呢？困难得很……想一方法，请你给女儿弄个位置罢，啊哎！”……委员长看一看，眯细着眼说：“好……好，哈……哈！我给你们想法，给你们想法。……”于是成功了，有口饭吃。现在呢……现在呢……新经济一开放商业，哼……“旧的”更倒到“底下”去，新的更爬到“上头”来。

说得好急激，好急激，……未免刻毒。

和质生说完之后，顺路出来，天色已竟薄暮，暗地里隐约见前面两个人影，一面走着谈天呢：

——啊！我今日忘了带“白手套”，出得手汗，好不难受。……你的事怎么样？“得意”么？

——我给他二百万卢布股份，他还请加。我想他那买卖利钱太少，算了罢。

新资产阶级发生起来，应着“资本最初积累律”，社会生活的现象中也就随之发见种种“新式”。戏院（私人的），咖啡馆，饭馆，照相馆，市场经济越发扩张了，技师就私人企业家聘请的每月动辄百余万了。

国家工厂企业也完全改成“每一企业为一法人”的原则；竭力增加生产力，设许多国立托拉斯，种种专利制，——以与私人经济竞争。不但如此呢，政权把得稳稳才好。

前一月小商人自由集会于赤场，要想立新提嘉（syndicat）[①]，当时被苏维埃警察驱散；又一次选举商会，会长每月薪金一百五十万，会员一百万。——总共五人，说要“整理”市价；想做投机总机关，又被政府禁止，听说不久就要有合法的商人组织起来呢。——非得使他在国家市政监督之下不可。

八月十五日。

二十二　饥

东俄旱灾非常之甚。俄国产麦最多的北方，除乌克兰及西伯利亚外，本部向来要算黑壤区，向来运输关系上乌克兰及西伯利亚离中央太远，全靠大俄本部黑壤区的出产。今年却刚刚是这一区旱灾，灾区非常之大。值此劳农政府努力于提高农工生产力之时，又受一大大的打击。革命战祸连年以来，饥寒交迫，今年又是如此，真可见俄国无产阶级创业的艰辛。

劳农政府设着种种方法力图救济。各机关实行赈捐，没有被灾的农村，都派人募收志愿捐助的食粮。各城市中呢，举行音乐会，演剧，募捐；学生，赤军，医生，看护妇，都热心参加。职工联合会组织募捐队，又到灾区去调查。请外国红十字会来俄考察赈助，——美国还特派一机关来此。

俄国中央及各省报纸上载灾区通信：“一堆一堆饥疲不堪的老人幼童倒卧道旁，呻吟转侧。……啮草根烂泥。……竟有饥饿难堪的农家，宁可举室自焚。……还有吃死人肉的呢。……”真是惨不忍睹。政府茹苦含辛派遣火车去办移民，一切一切……

---

① 新提嘉：今通译辛迪加，资本主义垄断组织的重要形式之一。

莫斯科城市新资产阶级开着辉煌的咖啡馆，饭馆，哼，募捐队去时，大大的商铺，只出得几万块钱。“利”……“利”，麻木的神经，暗黑的良心……是市侩主义的标帜。

欧洲的资本家还想借此鼓弄阴谋，几百万人的性命在文明人眼光里算得什么！俄国经济破败没得法想，也就将就几分。——资本家说“不信”布尔塞维克办赈灾，于是全俄中央执行委员会组织一无党的赈灾会，——就是欧洲政客的同类，他们所认为有名望的立宪民主党呀，社会革命党呀，都加入。自然，有良心的，没有资产阶级党派臭味的，廉直的“上等社会”也欣然来做此救济祖国的事业。——葛里基（M. Gorky）还预备亲自到伦敦巴黎去募捐①。

昨天我到托尔斯泰家里，遇见托氏的幼女亚历山大(Alexandre Lyvorna)，他忽然说，赈灾会被解散了。原来赈灾会决议要分到外国及灾区去募捐或调查。实行时，这些贵族老爷都想借此出境，却不肯到困苦的灾区去，亚历山大亦是会员，当时一同被捕，审知无阴谋关系即刻就放出来了。据说不但是执行不执行那议决案的问题，有几个人还有凭借这一联立组织作政治的诡谋呢……唉！

八月二十九日。

二十三　心灵之感受

一间小小的屋子，以前很华丽的客厅中用木板隔成的。暗淡的灯光，射着满室散乱的黑影，东一张床，西一张凳，板铺上半边堆着杂乱破旧的书籍，半边就算客座，屋角站着一木柜，柜旁乱堆着小孩子衣服鞋帽，柜边还露着一角裙子，对面一张床上，红喷喷的一小女孩甜甜蜜蜜在破旧毡子下做酣梦呢，窗台上乱砌着瓶罐白菜

---

① 葛里基：今通译高尔基。

胡萝卜的高山；一切一切都沉伏在灯影里，与女孩的稚梦相谐和，忘世忘形，绝无人间苦痛的经受，或者都不觉得自己的存在呢。那板铺前一张板桌，上面散乱的放着书报，茶壶，玻璃杯，黑面包，纸烟。主人，近三十岁的容貌，眉宇间已露艰辛的纹路，穿着赤军的军服，时时拂拭他的黄须。他坐在板桌前对着远东新客，大家印密切的心灵，虽然还没有畅怀的宽谈。两人都工作了一天，刚坐下吃了些热汤，暖暖的茶水，劳作之后，休息的心神得困苦中的快意；轻轻的引起生平的感慨回忆。主人喝了两口茶，伸一伸腰站起来，对客人道：

——唔！中国的青年，那知俄罗斯心灵的悠远，况且“生活的经过”才知道此中的意味，——人生的意趣，难得彻底了解呵，我想起一生的经受，应有多少感慨！欧战时在德国战线，壕沟生活，轰天裂地的手榴弹，嗞……嘶……嗡……哄……砰……砌，飞机在头上周转，足下泥滑污湿，初时每听巨炮一发，心脏震颤十几分钟不止，并不是一个“怕”字；听久了，神经早已麻木，睡梦之中耳鼓里也在殷鸣，朝朝晚晚，莫明其妙，一身恍荡，家，国，父母，兄弟，爱情，一切都不见了。那里去了呢？心神惫劳，一回念之力都已消失了。十月革命一起，布尔塞维克解放了我们，停了战，我回到彼得堡得重见爱妻，……我们退到乡间，那时革命的潮流四卷，乡间农民蠢蠢动摇，一旦爆发，因发起乡村苏维埃从事建设。一切事费了不少心血办得一个大概。我当了那一村村苏维埃的秘书，家庭中弄得干干净净，——那有像我现时的状况！不幸白党乱事屡起，劳农政府须得多集军队，下令征兵。我们村里应有三千人应征。花名册，军械簿种种琐事，我们在苏维埃办了好几天。那一天早上，新兵都得齐集车站，我在那里替他们签名。车站堆着一大堆人，父母妻子兄弟，牵衣哀泣，“亲爱的伊凡，你一去，别忘了我……”“滑西里，你能生还么？……”从军的苦情触目动心。我们正在办公室料理的时候，忽听得村外呼号声大起，突然一排枪声。几分钟后，公事门口突现一大群人，街卒赶紧举枪示威，农民蜂拥上前，亦有有枪械的，两锋相对；

我陡然觉得满身发颤，背上冰水浇来，肺脏突然暴胀，呼吸迫促，昏昏漠漠不辨东西，只听得呼号声，怒骂声，“不要当兵”，“不要苏维埃……”哄哄杂乱，只在我心神起直接的反射，思想力完全消失，胡，乱……——我生生世世忘不了这一刻的感觉，——是“怕”，是“吓”，是“惊”？……不知道。

主人说到此处换一口气，忙着拿起纸烟来抽了一抽，双手按着心胸，接下又说道：

——然而……然而……过了这几分钟，我就失去了记忆力了。不知怎么晚上醒来，一看，我自己在柴仓里，什么时候，怎么样子逃到那地，我实在说不出来。自然如此一来，我们乡间生活完全毁了。来到一省城里，我内人和我都找了事情。过了几月才到莫斯科这军事学院里。我内人留在那省里，生了这一个女孩子，——主人拿手指着床上，——不能去办事了，口粮不够吃，我一人住在莫斯科，每一星期带些面包（自然是黑的）回去，苦苦的过了一年。什么亦没有，你看现在内人亦来此地，破烂旧货都在这屋子里，俄国现在大多数的国家职员学生都是如是生活呵。可是我想起，还有一件事，是我屡经困厄中人生观的纪念。有一次，我上那一省城去，——那时我家还没搬来，——深夜两点钟火车才到站。我下站到家还有二里路，天下雨，地上泥滑得不了，手中拿着面包，很难走得，况且坐在火车上又没有睡得着，正在困疲。路中遇见一老妇背着一大袋马玲薯，竭蹶前行，见我在旁就请我帮助。我应诺了他，背了大袋，一直送他到家，替他安置好。出来往家走，觉着身上一轻，把刚才初下站烦闷的心绪反而去掉了。自己觉得非常舒泰，“为人民服务”，忘了这“我”，“我”却安逸，念念着“我”，“我”反受苦。到家四点多钟，安安心心的躺下，念此时的心理较之在战场上及在苏维埃的秘书席上又如何！

主人说到此处，不禁微笑。女孩的酣睡声，在两人此时默然相对之中，隐隐为他们续下哲学谈话的妙论呢。

九月十日。

二十四　民族性

旱灾非常之可惊；要征取资产阶级的慈善捐，不如使他们自掷“缠头”，“孤注”，国家跑马厅因此又开跑马赛会，抽头赈济灾民。

我因病懒懒的不能去看，宗武去参观归来，告诉我许多很有趣味的事。

跑马厅中赌注下得很大，竟有百余万一次的输赢，——新资产阶级的生长竟如此之敏捷，豪举胜事，固不必说说，只要真有益于饥民。

座中有一老妇，和宗武谈起，她怎样知道马的好坏；每次她都说得中，谁胜谁败；并说，现时居然留着几匹名马，革命前她就看他们跑的，——她是一跑马厅赛赌老内行，宗武因听她口音别致，问起来，原来是匈牙利人。——不知道怎么样，流落在俄的匈牙利资产阶级，在此经过两次革命，受尽磨折，难怪她肆评俄国民族：

——我不是俄国人。俄国人还了得，弄了个劳农政府，教人表亦随便带不得，真正有趣！……唉！不必说起。你瞧，这沿街的小孩子，卖纸烟，不受教育，哼，农村里去看看，农民蠢得像猪一样，个性不发达，有事一哄一大群，谁亦不知道究竟怎么一回事，可是居然哄起来了；再则他们一面要地，怕地主，地到了手，政府问他要食粮，又舍不得了！真奇怪的民族。……

九月十三日。

二十五　“东方月”（中秋作）

一

万里奇游，饥寒之国。
闻说道“胡天八月雪”，
　　可也只萧萧秋意，依依寒色；
只有那赤都云影，掩没了我“东方月”。

二

月圆月缺人离别，
人离别，长相忆。
万古“中秋”，未入欧人诗思词说。
原万族共“婵娟”，但愿“婵娟”年千亿。

三

又何必，人相念，月相望，细问太阴历？
　　欧亚华俄——情天如一
团圞梦影，灯前不堪回忆，
独恨那凝云掩映，希冀一线俱绝。

四

秋原黄叶，才领略别离滋味，
怎知道，有灾祲流乱，更饥寒万里。
只听那琐碎的蹄声，凄凉的雨意，
催嫦娥强现半面，掩云幕，永诀矣！

九月十六日（阴历八月十五）。

二十六　归　欤

中秋来了，陶怡情性的佳节到欧洲一变而成伤怀感慨的因由，——也许是我心理的病状。偶然和俄国人谈起“中秋”的意义，他们却引为奇趣，说这团圞的象征，大有诗意，怂恿我们借他们地方一为庆祝。女主人赶着做点心，欣欣的嬉笑，也勉强一解烦闷。

——恭喜恭喜，点心做好了，你们瞧一瞧。中国过这节通常吃什么？

——月饼。特为要圆的，才像“团圞”呢。

——呀！为什么不早说，我亦做圆的，那多有趣！

中国的一个中秋节也能在莫斯科过，意兴萧条中，未始不是一件乐事。后来谈到我的病，嘉德琳女士竭力劝我回国，——我亦知道，夜夜虚汗，咳嗽吐血，难怪不能好。可是回去罢，又怎么呢？……

座中忽来一新客，我们的谈话中断了。客从苦尔斯克（Kursk）来，向来是办食粮事务的。谈起来，据说："苦尔斯克（莫斯科南）农民对于新经济政策中的食粮课税法很满意，——今年征收顺手得多，有的人家麦粮不够的，就教他们用马铃薯到市场去换了麦粉交纳租税，他们也很赞成，再没以前倔强的态度了。农民兵士本来大多数是无意识的群众，向来不知道问'为什么'，只要'会'办事，政策妥当，原没什么难处。"

夜深散宴归来，又过质生处一谈，在莫斯科物质生活太困苦，还"不如归去"，或者有"可为"。……病体支离，要做的，应当做的，也都不能做。况且心理的病状，情感易动，感慨低徊，抛一滴无意的热泪；家园，故乡，人生的意趣，将来的责任都拼在泪花里，映着灯光，陆离万象，化作一"宇宙外的宇宙"了。

今天我写信与俞颂华，归计暂决，我们三人同来，未及一年，都已四散，——颂华五月就上柏林去了，我现在决计要归国，宗武还留此地，——三人此行的成绩，千辛万苦，报酬又如何呢？致颂华信中有几句话，聊且记下：

> ……我一个病人，为精力所限，为才力所限，为学识所限，在这八个月内的成绩如此而已！……是成是败？以我这样的学识浅薄，精神疲敝的人，来做开天辟地研究俄罗斯文化（在我以前俄国留学生有一篇好的文章出来过没有）的事业，勉强有这一些成绩，能否算得最高限度？……
>
> ……总上三种原因：（一）求学问题，（二）通信问题，（三）经费问题，再加我现时的病状，不能不决定回去了。现

在我已着手进行，可是旅途困难，行李笨重，还不知道什么时候才走得成功呢。……

九月二十五日（中秋后九日）。

二十七 智识劳动

西伯利亚行旅现时非常困难，而我带的书籍太多，又不能走了，——总要等一“便”的机会才好。

病亦似乎轻了好些，最好能进医院，……肺痨是要“养”的。可是我一天不读，一天不“想”，就心上不舒泰，——不能不工作；要工作。

工作？我现在的工作纯粹是非体力劳动，片面的智力劳动更使健康受损，性情怪僻，再加之智识劳动所必须的“精神娱乐”，我也看得非常之淡，自然没有生趣了。

前天购书时偶然遇见德尔纳斯嘉女士，他约我赴他的家庭音乐晚会，聊一散心畅怀！

音乐会中到客亦有二十多人，大家肆谈种种问题，从家常琐事到文学哲学。有一女郎和我大谈其中国诗，——他本来是研究文学和科学的，他说无论如何听不出中国诗中的韵；我给他说，中国文的单音，如其照欧文押韵法，势必至于字字相同，所以“韵”，在中国文中只是“两字母相同”，而子音难得相符。他们又都说中国读诗声如犹太教的祈祷词呢。

披霞娜声忽动，大家聚在厅里来，有一人奏携琴，一人奏繁华令（西洋胡琴）相和[1]。风雷疾转，泉漏铿锵，固然已经怡神心会，最动人处却在抑扬迢递间写得人心弦上的言语。一中年妇人且吭喉

① 此处的披霞娜（后文亦作“那”）、繁华令，均为西文音译，分别指钢琴、小提琴。

高歌。……我总觉得欧洲音乐，比较的能传达人的情感于外；我虽中国人，听中国乐却没听外国乐的易于感动怡悦。乐竟，大家聚着几位少年人，——老年的吃完晚饭，都已告辞归去，——于是假作演剧，一直到早上六时才散。

欧洲人的精神娱乐，高尚雅致，而且不一定是上等人间，……智力劳动之暇尤其必须，——比打麻雀总好些！一笑。

哼！智力劳动，智力劳动，——一天一小块黑面包，还要娱乐……

今天一中国工人林扬清请我们吃饭；他是皮包匠，每天在工厂里做工八小时，一月得钱二百多万呢。

小小的两间屋子，女主人围着厨裙出来相见，问道：

——诸位说俄国话不说？请坐，请坐。

过不一忽儿，厨房里拿出牛肉汤，面条，我们道了谢，吃着，因说起工厂情形，据林扬清说，工人生活就是如此，也不算得坏了。每天工作完，归来有俄国妻子谈谈心，有时上戏院。当时还有好几位林扬清的同伴，热热闹闹谈天。

我看来暗暗的想，他们——非智力的劳动者，——即使有困难苦痛，大概永没我这一种……“烦闷”呵。

十月十二日。

二十八 清田村游记

一 游侣

托尔斯泰的邸宅，所谓清田村（Yasnaya Poliana）[①]，离莫斯科约四百余里；革命时还保存得完完全全，现在归教育人民委员会经营，已改作托氏邸宅陈列馆，另设一事务所管理他。托氏幼女亚历

---

① 清田村（Yasnaya Poliana）：直译为亚斯纳亚·波利亚纳，意为“明媚的林中空地”。

山大为陈列馆事务所的主任。苏菲亚·托尔斯泰女士曾屡次邀我们去游。这次刚好莫斯科教育厅第一试验模范学校有一班学生读托氏文学事迹后，特赴清田村旅行浏览；我们趁此专车一同前往。

游侣小学生二十余人，女教员二人，一德维里（Tver）人——老者，托氏亲戚嘉德琳等数女士，一少年；此外还有一所谓“苏维埃小姐”顺路趁便车回家乡[1]，他对我们说：“我在嘉里宁那里办事。嘉里宁！你知道么？现在我们最大的伟人，全俄中央执行委员会会长。……”

我们三十多人同坐一辆专车。十三日晚我同宗武乘月到苦尔斯克车站，会着学生旅行队，他们都很高兴，一同上车，十四日一早到都腊（Tula）车站。由此到清田村不满四十里地，火车忽然停住，派人上去交涉半天毫无影响。我们因下车散步，宗武还替学生队在车旁照了一张照片。当时托氏亲戚等得心焦，先下车步行前去。我们闲着无事，因和德维里老者谈天。他是一个托尔斯泰派，此来也是特为趁车进谒托氏遗泽的。他是德维里地方一牛奶坊协作社的职员，那地从新经济政策实行以来，协作社已经由德维里省经济苏维埃出租于私人，不比国立时候了，——从此工人生活还要职工联合会来整顿呢。老者谈吐朴实，是中下社会的人，蔼然可亲，俄国风度非常之盛，谈及托氏主义，那一种宗教的真诚，真也使人敬仰俄罗斯民族的伟大，宽洪，克己，牺牲的精神，“第一要知道怎么样生活，人生的意义，唔，操守，心地……”谈及历年经过，不胜感喟的说：

——唉！俄国人根性就是无政府的。二月革命后，农民间无政府党非常之盛，反对克伦斯基政府急激得不了。比如北部诸省，就是十月革命后还延长许多时候才平定的，至今时起消极的抗拒，所谓人民委员，去都不敢去呢，那十月十一月时布尔塞维克“面包与和平”的口号，反对与德战争，大得全国农村的同情。后来才明

① “苏维埃小姐”：革命后，女人在苏维埃机关当差非常之多，常戏称苏维埃小姐。——作者原注

白，军事不是空口停得的，都市里人也是要面包吃的……说起当时的政情来，唔！我们不谈共产党的政策。单说克伦斯基，他那里是一政治家，更不是政客，……谁知“自由与土地”的口号，呼号的那么高，“只听楼梯响，不见人下来”，谁知道他是一个“好人”呢。农民要土地，不是要社会革命党党纲的宣言书——是要实实在在的田地，没有什么神妙科学！他真不过是个空想的智识阶级，譬如开国会问题，延长又延长，在那种政潮的时候！可见他丝毫政治作用都不懂得呵。说起智识阶级来，——你知道俄国几十年来的潮流？——革命之中智识阶级负罪不小。俄国人的心念中，智识阶级向来和普通平民分得清清楚楚，革命初起，他们就已谈什么宪法，国会，人民看得他们和皇上一样的高高在上。等到事情急了，他们又都抛弃了人民逃到外国去了，——不来帮着人民共负大业。怪不得无产阶级也走极端：那几月风潮汹涌的当口，看见带眼镜的人都指为智识阶级，怠工者，拼命排斥；于是智识阶级更逃得厉害，至今弄得要人办事的时候，人手又太少了。

我问现时俄国的宗教怎样，像托氏学说，传布得深远么？

——宗教么？俄国人是有名的宗教民族。一派市侩式的教堂宗教本是迷信，就是托尔斯泰派也很反对他的。革命前社会运动中反对教堂，以及绝对的否认宗教，本是很甚的。现在呢，政府和教堂分离了，宗教，及有宗教色彩的学说，未免大受打击。无意识的群众、农民却又起心理的反动，更去迷信起教堂来……托尔斯泰派呢，绝对不问政治，不过一种讲学的道德的宣传罢了，“人应当知道怎样生活”，唔！我这次有事到莫斯科，见着白尔嘉诺夫[①]。据说在清田村组织了一托氏派公社，所以特地去参观参观。听说这一公社组织得太晚了些，——现在新经济政策一行，一切都本商业办法，一切农具牛马，种籽，都要买，那里来许多钱呢？要是早得半年，虽说是“军事的共产主义”，却一定可以得到政府帮助，——

---

① 白尔嘉诺夫：托氏老友，现为托氏派之首领。——作者原注

集体组织，公共事业向例共产党还算赞助的……”

我们在站等到晚上八点钟才开车离都腊。——“都腊”这一字俄文原意为“拦阻”，据说当时鞑靼人从南进攻莫斯科，追到此地，俄国人藉此地的森林，乱斫柴木堆积成山，以挡鞑靼的来路，所以称做都腊，近代却是出产“自暖壶”的名城。

到清田站的时候，已经晚上九十句钟，不能到托氏邸宅去，——托氏邸宅离站约六里。我们两人和小学生同住站边一旧别墅中，别墅虽破旧[1]，小小几间木屋，却也清雅，当天晚饭时，学生旅行队还以所带干粮牛乳很殷勤的请我们吃。小学生嬉笑天真，神态真使人神往。晚上将就在板床一宿。清早四时即醒，早饭前又替学生照了一相。问起那德维里老者来，说昨晚早已往公社去了。

二　托尔斯泰邸宅

秋云微薄，桦林萧瑟的天气，自清田站步行，向托氏邸宅行来。小桥转侧，树影俯窥溪流，水云映漾，轻步衰草上，如天然的氍毹，心神散畅，都市心绪到此也不由得不自然化了。转向北，直望大道，两旁矗立秋林，红叶斑斓，微风偶然奏几阕仙乐；遥看草间车辙，直行远山，有如川流——旷阔的村路一变而成“流水道”影。黯淡秋云，却时时掩隐薄日，日影如伞盖迎人，拂肩而过。偶然见一二农夫乘着大车，纵辔遄行，赶着马，“嘟嘟嘟”飞掠而过。抵托氏宅栅门，就见中世纪式半垒；——这邸宅原是托氏母家复尔广斯基王爵的遗产，地主制度的遗迹还可以看得见。进栅门后，转侧行数十步，遥隔花栅已见托氏宅，犬吠声声报客至，宅中人有出来探望的呢。

一进宅门，前室中就见五六架书橱；上楼时亚历山大出迎，指示解释室中陈设，说是托氏死后一切设置都还仍旧丝毫未动呢。两间图书室，也满放书橱，托氏生时屡次想整理一大间，专设图书

---

① 别墅向为都市中人避暑时所住。——作者原注

馆，始终以邸宅太小没有成功，所以散置楼上楼下；如今还是仍旧。看一切陈设，托氏生前的生活确很朴素，——贵族生活如此却也在意想之外。就只饭厅里有一钢琴；四壁挂着画像，——有名画家联萍的托氏像。再转往东有一小过室——读书一周记室，一小圆桌，上放《读书一周记》，托氏生时每早起先到此室，记日记语录数则后，才出吃早饭呢。进一间就是书房，满架书籍，而突然投入我们眼帘的却是几个中国字，——原来是芝加哥出版的汉英对照老子《道德经》；书桌上文具很简陋；有一块碧晶石，上刻金字，据说，是托氏被希腊教堂除名时，马尔切夫斯基工厂工人公送托氏的贺礼；壁间满挂照相，托氏世代的遗像，安德莱·托尔斯泰夫人——苏菲亚女士的母亲，指示我些托氏兄弟伯叔的照相，中一框空着，是托氏叔，因酗酒赌博，堕落子弟，所以除去，不使和诸兄弟相并而立。还有美国人克洛斯倍（Crosby）的肖像，他是美国候补总统，特来谒托氏，托氏劝他一番，他居然放弃候选之职，从此和托氏为至友。再进便是托氏卧室。

小小一间屋子，床头小几上还放着烛台，半枝残烛——托氏出走那天，半夜起来所点的最后一枝烛。床前窗下一小桌，屋角一洗脸架，旁有一马鞍，如此而已。壁间却有一托氏夫人芳年时的肖像，——不愧为名美人呢。

参观时，大家——小学生，教员及德维里老者格外注意托氏出走轶事，频问亚历山大。亚历山大说：

——你们看这样的家庭布置，就是三十年前也算不得奢侈，然而我父亲晚年，时时刻刻总觉得不安心，屡次想出走抛弃一切。再加之家庭恶剧，我母亲处处阻挠他的计划，如分地与农民等事。因此忏悔之心益切，也不得不走了。那天晚上，二句钟起，下楼叫我，同整理行装，叮嘱千万不告家人。父亲走时只肯带得最要紧几件物事，一切奢侈都不肯用，还是我强勉把一手携灯纳在袋中……唉！你们不知道托氏晚年，心灵之经受多痛苦呵！

参观的小学都很感动。当时他们散去，到托氏墓前并公社游览。

我们出来，安德莱夫人请我们再周观一次，宗武照了好几张照相，——中有一托氏生时之榻。安德莱夫人又说：

——你们还到楼下一看。那里有托氏早年时的书室呢。

楼下书室中，安德莱夫人还指示我们看一小栋，是当托氏初起忏悔，屡思自缢之处。

三　俄罗斯的农家

天色忽然阴沉，微有雨意，安德莱夫人说恐雨后不能出游，趁此时散步一周，再回来吃饭。

从后院走出，院中一大树，漫散四出，残叶时堕，安德莱夫人指着说，托氏生时每每坐此树下招待贫农谈话，村人都称此树为“贫者树”。出院后，一带果树，绕小径出去，经托氏宅前草场，入疏林蹊路，到托氏墓前，林中有一树椅，托氏散步时，常常坐此休息。我们在托氏墓前，看着小学生用落叶穿成一圈挂托氏墓上。满天湿云飞舞，瘦叶时时经风细吟，一仰首满目清朗，乡野天地，别有会心，托氏的遗泽更使人想起古人浑朴的天性，和此自然相交洽。

返托氏家午膳。托氏妻妹，托氏幼女亚历山大，托氏媳安德莱夫人，还有一中年妇人——托氏亲戚，及一老者——旧时军官，因托氏一语而弃职归田的，他们有的是教育人民委员会所委员任，有的是借住于此，大家聚齐吃饭，殷勤问及中国政象，老子学说等。

饭后安德莱夫人又约游园。法国式的芳径，树木夹路，秋末残叶满地，踏步行来胜于毡茵。小池一角清漪如画，那时已萧萧微雨，浪纹都画秋痕。我问安德莱夫人乡居如何，为什么比在莫斯科时越发清瘦了？安德莱夫人说，乡居也不过因为有事罢了，此间人愚蠢，无可谈心，未免焦闷。“你看，那些人，老军官现在已反成希腊教徒，我们两位亲戚女太太们，成天的骂革命政府，俄国平民对着他们都有罪似的，——难道这是托尔斯泰的主义？……”所以他说很乏味，在乡间住着，说还是偶然到农民家去走走，倒可散心。

我们谈着话，信步行来已出托氏栅门，远望三五村落，烟雨迷闷，一片秋原寥落的光景。

安德莱夫人道：

——可惜今天天气如此，不然，还可以同你们到田间一散步呢，我们现在且到那边几家一坐，一看俄罗斯的乡间生活。

我们走过两畦到一木屋，小小巧巧四五间，也有电灯，玻璃窗……安德莱夫人笑着高声说：中国人来访“俄国农夫”了。

——呀，远客来了！——只见一农家女掀布帘出来，——原来中国人也来看俄国乡下人呢，……我们此地近着地主邸宅，向来比寻常农民讲究些；新近装了电灯……啊呀，天气不好，不然诸位可到那边村庄看一看，纯粹的俄国生活。请坐，请坐。

安德莱夫人和我们介绍相见，女主人是以前托氏的农奴，还有一位客是安德莱夫人以前的陪嫁丫鬟。坐着吃了几口茶。屋中板桌板凳，屋角挂着希腊教神像，壁上居然有一张半新不旧的油画。四周住房，后面一小小院落，牛羊的兽栏，草仓。四间屋之间，一火炉制在墙壁里，一面临门处有铁板，中可烤面包煮菜；炉顶高及屋梁，上铺床铺。女主人指着炉子道：

——你们中国没有这样的炉子罢！呵，冬天冷的时候，才好呢。睡在炉顶上，深夜时分，满身裹得紧紧，烘得暖暖的，将睡未睡的时候，拥着枕头，听着屋顶风暴绞雪，“呼……呼……呼”——真有趣呢。

四 托尔斯泰派公社

自农家出来，顺路到公社一游。

“托尔泰派都是非常之有道理的人，可是大概不是务实的人，经营事业，没有经验。”——这是嘉德琳女士和我在莫斯科谈的。现在我亲见托氏派的公社了。他们见我去，非常之欢迎，谈及中国托氏运动，恶战的风俗等等。

据说，托氏派抗拒征调往往被捕；出狱后大家组织起来，仍决然不去当兵，得了教育人民委员会允许在此组织一公社经济，——田地就用托氏遗产分给农民所余的。现时社员大约十八九人。有麦田四十七俄亩果园[①]，中有一半与村农共有的，……其余产业还有马六匹，牛七匹，羊十头，——一年的生产，预算当可足用，今年还是第一年。社员男女都有，都自己下田工作，——只有农忙时可以雇人，——女社员还缝工织网。

恬静的生活，一切“人间乐”都抛弃。劳作的神圣，自然的怡养固然胜似他百倍。

生产品完全公有，各取所需……今年第一年成绩还未见出。每年只公付国家五十铺德的食粮税，其他一切自由，几与外界绝无系连。

彼此谈着非常有兴，临走时还说：

——今天天雨，上站晚上简直走不得，我们借一匹马给你们。……

那天深夜，我们走之前，公社中还特派一人送面包及豆来，殷勤诚意，使人感动。

五　清田村之残梦

托尔斯泰邸宅的饭厅里，窗外已乱投秋林晚色，我们望着，正吃过晚饭之后，等着车子，预备返站。

桌上的自暖壶咝咝的响着，沸沫细吟，偶破一室的岑寂。老年贵妇人——托氏妻妹，坐在桌旁做着女工，他的孙子，天真活泼的小孩子默默静坐那里读龚察洛夫（Gontcharoff）集[②]，还有一中年妇人——托氏亲戚闲坐读旧杂志。我偶然问那小孩读书几年了。托

① 一俄亩抵中国18亩。——作者原注

② 龚察洛夫：今通译冈察洛夫（1812—1891），俄国作家，代表作是长篇小说《奥勃洛摩夫》。

氏妻妹回道：

——他？他读的书不少，一直在家里，没进学校，——现在的苏维埃学校，……哼。

他说完忽然看见小孩子一直看书，一面手里玩着纸牌呢，掀一掀眼镜，欣欣然抬起双眉，暗中流露那贵族派调的礼貌，他问：

——呀！你们中国有赌具么？我非常之爱玩，你知道，我在巴黎时一夜输多少！——少年妇女插嘴道："呵！他年轻时才爱赌呢。"中年妇人见我们闲着无事，拿出一大盒照相，托氏当年家庭亲友的肖像，克留摩的风景，末后指着一张学生模样的照片说："这是我的儿子，唉！真伤心呵！革命时被可恶的布尔塞维克杀了。我们家许多房舍，邸宅，田地一概弄光了。我还坐过三个月牢狱呢，……呵哎……"托氏妻妹忽然向中年妇人道：

——现在，革命之后，什么事都翻过天地来了。你昨天用心没有：某小姐和那一少年，还有几位，唔，都是年轻女郎，挤坐一张沙发上，一点嫌疑，礼貌也不顾。——正说话时一女郎走来，托氏妻妹起初愣了一愣，仍接下笑着说道：

——不怕你恼，小姐，"说到曹操，曹操就到"，我们正在说你呢。

那女郎看着我们，很不好意思似的，半晌才说道：

"怎么为这样的事发恼呢，我们正盼望有人指教呢……"说着，口齿渐渐模糊，底下的几个字都吞在肚子里去了。

——哎唷唷！现在风俗不成话了。男女同学！男女同学！你们还不知道，现在中学校里男女学生成了什么样子呢！近二十年来的新教育！——中年妇人接着说道：

——你可要冤枉人，他们几个小姐，倒都不是中学校出身，是受家里的贵族教育。

——可不是！生来世道人心如此，有什么法想。我们年轻时，不用说，实际上，哪怕没有一件两件风流奇闻；可是终还顾着脸子。我就不懂，怎么一二十年变成这样的世界！

——说来也奇怪，为什么在英法“男女同学”就不要紧，我们俄国却不行？

我听着禁不住插嘴道：

——那又更奇怪，我们中国也是这样说，“为什么在外国就不要紧，一到我们中国就不成样子。”

车马预备好了，我们同几位女郎一同坐车往站去。秋夜雨过，马蹄得得，仰看着流云走月，光芒四射；雨余小寒，凝露满裳，也和清田村贵族的残梦似的，勉强固结“旧时代的俄国”。

清田村当革命怒潮时，农民中的少壮，哄哄欲动，要瓜分托氏财产田地；老年人念托氏的遗德，不忍动手；后来还是中央政府派员保护了这历史的伟迹。

六　大学生

十五日晚，本来说晚上二时开车，我们赶到车站，睡下，——一觉醒来，仍旧是清田站。早起奇饿，德维里老者约着下站一行，同到前天过宿的别墅中，和看别墅的农夫商量着，请他去买了些牛乳，煮些马铃薯，就在农夫屋里烧着自暖壶喝茶。主人殷勤询问中国生活。谈及托尔斯泰，主人还说：

——我是托尔斯泰初办学校里的小学生，我还会算加减乘除呢！

主人儿子坐在一旁，手里拿一本俄文启蒙读本；我问他要了看一看，因问现在农村学校怎么样。据说，每天小孩子都去上学，不要学费，“上半天去下半天就回来！”学习算学，俄文。我试和那小孩子谈谈，小孩子很害臊似的，宛然一中国“乡下孩子”。德维里老者还问许多托氏生时的轶事。主人忽道：

——那又怎么样？托尔斯泰生时，我们去总还有许多书，——我们得了又读着，又卖几个钱。要帮助却难了：有熟人去，一块两块卢布，平常三角五角。

自暖壶水沸了，女主人倒茶给我们，咕噜道：

——托氏自己是很要帮助人的，都是他夫人横在里面……

我问道：

——革命时，你们分着多少地呢？

——一亩半田。这两年勉强还够。今年又有什么“食粮税”，我们也担负轻些，——一年付三分之一，十二铺德。生活要说宽余是说不得呢。我们革命前也从没见过三块卢布以上的钱。现在罢，管着别墅，每月经亚历山大·托尔斯泰的手，由教育人民委员会得八九十苏维埃卢布，——算得什么，几角钱！

说着话，宗武也从车上带着照相机来了。主人又请他照了一相。村里小孩有的嚷：“来看美国照相机呵！……”我笑向宗武说：

——再想不到中国人到了乡间，变成了西欧文明的宣传者。

主人还说，现时到城里去照一相，出一月的薪水也不够呢。他又很热烈的送我们走，一面说道：

——我们这两天吃的面包都不够。公社里剩的面包，——现在可以出卖了，——我们去买也得出四五千块钱一斤。他们都是大学生，虽说什么集合生产，究竟不大会种田。那四五十亩田，据我看来，还不如分给我们小农好些。……唉！穷人还是穷，富人还是富。……

我们回到车上已是十点多钟。十一点开车，到了都腊，不知怎的又停住了。天色阴沉，又不能下车散步。沉闷得很。回想此游所见，历历犹在心头；一见俄罗斯乡间生活，也有无限感触。

一直等到晚上九点钟，才从都腊开车。

七 归途

一辆车中，暖暖的炉火，暗暗的车窗，笑语呼吸声中，隐隐的画出三幅杂色斑斓的奇画。——三种不同的文化：

车的南头，坐着几位清纯修洁的女郎，文秀的俄国少年，生意活泼，——都是托氏一家的亲友，贵族的遗裔，——可是他们现时虽已尽成平民，苏维埃机关的办事员，学校的大学生，而贵族式“夐不顾人”的派调，无意之中隐隐流露。只听着谈笑自如，深夜起坐，“呀！我一把梳子忘在乡下了，……”“马丽答应借普希金集给我，临走时又忘了，”叽叽喳喳笑语不断。

车中间坐着两位中国人，天色已黑，又不能看书，只是默默的坐着，守那东方式的规矩，偶然有人请他们吃马玲薯，还回说：“谢谢，不要，……不用客气，自己请罢。……”

车的北头，学生旅行队占着，傍晚的时候，男学生取柴，烧炉子，女学生洗碗盏。车开之后，大家围坐猜迷，说笑。十时余，教员说“可以睡觉了”，过不了二十分钟，小学生都已声息俱无。

只听车行震荡，渐渐往莫斯科去。晚上一二时光景，车南头忽然烛光一亮，又听得低低谈话，过了几分钟，嬉笑声浪，渐渐放纵。猛听得一小孩子声音说道：

——天晚了，人家要睡觉。请显些文化较高的身分出来……

突然烛影寂灭，车中又听得均匀的轮轴颤动了。偶然露出一句含糊不明的低语：“谁也不是文化程度高的人……”轮声震厉，再往下也听不清楚了。

酣然一梦，醒来已抵莫斯科苦尔斯克车站。

晓霜晴日，伴着归人，欣欣的喜意，秋早爽健的气概送我们归寓。

清田村一游，令人畅心满意，托尔斯泰——世界的伟大文学家，遗迹芳馨。旧时代的俄国，——贵族遗风还喘息于草间，依稀萦绕残梦。智识阶级的唯心派，新村式的运动，也有稀微印象。俄罗斯的农家生活，浑朴的风俗气息，而经济上还深陷于小资产阶级。平民农夫与智识阶级之间的情感深种社会问题的根蒂，依然显露。智识阶级问题，农民问题经怒潮汹涌的十月革命，冲动了根底，正在自然倾向于解决。——新教育与旧教育的过渡时期。

此游感想如此；其他乡间秋色，怡人情性，农家乐事，更饶诗意，生活的了解似乎不在远处……

十月十八日。

二十九 “什 么！”

一九一七年之秋，俄罗斯红光烛天，赤潮澎湃，虽然深寂的僻乡，余波荡漾，犹与沙岸石砾相搏斗，激厉清刷。革命的风暴时期，群众集会的社会心理现万丈火焰，不可阻的伟力。——二十世纪历史的事业之第一步。

德维里省一牛奶厂主谢美诺夫，闲坐在办公室里，一手捻纸烟，呆呆的想着。忽然门响，进来两人：“哼！请上苏维埃去！”谢美诺夫耸然站起来，突然的问道：

“苏维埃？苏维埃？什么样的苏维埃？”

“去罢！不要多话了！”

旧时王爵的邸宅里，短衫破袄，军帽毡靴，颜色憔悴，精神奋发的大群人，正在开会呢。谢美诺夫进来，大家都回头瞧看，人影簇动几分钟，又复静下。主席当众宣读议决案：

——德维里劳农苏维埃决议：宣布谢美诺夫之工厂，财产，房屋，一律没收，充作德维里省劳农地方政府公有。凡剥削者，——当劳农以革命之伟力取得政权时，当然一概剥夺权利，对于谢美诺夫工厂主自当遵例照办。”

谢美诺夫颤巍巍的站起来，向四屋角一看——并没有神像，——他也不管，仍照例先画十字三次，当众寒抖抖的开言道：

——诸位“老爷”①。

① 革命前俄国人相称以老爷（Goapodin），革命后都以同志（Tavarichtch）相称，现在新经济政策实行，发生新资产阶级商人，始以公民（Grajdanin）相称。——作者原注

“谁是你的老爷!”台下议场里有人出言斥责。

“诸位伙计，老爷，……我……我亦亦是农民出身，咱们却都……是平民。就是说说咱们都平等，我亦亦赞成革命。可是，可是，……我，啊哎，原谅，原谅，……我从小辛苦到大，劳动者，真正的劳动者，现在现在……得有这一些财产，原是大家的，……不过，不过，挣到这步田地也不容易。……”

说到此处，台下又起呼声：“你是劳动者！还想抵赖么？……”

——不，不，不，我是说，挣得这些财产也不容易；现在我心服情愿充公，充公，……苏维埃一定给我些保证，有块面包吃就好。

当时宣布之后，就派人去搜查封闭，一大半不动产都充公了。谢美诺夫还总是和声下气，没有车坐就步行，没有白面包就吃黑面包。后来通国又行动产没收法，名为“革命税”，谢氏被判出六万卢布，他迟延抵赖。搜查的时候，他把几千张卢布纸币尽行拿出来，说：“再也没有了，再也没有了。”革命政府说，如不拿出，立即枪毙，限了六天的期限；他如无其事。后来还是他夫人害怕，供出有现钱存亲戚处。搜出充公，才罢。现在谢氏又成了承租小工厂的新资产阶级了。

某乡有一地主，没收之后，他到处询问，向各机关去申诉：“我没有犯罪，为什么没收财产?”——他始终不明白是革命。特地跑到彼得堡中央劳农政府，又撞了一个钉子。——精神病更厉害了。房屋已被没收，移住一小木屋中，有人可怜他，给他讲解这是“革命”，他已不是地主了。

——什么！什么！……啊！……不是地主？没收？房子，田地？……呀！什么！……什么！

小村落的尽头，一间木屋外，残枝堕叶，雪影稀微之处，常常可以看见一人，有时背着手，有时叉着腰，独行踽踽，来去踯躅，不时指手划脚，呢喃自语：

——呀！什么！

这是革命时期的轶事，一德维里人所告诉我的。

十月五日。

三十 赤色十月

第三电力劳工工厂——旧时的奇纳摩工场。

十月革命的纪念。工厂中人集合无数，……晚会。劳动神圣的工人，他们所见所受已不少了：凶恶的哥萨克驱逐工人，风暴似的罢工运动，势不相敌的对垒争斗，今天却有多少庆祝他们来，——十月革命，——职员，工人，家属，一群一群往工厂里去。

工厂管理人现在是乌哈诺夫，宣布开会，用简短的演说辞，略述十月时的经过，吊革命中之战死者，——大家都站立致敬，奏哀歌之后，一个一个陆续发表热烈的祝辞。

集合的人，看来人人都异常兴致勃发。无意之中，忽然见列宁立登演坛。全会场都拥挤簇动。几分钟间，好像是奇愕不胜，寂然一响，后来突然万岁声，鼓掌声，震天动地。……

工人群众的眼光，万箭一心，都注射在列宁身上。大家用心尽力听着演说，一字不肯放过。列宁说时，用极明显的比喻，证明苏维埃政府之为劳动者自己的政府，在劳工群众之心中，这层意义一天比一天增胜，一天比一天明了：

——“拿着军器的人”，向来是劳动群众心目中一可怕的东西；现在不但不觉他——赤军——可怕，而且还是自己的保护者。

列宁末后几句话，葬在热烈的掌声中。还没来得及静下，演坛上突然又现杜洛次基的伟影：

——我很愿意不到这演坛上来，而只愿意坐在你们中间，听一听你们的回忆辞。

杜洛次基说着经济状况道：“天下没有完全满心足意的人。随便哪一集会，都可以有人说困苦，不满意。有一次我听见农民抱怨经济的破产，我问他们：一被火灾的农夫，他大约要多少时候，才能盖得起一座新木屋来？——‘也许积积聚聚，得三四年罢。’那么，怎能指望在短时期中，我们这样大的国土，经过大火灾后，立刻就能恢复呢？这是好几年，好几年的事。譬如说罢，我刚才乘升降机上来。我按着电纽，升降机动了，我一放手，他又停住了。问起来，倒说是：‘他生来这样的坏脾气。’哈哈……而这样的缺点，我们多得很呢。必需努力奋斗，研究我们自己的错误过失，改正他。那时我们才能胜利。”

鼓掌声，万岁声，《国际歌》乐声，工厂的墙壁，都显得狭隘似的，——伟大的能力正生长。……

——万岁！莫斯科工人女工万岁！——杜洛次基最后的呼声。

——万岁！——全场震动天地的回应声浪四散。

——革命伟人万岁！

会完了。一大半到饭厅晚宴。有一群工人到工厂管理处去说：“唔，谢谢你，乌哈诺夫伙计，我们又见着了伟人了。”

听说那管升降电机的女工，四处向人说，关于升降机电纽的事，他并没有说错话。

赤色十月工厂中的庆祝晚会，确有无限盛意。但愿那“有坏脾气的电纽”一天少似一天。

——十一月七日为彼得城无产阶级暴动的纪念日，适俄旧历十月二十五日，故称“十月革命”。

十一月八日。

三十一 中国人

半载不得家书，只身孤影，心灵中无穷奇感。“我”的一部分渐起变态，暗昧之中常有社会的“我”的意识冷嘲热笑。

前两天（十一月六日）听说华侨吕某从哈尔滨来，带有我老弟的信，等不及，就去访他。晚上八九句钟去，吕某还没归来。同居王某留我略坐，——我因为亟欲一见家书，也就坐下略喝几杯茶。王某道：

——先生在此处还好？听说莫斯科的中国领事走，到底是怎么一回事？

——我也不大清楚。

——哼，陈广平在莫斯科刮了一大层地皮，跑了；我们新从赤塔回来，昨天前天听此地的华侨说来，没有一个不骂他。中国官僚，官僚几时才杀得尽了！赤塔的领事也是如此。

旁一中国工人问道："现在在赤塔的是谁？他妈的……"王某道：

——新领事沈崇勋，一到任就有人粘无名揭帖骂他。一张护照要卖多少钱！赤塔中国小工说得好："沈崇勋这鬼子，不知道把自己的妹子押了多少钱，在外交部运动来的差使；现在赶紧要来赤塔刮一批回去，赎妹子，预备嫁妆呢。"赤塔华侨会也因领事到后，大家争权。领事自己把一切交涉——甚至琐屑的华人搬住注册等事，都一箍脑子抓在自己手里：好一张一张执照呀，护照呀的抽头。——弄得华侨会一件事也办不动。有一天，好几个工人小贩去见领事领执照，偶然说了一句："华桥会现在不能办事，——都叫领事办去了。"沈崇勋开口就骂："放屁！"当时激愤了工人，挥起拳头就要上去打；他那鬼子，也只得抱头鼠窜了。

喝着茶，谈笑着不觉已到十时，吕某还不见回来。我想走，却来了几位客，因此又坐下。来客有一中国小贩同着俄国妻子，彼此介绍。那小贩的妻子戏问我道：

——你们中国，是不是有娶几位妻子的风俗？

——有是确有的，不过富人才养得起呵！——他听我说这话，回身向他丈夫道：

——可不是，你还赖呢！我知道，你家里另有一位中国女人呢。——他丈夫也笑着道：

——不错，不错，家里另一位心爱的呢。

另有一女郎，忽然想起，嚷道："呀，明天十一月七日，过纪念节呢！"一俄国商人插嘴道：

——啊哎！明天一天又不能做生意了！现在是少做一天，少一天的进项……

女郎道："唔！发了四年的口粮，不要钱，大家还是嫌少；现在不发了，请你们自己去赚钱过活罢。……"

吕某夜深不回来，我约着日后去取信，就归寓了。今天呢，信已取来，不禁想起那天的谈话，聊为一记，以见中国人的俄国生活。

十一月十六日。

三十二　家　书

前几天我得着北京来信，——是昀弟的手笔，还是今年三月间发的，音问梗塞直到现在方来。他写着中国家庭里都还"好"。唉！我读这封信，又有何等感想！一家骨肉，同过一生活，共患难艰辛，然而不得不离别，离别之情反使他的友谊深爱更沉入心渊，感动肺腑。况且我已经有六个月不得故乡只字。于今也和"久待的期望一旦满足"相似，令人感动涕泣，热泪沾襟了。

然而，……虽则是如杜少陵所言"家书抵万金"，这一封信，真可宝贵；他始终又引起我另一方面的愁感，暗示我，令我回想旧时未决的问题；故梦重温未免伤怀呵。问题，问题！好几年前就萦绕我的脑际：为什么要"家"？我的"家"为什么而存在的？——他早已失去一切必要的形式，仅存在一精神上的系连罢了！

唉！他写着"家里好"。这句话有什么意思？昀白，昀白，你或者是不愿意徒乱我心意罢了？我可知道。我全都知道：你们在家，仍旧是像几年前，——那时我们家庭的形式还勉强保存着，——那种困苦的景况呵。

我不能信，我真不能信……

中国曾有所谓"士"的阶级，和欧洲的智识阶级相仿佛而意义大不相同。在过去时代，中国的"士"在社会上享有特权，实是孔教徒的阶级，所谓"治人之君子"，纯粹是智力的工作者，绝对不能为体力劳动，“手无缚鸡之力”的读书人。现在呢，因为中国新生资产阶级，加以外国资本的剥削，士的阶级，受此影响，不但物质生活上就是精神生活上也特显破产状况。士的阶级就在从前，也并没正式的享经济特权，他能剥削平民仅只因为他是治人之君子，是官吏；现在呢，小官僚已半文不值了，剥削方法换了，不做野蛮的强盗（督军），就得做文明的猾贼（洋行买办）；士的阶级已非“官吏”所能消纳，迫而走入雇佣劳动队里；那以前一些社会特权（尊荣）的副产物——经济地位，就此消失。并且，因孔教之衰落，士的阶级并社会的事业也都消失，自己渐渐的破坏中国式的上等社会之礼俗，同时为新生的欧化的资产阶级所挤，已入于旧时代“古物陈列馆”中。士的阶级于现今已成社会中历史的遗物了。

我的家庭，就是士的阶级，他也自然和大家均摊可怜的命运而绝对的破产了。

我的母亲为穷所驱，出此宇宙。只有他的慈爱，永永留在我心灵中，——是他给我的唯一遗产。父亲一生经过万千痛苦，而今因“不合时宜”，在外省当一小学教员，亦不能和自己的子女团聚。兄弟姊妹呢，有的在南，有的在北，劳燕分飞，寄人篱下，——我又只身来此“饿乡”。这就是我的家庭。这就是所谓“家里还好”！

问题，问题！永不能解决的，假使我始终是“不会”生活，——不会做盗贼。况且这是共同的命运，让他如此，又怎样呢？

总有那一天，所有的“士”无产阶级化，那时我们做我们所能做的！总有那一天呵……

十一月二十六日。

三十三　“我”

秋白的“我”，不是旧时代之孝子顺孙，不能为现代“文明”所恶化；固然西欧文化的影响，如潮水一般，冲破中国的“万里长城”而侵入中国生活，然而……然而这一青年的生活自幼混洽世界史上几种文化的色彩，他已经不能确切的证明自己纯粹的“中国性”，而“自我”的修养当有明确的罗针。况且谁也不保存自己个性抽象的真纯，——环境（亦许就是所谓“社会”）没有不生影响的。

然而个性问题有渊深的内性：有人既发展自我的个性，又能排除一切妨碍他的，主观的，困难环境而进取，屈伸自如，从容自在；或者呢，有人要发展自己的个性，狂暴忿怒面红耳赤的与障碍相斗，以至于失全力于防御斗争中，至于进取的创造力，则反等于零；或者呢，有人不知发展他的个性，整个儿的为“社会”所吞没，绝无表示个性的才能。——这是三种范畴。具体而论，人处于各种民族不同的文化相交流或相冲突之时，在此人类进步的过程中，或能为此过程尽力，同时实现自我的个性，即此增进人类的文化；或盲目固执一民族的文化性，不善融洽适应，自疲其个性，为陈死的旧时代而牺牲；竟或暴露其“无知”，仅知如蝇之附臭，汩没民族的个性，戕贼他的个我，去附庸所谓“新派”。三者之中，能取其那一种？

如此，则我的责任很明了。“我将成什么？”盼望“我”成一人类新文化的胚胎。新文化的基础，本当联合历史上相对待的而现今时代之初又相补助的两种文化：东方与西方。现时两种文化，代表过去时代的，都有危害的病状，一病资产阶级的市侩主义，一病“东方式”的死寂。

“我”不是旧时之孝子顺孙，而是“新时代”的活泼稚儿。

固然不错，我自然只能当一很小很小无足重轻的小卒，然而始终是积极的奋斗者。

我自是小卒，我却编入世界的文化运动先锋队里，他将开全人类文化的新道路，亦即此足以光复四千余年文物灿烂的中国文化。

“我”的意义：我对社会为个性，民族对世界为个性。

无“我”社会，无动的我更无社会。无民族性无世界，无动的民族性，更无世界。无社会与世界，无交融洽作的，集体而又完整的社会与世界，更无所谓“我”，无所谓民族，无所谓文化。

十二月三日。

三十四　生　存

仅只一“生存”对于他（腊斯夸里尼夸夫）总觉不足，他时时要想再多得一些。

——《罪与罚》，笃思托叶夫斯基

电灯光射满室，轻轻的静静的回舞他的光线，似乎向我欣然表示乐意。基督救主庙的钟声，在玻璃窗时时震动回响，仿佛有时暗语，我神经受他的暗示。我一人坐着，呆呆的痴想。眼前乱投书籍报章的散影，及小镜的回光。我觉得，心神散乱，很久不能注意一物。只偶然有报上巨大的字母，乌黑的油印能勉强入我眼帘。

我想要做点事情，自己振作振作，随手翻开一本钞本，上有俄文字注着英法中文，还是我一年半以前所抄写的。随意望着钞本看去。当然，我看这钞本并不是因为我又想研究这些俄文字，不过想有点事情做，省得呆坐痴想，心绪恶劣。然而……然而你瞧，我又出神。我竟不能正正经经用功，怎么回事？……

我看见钞本上有：——mentir，lie，讹言等字，不禁微微的一笑，——想必当时也没有知道“为什么而笑”。

——什么，你笑么？——忽然听得有人在背后叫我。我吓得四周围看了一看：在屋里面一个人亦没有。只有一只老白猫坐在地板上，冷冷的嘲笑的神态，眼不转睛的望着我。

“难道这是他说的，”我心上不由得想着，又用用心看好了那白猫，听他再说不说。“奇怪！真奇怪！怎么猫亦说起人话来呢！”唔！又听着：

——你心上喜欢，高兴，你以为，你勉强的懂得几国文字了，

（哼，我们看来，当然，还不过是大同小异的“人”的声音罢了；或者是白白的一块软东西上，涂着横七竖八的黑纹。）怎么样？是不是？哼，几国文字！……你可知道，每一国的文字都有“讹言”一字！可是我们“非人”的字典上却没有这一个字。本来也没有字，更没有字典。哼……

说到此时，床下似乎有一点响动，我的神秘的猫突然停止了，竖起双耳，四周看了一周，我当时也就重新看起书来，想不再理他。本来太奇怪了，我实在再听不来这样的兽语，然而他，似乎很满意我的这种态度，突然又提高着喉咙演说起来：

——哈哈！你以为你“活着”么？懂得生活的意义么？——他狂怒似的向着我，又接下道，——不要梦想了，再也没有这一回事！你并没有“活着”，你不过“生存着”罢了；你和一切生存物相同，各有各的主观中之环境，而实际上并不懂得他。你现在有很好的巢穴，里面有人工造的明月，还有似乎是一块软板。上画着花花绿绿的黑油（我也不知道是什么）；坐着呢，很不自然的抬起两只前腿，不坐在地上，而坐在似乎是“半边笼子”里；天赋的清白身体藏在别人的皮毛里；最奇怪的，就是燃着了不知是什么一种草，尽在那里烧自己的喉咙。这就是你的环境。我知道，我很知道，你以为这样非常之便利，非常之好！又怎么样？不错，“这些”便利之处，原是你“人”自己造出来的；可是，一人为着“这些”而不惜毁坏别人的“这些”；你们，“人”，互相残杀，也是为着“这些”。不但如此，即使你“人”看着这种行为，以为很有趣，也像我和鼠子一样，——残杀本不是罪恶；而“讹言”呢，奸计呢，难道是神圣的？“人”原来是这样一个东西！为了什么？……生存在这种环境之中，“有种种便利之处”可以享用，而还是要想再多得一些，再多得一些，再多得一些！你无论如何不懂得：一面积聚许多人造的“便利之处”，一面就失去“天然的本能”，“与天然奋斗的本能”，而同时你的欲望倒是一天一天的在那里增高扩大呢。于是为满足这种欲望起见，又不能与天然直接奋斗，你于是想法骗人；讹言，奸计。不要脸的混账的“人”！自然呢，这样方法的生活，不是人人都能做得到的，谁要是不会这样生活，那人就倒霉。你看，现在你不是心绪不好，呆呆的痴想，忧愁，烦闷么？这才是你所要的“再多得一些”呢，哈哈哈。我，猫呢，却无时没有现成的衣服，现成的灯烛：日与月。我用不着什么“再多得一些”……

——可耻，可耻，“人”，你的“人”！混账，混账！没有才能的，不知恩的，最下贱的自欺者——“人”！猫说到此，声音更响，竟哈哈大笑起来。

我再也忍耐不住了，站起来要去打他，然而一闪眼，他已经不见了。一看呀，他已经逃得很远很远。“我是个‘人’，当然不能追得上他那又小又轻便的无汽机的汽车，无电机的电车。算了罢，算倒霉！”叹一口气，醒来，满身是汗，——原来是一梦。

十二月十日。

三十五　中国之“多余的人”

> ……我大概没有那动人的“心”！那足以得女子之“心”，而仅仅赖一“智”的威权，又不稳固，又无益……不论你生存多久，你只永久寻你自己“心”的暗示，不要尽服从自己的或别人的“智”。你可相信，生活的范围愈简愈狭也愈好。……
>
> ——屠格涅夫：《鲁定》[1]

> 圣人不患苦难，而患疾病。
>
> ——《墨子》

病魔，病魔！自七月以来，物质生活渐渐的减少，——优待食粮因新政府而改付值办法；智力工作更无限制的增加。于时，我更起居无时——不是游息的“无时”而是劳作的“无时”，饮食不

① 《鲁定》：今通译《罗亭》。

节——不是太多的“不节”而是太少的“不节”。疾病的根底一天一天埋得深了。“我难道记忆力，论断力都失了么？……让我想一想看。”病卧几天，移我入此高山疗养院。

静静的寝室，窗儿总是半罅着；清早冷浴；饮食有定量定时；在院中雪下强睡；量药称水有人专值；晚间偶坐厅中笑语，医生演讲病源，病状，医术；有时还请人歌唱演剧奏琴，作娱乐；——有一定的规则。谁也不能违背。“此间是军国主义式的统治，医生独裁制……”科学的威权最高无上。我对于这一切最初绝无感想，——不会感想；念念“用智”，“出院后某天当做某事……”如此一秒钟都不能停息。

四五天来——我是十二月十五日进院的，精神才渐渐的清晰，回忆复活；低徊感慨缠绵悱恻之情，故乡之思隐约能现。……咦！

咦！我生来就是一浪漫派，时时想超越范围，突进猛出，有一番惊愕歌泣之奇迹。情性的动，无限量，无限量。然而我自幼倾向于现实派的内力，亦坚固得很，“总应当”脚踏实地，好好的去实练明察，必须看着现实的生活，做一件事是一件。理智的力，强行裁判。我很知道，个性的生活的社会中，好比鱼在水里，时时要求相适应。这我早就知道！二十余年来的维新的中国，刚从“无社会”状态出来，朦胧双眼，——向没有见着自己的肢体肤发，不用说心肝肺脏了，他酣睡中的存在，比消灭还残酷。如何不亟亟要求现实精神呢。然而“刚从无社会状态出来……”可知是开天辟地草创的事业。此中的工作者，刚一动手，必先觉着孤独无助：工具破败，不堪适用，一切技术上的设备，东完西缺，总而言之，这是中国“并非社会压迫个性而为社会不助个性”之特别现象。自然而然，那特异伟力超越轨范的需要也就紧迫。两派潮流的交汇，湍洶相激，成此旋涡——多余的人。

假使有人在此中能兼有并存两派而努力进取，中国文化上未始不受万一的功劳。然而“我”，——是欧华文化冲突的牺牲，“内的不协调”，现实与浪漫相敌，于是“社会的无助”更斲丧“我”的元气，我竟成“多余的人”呵！噫！忏悔，悲叹，伤感，自己也曾以为不是寻常人，回头看一看，又有什么特异，可笑可笑。应当同于庸众。“你究竟能做什么，不如同于庸众的好，”理智的结论如此；惰性的倾向却很远大，又怎样呢？心与智不调，请寻一桃源，避此秦火。……“然而，宁可我溅血以偿‘社会’，毋使‘社会’杀吾‘感觉’”。……

噫！心智不调。无谓的浪漫，抽象的现实，陷我于深渊；当寻流动的浪漫，现实的现实。不要存心智相异的“不正见”，我本来不但如今病；六七年来，不过现实的生活了，心灵的病已深入，现在精神的休养中，似乎觉得：流动者都实现，现实者都流动。疗养院静沉的深夜，一切一切过去渐渐由此回复我心灵的旧怀里；江南环溪的风云，北京南湾子头的丝柳。咦！现实生活在此。我要“心”！我要感觉！我要哭，要恸哭，一畅……亦就是一次痛痛快快的亲切感受我的现实生活。

十二月十九日。

三十六 “自 然”

印度哲学泰果尔说：“希腊文化发生于海隅小城市，——都市的城壁暗示‘占有’的冲动，他视‘自然’为敌；譬如行路的人，以大道为障碍人与目的之间的远度。印度文化发生于森林温地，——长枝漫叶；起居感受于其中，增长‘融洽’的精神，他视‘自然’为友；譬如行路的人，以大道为人与目的之间的因缘，——实在就是目的的一部分。人与自然，个性与社会的协调，为将来的文化；浓郁的希望，仁爱，一切一切……由忿怒而至于喜乐……”

俄国的白林寒雪，旧文化的激发性也是当然；他视“自然”为邻人；偶然余裕，隔篱闲话家常，——封建遗化农村公社的共同寂静恭顺的生活；有时窘急，邻舍却易生窥伺，——西欧的顽皮学生，市侩主义维新后之传染病。中国的长河平原，感受无限制的坦荡性；他视“自然”为路人：偶然同道而行，即使互相借助，始终痛痒漠然。俄国无个性，中国无社会；一是见有目的，可不十分清晰，行道蹒跚，懒于移步。万流交汇，虚涵无量，——未来的黄金世界，不在梦寐，而在觉悟，——觉悟融会现实的忿，怒，喜，乐，激发，坦荡以及一切种种性。

是久远久远的过去话，也许是遥远遥远的将来之声。

人远离包涵万象的自然，舍弃永久的基础，只在人造的铁网间行走，——这或是跳舞娇作姿态时，或是乘橇下峻坡耳；他不得不步步勉力自求保持身量之均势；偶然得一休息地，反暂时感觉一隐隐的傲意：“我对于外界的自然，很能有强力的克服他。”自然，自然，不能永久如此，如此强勉。……

“我”与“非我”相合，方有共同之处可言。“我”与“非我”相对，只觉个性之独一无二。

如此，不得不有以系连之：“爱”。

儿童酷好游玩，诚然不错；然而他假使不知道有“母怀”可返，游玩便成迷失，渐觉可怕；我们个性的高傲，假使不能从“爱”增高其质性，他便成我们的诅咒。

十二月二十四日。

三十七 离别

一九二一年已经完了。高山疗养院庆祝新年。医生，职员，病人，——须发蓬松的老者，俄国式短衫里的壮年，新妆微艳的女郎少妇，都会集于王爵邸宅中的客厅里，钢琴节奏，跳舞，捉迷藏。——中国恐怕仅有儿童才有这般的兴致。可是此地亦有小孩子来了，一群一群女役的，职员的，医生的儿女，都来趁热闹呢。

厅中竖着一棵大杉树，上插小烛，融融火光，满室都含温情的暖意。俄俗每值新年圣诞时（依俄旧历则为自圣诞至新年），必定家家燃“杉烛”，杉上又挂小牛，小马，飞艇，镰刀，千里镜，种种纸制玩具（战前资产阶级有用铜制甚至于银制者），做送小儿童的礼物，——好一似中国的“押岁盘”。小孩子今天更欣欣然的围着那厅中的“杉烛”舞蹈歌唱呢。

——你们中国也兴燃杉烛么？

我答道：“不”。

女医生和我说：

——这“杉烛”本来是北欧异教徒的习俗。每到这一天——新年，是冬季的中间，最短的一天，北欧寒带，这一天简直不见日影，所以整天的燃着“杉烛”。你们中国过年有怎样的娱乐礼俗呢？说来一定非常之有趣的。

我随便告诉他们些中国风俗，都引为奇趣。……

“温情乐意的人生，在亲亲切切的生活里，中国社会生活中少见如此，——必定只在家庭。”然而欧洲有现实的社会，社会就和家庭（中国）有同样的价值。赤俄革命后的社会生活，更进一层，混以前相异的社会为一，女役，——在中国不过“老妈子”罢了！——和医学博士携手同歌呢。那里想得到中国家庭外的社会生活，只是麻雀牌的桌子，烧酒壶的壶底呢？——家庭内的亲切高尚优美的生活，娱乐，也就少见得很。

然而我不得不回想父母膝前的旧梦，——我曾有温情乐意陶养我的心性。现在离别六年了，今年更到万里外莫斯科的病院里！离别，离别！

一九二二年一月一日之第一小时。

三十八 一 瞬

邱采夫

邱采夫（F. i. Tuttcheff）[1]，俄国斯拉夫派的诗人，一生行事，没有什么奇迹，可是他的诗才高超欲绝。当代评论家白留莎夫称他继普希金的伟业。邱采夫的人生观，东方式得厉害，亦饶有深趣。他崇拜自然，一切人造都无价值而有奴性，自然当与人生相融洽；承认真实的存在，只在宇宙的心灵，而不在个性的“我”。——和那后来流入德俄的印度哲学不约而同。（邱采夫曾屡为驻德外交官，为失勒的好友。）“自然”对于他一切神秘：爱，欲，浑朴的冲动；所谓“抽象的思想都虚讹无象”。

人生有瞬间，难可以言传，
相忘于人间，清福自为宣。
萧萧高树杪，天鸟语我前，
尘伪去何远，亲切会心妍。
宇宙满吾怀，高情遗我先。
梦意盈此心，佳时会有缘！

一月九日。

三十九 Silentum（寂）

邱采夫

毋多言！隐秘密藏
你的感觉和幻想！
任在那心灵的深处，

---

① 邱采夫（1803—1873）：也译丘特切夫，俄国诗人，以歌咏自然见长。

他起伏自自如，
如明星深夜相传：
但怡悦，毋多言！

你怎能剖白于自心？
人怎能了解你人生？
抽象的思想
都虚讹无象。
大钥在手，顷刻豁然：
隐蔽，隐藏，毋多言！

但得会生活于自己！自重，
全宇宙在你心中；
那圣秘神密的意想，
可怜扰攘于外来的声响，
盲眩于昼间的光焰：
你可深会他的歌声，毋多方！

一月十二日。

四十 晓 霞

“军国主义”之下已一月多了，高山疗养院的生活恬静规约，——有时也有精神的疲乏。况且和外界绝对隔离，几同封锁，天天看着灰色的天，白茫茫的雪，怎得不盼望清风朗日一畅胸襟呢？莫斯科忽然移近东亚——远东大会召集，用得着我这“东方稚儿”，于是出高山——陡然呼吸一舒，好一似长夏清早，登高山而望晓霞。

灰色的短夜，星汉徐移，“沉闷”如飞云一般渐渐吹散，放出些早凉，凝凝的细露，淡淡的晓色，长林丰草间偶然一阵一阵清风，“夜”的威权慢慢地只剩得勉强支持的姿态。小鸟欣欣的相语，蛩虫朦朦的相投，一望远东，紫赤光焰，愈转愈明，炎炎的云苗，莽然由天际直射，洪洪烈烈，光轮轰旋，——呀！晓霞，晓霞！

此时此际，未见烈日，——也许墨云骤掩，光明倏转凄黯，不然也只遥看先兆，离光华尚远；然而可以确信，神明的太阳，有赤色的晓霞为之先声，不久不久，光现宇宙，满于万壑。欣欣之情，震烈之感，不期而自祝晓霞。

寒凛的北国，死寂的严冬，忽然想象烈夏的风光，何等快事！这是回念，这也是预想。可以回念，年年的夏日清早之飞赤，也可以预想，明年后年，暑日初晨之远东——那不都有“晓霞”么？

诚然不错，一九一七年二月以后十月以前，北海之南，芬兰湾之东，亚尔帕山之北[①]，乌拉岭之西，曾染浓艳光赤的晓霞。——现在久现红日了。

远东大会的饭厅里偶然可以遇见革命潮中之过来人。他能和你们讲：

——革命的怒潮，革命的怒潮！呵，如火如荼！现在我能安安逸逸生在此，为远东古国诸同志尽一毫助力，——虽然通译的才能或者不足，然而始终有尺寸的功效，心安意逸；那时，那时，二月革命后克伦斯基还要确守协约国的“信约”，造俄罗斯成“战胜的帝国主义的民主共和国”；哼，何苦何苦！我在前敌以一小小的军官，一年多受尽德俄战线壕沟中的地狱生活，不论普通兵士了。于是布尔塞维克的传单如雨的飞下；“不用战争”，“和平与面包”，“不要杀我们共同神圣的德奥劳动者，而各自去杀吸我们膏血的老爷们——资产阶级”……军心动摇，长官人人自危，“杀有高级军

① 亚尔帕山：今译喀尔巴阡山。

官肩章的……杀……杀！“战事的继续，当然非常之困难了。部队已经完全不稳，于是发生有史以来第一次的“大逮捕”；里德瓦战线，司令竟只得命马炮队一夜速行逮捕全数步兵八十万人。一队走完，又是一队，垂头丧气的也有，昂面谩骂的也有。——他说到此处，以手抚额，叹一口气又道：

——我辛苦艰难，“为人作嫁”，干什么？布尔塞维克的口号好：“不用打仗，还乡，还乡！”我也道“还乡”为是。可是当时我们营里紊乱陡起，——凡有肩章的军官，一出自己的营，头就不见；他们决议，各兵士，反对帝国主义爱和平的旧日的农夫，奋起实行革命的口号，各人暂时不杀自己的长官，而相约互杀各人的长官——以免眼前吃亏。我那时想跑不得跑，心胆虚寒，呵，可怕可怕！幸而我兵士感爱我，一直保护到解散前敌时。……布尔塞维克解放了我的军役，始终解放了。……紊乱，紊乱，呵，可怕！哪像现时得安坐喝茶呵！

革命怒潮的先声，那正是“天地青”的时候。革命赤日的遥光，那正是“晓霞”的散彩。群众的伟大，愈抵拒愈激厉；不如欢笑相迎。回念，回念，……预想，预想。

一月二十九日，秋白生日。我生的晓霞在此么？

四十一　彼得之城

几十年前，发纵指使略夺东亚满洲的参谋本部——彼得之城，不意今日又成远东革命声浪留音之机。远东劳动大会开会式移在彼得堡。地底里殷洪的将来之声，虽则模糊隐约得很，——不知道“此何声也”？然而……伏耳远听……有么？

二百年前，一小小的村落，打渔晾网的农家，茅舍木屋；而今巍楼高耸，马路纵横。人类建筑的文化方就，赤色“十月”之后，暴露了半边的瘫病：物的关系将村落变成都市，而人的关系又几将商埠变成古迹。然而从历史的观点看来，始终如马克思所言：蜘蛛结网，野蜂营窝，虽则条理井井，本能突显……然而人的构筑，胸中早有成竹，以此特异于昆虫[1]。彼得大帝竟构成了这“彼得之城”。从现代的观点看来，又见社会问题的根底，虽则伟大“十月”破碎那奴隶的铁网，殃及池鱼，然而群众的伟力，受着资本主义的铁箍束缚——封锁，都市黯黯无颜色，而仍能团结组织，在此一整理“人的机械”——苏维埃。

帝国国会里，恢宏壮丽的建筑，百年前贵族院的遗制，伟大的议事厅，——今日的彼得城苏维埃议场内，那困厄无赖的“奴隶”——韩国人，游牧愚昧的“野蛮民族”——蒙古人，盗匪统治下的“不安分青年”——中国人，帝国主义工厂机器下的碎骨，“不爱国者”——日本人，个个都站到昔日提议东清铁路权利的议坛上去。在彼得城工人女工劳动者欢呼鼓掌之中，发惊人的洪声，遥震万里外的四千年古国的“万里长城”，隐隐的似闻回响。

满厅沉黯的灯光，赤色四射，东方人的语声，欢呼万岁，鼓掌喝彩声，《国际歌》的乐声……

彼得城在莫斯科西北六百里（俄里），已经到得寒带，夏日往往有所谓“白夜”，整天不黑，冬天温度低到极点。我到此地，——其实出疗养院不久，忽然不得已而步行二里，呀，气压的重，寒气浸浸，彼得城的街市于我几等于水晶宫。幸而遇着一女友扶我徐行；——冷冷清清，满街差不多不见人影，——虽到新经济政策之下，也偶然见一家两家咖啡馆，始终因政治中心的南迁，通商事业刚开始，此地暂时只得冷静些，……一处两处略见铜像，高庙。

勉强行至国际旅馆，血痰又现。如此睡在屋中四五天，从此没

---

① 《资本论》卷一。——作者原注

再见细认彼得之城。

二月七日模糊梦寐中，有人把我运到莫斯科。

从此又入高山，——恬静规约的生活。

二月九日。

四十二 俄雪

无可围抱的寰区
　却披来缟素天衣无缝，
万千含孕的宇宙
　　剩得白茫茫一片奇梦。

　俄雪，俄雪，
拿破仑禁不起裂天冻。
　死寂，死寂，
好一似沉沦大陆，浑蒙。

　鸟语隐地底，
　绿意凝未动。
看！看，障于人与自然之间，
只有那黯云四匝寒芒涌。

俄罗斯的寒，令南国遄来的旅客，对他这冷淡的主人翁，常起奇异的感想。虽则“寒主人”十二分的殷勤，周旋揖让，反是冷气直喷，令人欲绝。况且严酷的雪影，惨淡的雪色，凄凄黯黯，白茫茫，浑漠漠，一年一百五十天不见天日。我，——江南花柳明媚中的产儿，怎不觉得，他——“俄雪”，是“我”与自然之间的屏障。

二月十三日。

四十三　美人之声

革命的美人，世界名女伶美国人邓亢（Duncan），新跳舞派的创造者，来赤色的俄国，愿意献身于革命的舞。偶翻去年的旧报，有他一篇论《新艺术与群众》的文，他向苏维埃政府的呼声。——政府《新闻报》为之发表。①

“我们现时的艺术时代，应当融洽于‘生活’，不但不能后于生活一步，而且还当为人类描画‘将来’的理想。我们现在很用不着《欧奈仁·沃纳琴》(普希金的名著，俄国向来流行的歌舞剧)②，或者我们明天还用着他，然而今天那种弱微的艺术，娱乐的艺术，观者的艺术，殊不当其时，不当其位。

“假使国内战争，封锁，饥荒之后，没有可能十分改善工人的生活状况，——也得给他以心灵的休息，驱他思想于‘美’与‘光明’。唉！资产阶级会使工人白天困顿工作于污秽的工厂——晚间飨以尘俗的电影与酒铺。现在，我们在困苦的经受之后，也得给他怡养于高尚的真正的伟大的艺术。……不给面包而给石块。现在都不少见这种恶象。那颂扬俄皇主义的旧‘跳舞剧’（ballet），难道不还流行于莫斯科？‘跳舞剧’的题目不适于我们今日的生活：情态的诱媚，英雄气概的短少。只要看一看跳舞剧中男子的身份就可见了。男子于此又不自然，又显女态，不过是‘舞女’的副手，剧中的配角。实在男子于跳舞中很有他当显的‘阳性’。

“我们跳舞艺术中的影响，二十年来，已及于各式跳舞术，我敢说现时跳舞者没有不无意之中采及我的理想。难道俄国的跳舞剧，近年来不正在大改良中，受我的理想的一种结果么？难道我立

---

① 邓亢去年来莫斯科约在十月间。——作者原注
邓亢：今通译邓肯（1878—1927），美国舞蹈家，现代舞奠基人。

② 《欧奈仁·沃纳琴》：今通译《叶甫盖尼·奥涅金》，普希金的诗体小说。

于一新跳舞派的领袖地位，不是正当的么？

“莫斯科中，必需建立一地方，可以令共产主义的，革命的理想，得一种艺术的表显——音乐，文词，动作。

“每一星期一次，大剧院当开放于人民群众，不收券费。政治，艺术，‘美的新宗教’常在此奋发其呼声。每次先以政治的演说词，艺术论坛，然后继之以剧乐；当令革命意义的‘谐奏乐’有所表见，——英雄气慨，伟力与光明。

“观者在这种集会里，不会仅仅觉着自己是‘观者’，和舞台分离不相关的。他能和自己的声音于音乐队里，他能与舞台上的演剧者，共同表显其革命的兴感于‘群众的姿态’中。

“柏拉图就知道，音乐在群众中有多大的威权，他能与管理导率群众之助。然而尚未有一政府能懂得，以音乐之力可以感兴其见解理想及能力于人民群众之中。

“剧院之外，我还以为必须设一大厅，工人女工能每星期入大剧院观新剧，他们的子女，可以天天到这大厅中受艺术化的教育。我可以养育这些儿童，固不论我的新跳舞派，也将施以教练。本年五月一日我就可以实行庆祝一真正的‘喜节’。

“父母常不知儿童所需。他们不教育子女倾向于新的思想新的生活。共产主义者的子女，弄来弄去，始终受着旧式的资产阶级的教育。这固然有关系于父母所处的实际生活状况。然儿童生于今日之时代，其实易于承受平等的观念。我所立学校中，他们可见万有平等。

“既会破坏旧的，请给儿童以新的！假使你要儿童懂得什么是共产主义，什么是国际，你当现在就解放他们于资产教育及尘俗谬见之下。

“……我舍弃欧洲的舞台，那里本来艺术和市侩的商务相密系，假如到此仍演剧卖票于资产阶级的观者，未免辜负我心……”

二月十七日。

四十四　阿弥陀佛

不用论断，不用操心；
无知的寻求，愚昧的评论。
日间之伤，请以梦治；
明日之日，自然能至。

生活，生活，万千经受，
哀矣，乐矣，宠辱时有。
何所愿望？何必忧怫？
“日既夕矣”，阿弥陀佛！

二月二十六日。

四十五　新　村

农民问题，如今在俄国革命之后，解决的趋向，和以前大不相同了。无产阶级没有农民的辅助，不能有尺寸功效，同时农民却是小资产阶级，——这是马克思主义者都知道的。“土地国有”实现，俄布尔塞维克已经经过革命的第一期，可以转向第二期——无产的工人与小资产的农民间之协进，新经济政策。

农业会议近来屡次宣言土地国有的原则，而使用土地者的私有生产品权仍保存，——因农民小资产阶级的心理，在现实的世界中，不得不有此政策。资产主义中“最初积累”的发展，必定令农民，一面扩充财政，技术的影响于乡间，——相对的双方发展；在某一时期之后，引到非常剧烈的经济的阶级斗争——然后治者的无产阶级的胜利及西欧美洲的奋起，方渐创社会主义现实的基础。固然，俄罗斯革命的意义，不是这几字可尽，然而很可以明白：俄国不能成隔离的新村制，而是现实经济改造世界中之一部分。

虽然那资产阶级心理的几百万农民群众，令劳农政府不得不行新经济政策，对之让步；而俄国还有一种群众力：宗教的新村派。移居美国、加拿大的“圣灵否定派”（Duhoborstvo），稍采托尔斯泰主义，世界都闻名的。十九世纪八九十年时代，社会思想的反动，驱入宗教，非国教的基督教中，如托尔斯泰派，伯伯甫派，圣经派，多不胜数，受俄皇政府通缉，都跑到国外或荒僻的乡鄙去。这种运动也包围近百万人。十月革命之后，苏维埃政府，在农业上亦试用新村办法，设所谓“苏维埃农场”，生产协社，劳动协社等，宗派的新村，也开放自由。如今新经济政策既行，更证明小资产阶级心理的利害；所以近日农业会议后，又有一派宣传新村的，他的大意：

“共产党现在在乡间往往遇着极端冷淡态度，或竟厌恶极甚。农村经济的建设，大可赖‘非共产党的共产主义者’——宗教的新村派，他们虽非马克思主义者，而信念深切，否认私有制度，已非资产阶级心理者。共产党影响因人厌恶而不能到的地方，宗教的新村派都可以到。况且去年农业人民委员会已有通告书于全世界的俄国宗教新村派，请他们回国更多设劳动协社，生产协社，……应当再特别奖励。”

“这亦是一群众，正可使他们在乡间与小资产阶级的心理对抗。资产阶级心理没有去的，有新经济政策开他们的道路，发展生产力。资产阶级心理已经去的，很可以使他们用公产的原则组织，养成共产主义的人生观……”

这亦是大海中一滴水呵……

三月一日。

四十六　海

人生涵大梦，——
瀛海衍寰区，
夜来，浪声汹涌，

高潮拍岸狂驱。

天声遐迩：敦诫吾人，
沙岸里，魔舟复生。
狂澜四海，突卷将生意，
入汪汪墨浪无垠。

天际明星燃，
隐隐窥深里；
浮浪四围高，
沉拍见无底。

三月十日。

四十七 尧子河

清霜薄日，俄罗斯“寒春”的薄晨，雪影在朝阳之下晶映光莹。

瘦林朝气，清挹入肺腑，散步的人三三五五，沿着小径，渐渐的行近高山疗养院的园后篱栅。篱栅有破隙处，行人中有一个，四周看了一看道：

——我们今天且破一次“医生独裁制”的法例，出这篱栅，逛一逛尧子河（Yauza）吧[①]！

于是大家，都是喜欢犯罪的，穿过篱栅，出“高山苏维埃共和国”的边境。（自然没有护照，一笑。）

雪堤霜林，人家聚落四五，此地原来已是半乡半城的光景，晓烟依依导我们入桦林深处。走过一池沼，虽是春初，却还层冰坚冻。步行过冰上，到对岸，就可见一小沟，广不满二丈，沟中却已

① 尧子河：通译尤萨河，流经莫斯科市中心。

见水面，春冰薄薄，勉强倚持于岸雪。沿沟东去，一小桥短短，从此俯视沟中绿漪沉沉，无限春来的活意。

——你知道么？这就是尧子河。彼得大帝的第一只军舰，就在此小沟中试演的，沿此沟入莫斯科河，再下到波罗的海湾，而后起意迁都彼得堡的。

——呵，呵。不要小看他。这小小的一沟却是俄罗斯舰队的发源地呢。

——怎么？这样小的河，开什么军舰？小孩子玩的纸船，或者可以在此排得成舰队，……

——想必一世纪前，此地地面情形和现在不同。始终也亏他有这样努力。

一人末后又道：

——究竟莫斯科是一历史的城，有五六世纪的久远，到处我们都可以看得见古迹。比如基督救主庙，华西里庙，克莱摩宫，中国城，呀，多得很呢。就是我们的高山疗养院，也是很有名的意大利建筑家所构的，——嘉黎村王爵郡王的邸宅。你没听见过上一次的演讲么？——大约两星期前有莫斯科艺术家来此讲演这一邸宅的历史的。

正谈着，一人突然说道：

——不用尽讲艺术了，快回去罢！等一会儿，我们“医学的警察”要来了……

三月十八日。

四十八　新的现实

中国一九一一年以来，万里长城为怒潮所冲破，依稀的晓梦“初”回。满天飞舞的“新”，“主义”，“哲学”，“论”……无限，无限。

然而，中国二十世纪二十年代的一辈青年，刚处于社会思想史的“蜂腰时期”。有清一代对宋学的反动，汉学的今古文派，佛学派，到光绪末年——二十世纪之初，梁启超，刘申叔，章炳麟诸人后[①]，突然中绝。从此时起，西欧日本新学说如潮的“乱流”湍入。东西文化区别界限之大，骤然迎受不及，皮相的居多。中国此时一辈青年，所受社会思想的训育可想而知：旧的“汉学考证法”，“印度因明学”，不知道；新的，西欧的科学方法，浮光掠影得很。同时经济状况的发展，新资产阶级发生，自然而然，自由派的民治派的思想勃起，浮浮掠过。他们的确知道“要”了，可是他们只知道“要”……要自由，要平等……“怎么样”？“是什么”？蒋梦麟说“问题符号满天飞”，其实就是因为问题符号只在飞，可见还不知道怎样设问，怎样摆这符号，何况答案！

再加以总原因：中国向来没有社会，因此也没有现代的社会科学，中国对社会现象向来是漠然的；现实突然间要他去解决“社会问题”，他从没有这一层经验习惯，一下手就慌乱了。从不知道科学方法，仅有热烈的主观的愿望，不会设问，问及社会问题之人，置于社会现象之前，难怪他眼花缭乱。于是大多数所谓“群众的”青年思想，突然陷入于“孔了诛少正卯”的旋涡里，或者是“西洋的”亚里士多德的论理监狱里。——

“总解决与零解决”，“改良与革命”，“独裁主义与自由主义”，“放任主义与干涉主义”，“有政府主义与无政府主义”，……“集权主义与分权主义”，群性主义与个性主义，……彻底与妥协……如此无穷无尽，两相对待：“你们是反对分权主义的，那一定主张集权了”——“专制了”——不是这个，就一定是那个！头脑不妨如此简单，社会现象可不是如此简单！

我们假使除“要”之外，还有看“所要的”眼睛在，细细的带上克罗克眼睛看看清楚，我们就可知道上述的许多“外国字”，——西欧文字，对于中国人，实在难学难懂！——都是人造

① 刘申叔：即刘师培。章炳麟：即张太炎。

的抽象字，从社会生活里“抽出来的象”；不是有了集权主义“四个中国字”才是集权制度的！“抽象名词爱”的青年当再进一步看看现实，那时才知道实际生活，社会生活中每每是“非集权非分权”，“非彻底非妥协”，“亦总解决，亦零解决”……现实是活的，一切一切主义都是生活中流出的，不是先立一理想的“主义”，像中国写方块字似的一笔一笔描在白纸上去的。……“不是那个”就是这个的“西洋”笨逻辑，东方人所笑的，现在自己学来了！

世界上不少资产阶级，世界上也不少布尔塞维克的仇敌。真正浸身于赤色的俄罗斯，才见现实的世界涌现；再听西洋的“评论家”笑骂共产党的主义[①]：“是马哈衣主义[②]，是新军国主义，是巴枯宁主义，是拿破仑主义，”诚然不错，布尔塞维克是如此之派调，——在那一定的时期中。不在于拘守“主义”，死的抽象词；抽象名词爱的“思想家”“学者”，一定要拿抽象名词做尺来量他们，也是无法！“或者像‘……主义’罢！现在又成‘自由主义’罢?”……不在于此！而在于现实社会问题的解决。

唯实的，历史的唯物论有现实的宇宙。无产阶级为自己利益，亦即为人类文化担负历史的使命。凡在现实世界中，为现实所要求以达这“新”使命的，则社会意识的表示者都不推辞：代表此一阶级的利益，保持发展人类文化。资产阶级文化已经破产。……亟起直追！现实世界中“奋斗之乐”，就是他的报酬。于现实生活，社会之流动中，须得实际的论证方法，那才走得人类文化史的一步。中国当代青年！注意为是。……先知道中国“是什么?”然后说“怎么样?”……至于“我们”“要什么?”且放在最后再说。

三月二十四日。

---

① 这已经是“欧洲”的主义两字，虽是反对派，不过是浪漫派罢了；不像中国的简单。——作者原注

② 马哈衣为俄工人运动史中之一派，绝对反对智识阶级。——作者原注

四十九　生　活

世界是现实的，人是活的。

生活是“动”，求静的动，然而永不及静的。正负两号在代数中是相消的，在生活中是相集的。进取工作，脑血筋力鼓动膨胀发展时，人觉积极的乐意，——是生活；疲惫怠荡弛缓时，人觉消极的休息，——是死灭。这第一式中虽相对，然而凡“一切动时一切生”。动而向上，动而向下，两端相应，积极消极都是动。所以欣然做工者，憩然休息者，忿然自杀者都在生活中。永不及静，是以永永的生活。

不动不生，又要不死不灭，不工作，不自杀，处天生与死两者之间，是不可能的。

既然如此，“动”而“活”，活而“现实”。现实的世界中，假使不死寂——不自杀，起而为协调的休息与工作，乃真正的生活。

“工作为工作”是无意味的，必定有所得。——其实“为工作的工作”固然有无上的价值，然而也不能说无所谓，“动的乐意”即是所得。动的，工作的“所得”之积累联合，相协相合而成文化。文化为“动”——即生活的产儿。文化为“动”——即生活的现实。

所以：——为文化而工作，而动，而求静——故或积累，或灭杀，务令于人生的“梦”，现实的世界；凡是现实的都是活的，凡是活的都是现实的；新文化的动的工作，既然纯粹在现实的世界，现实世界中的工作者都在生活中，都是活的人。

三月二十日莫斯科高山疗养院。

心的声音

绪　言

心呢？……真如香象渡河，毫无迹象可寻；他空空洞洞，也不是春鸟，也不是夏雷，也不是冬风，更何处来的声音？静悄悄地听一听：隐隐约约，微微细细，一丝一息的声音都是外界的，何尝有什么"心的声音"；千里万里，一寸尺间远远近近的声音，也都是外界的，更何尝有什么"心的声音"。一时一刻，一分一秒间久久暂暂的声音都是外界的，又何尝有什么"心的声音"。钩辀格磔，殷殷洪洪，啾啾唧唧，呼号刁翟，这都听得很清清楚楚么，却是怎样听见呢？一丝一息的响动，澎湃訇磕的震动，鸟兽和人底声音，风雨江海底声音几千万年来永永不断，爆竹和发枪底声音一刹那间已经过去，这都听得清清楚楚么，都有是怎样听见的？短衫袋里时表的声音，枕上耳鼓里脉搏的声音，大西洋海啸的声音，太阳系外陨石声音，这都听得清清楚楚么，却是怎样听见的呢？听见的声音果真有没有差误，我不知道，单要让他去响者自响，让我来听者自听，我已经是不能做到，我静悄悄地听着，我安安静静地等着；响！心里响呢，心外响呢？心里响的——不是！心里没有响。心外响的——不是！要是心外响的，又怎样能听见他呢？我心上想着，我的心响着。

我听见的声音不少了！我听不了许多凤箫细细，吴语喁喁底声音。我听不了许多管、弦、丝、竹、披霞那、繁华令底声音。我听不了许多呼卢喝雉，清脆的骰声，嘈杂的牌声。我听不了许多炮声，炸弹声，地雷声，水雷声，军鼓、军号、指挥刀、铁锁链底声。我更听不了许多高呼爱国底杀敌声。为什么我心上又一一有回音？

一九一九年五月一日我国在亚洲初听见欧洲一个妖怪的声音。他这声音我听见已迟了。——真听见了么？——可是还正在发扬呢。再听听呢，以后的声音可多着哪！欧洲、美洲、亚洲，北京、上海、纽约、伦敦、东京……不用说了。可是，为什么，我心上又一一有回音呢？究竟还是心上底回音呢？还是心的声音呢？

一九二〇年三月六日晚上（庚申正月十五夜），静悄悄地帐子垂下了，月影上窗了，十二点过了，壁上底钟滴答滴答，床头底表悉杀悉杀，梦里听得枕上隐隐约约耳鼓里一上一下的脉搏声，静沉沉，静沉沉，世界寂灭了么？猛听得砰的一声爆竹，接二连三响了一阵。邻家呼酒了：

“春兰！你又睡着了么？”

“是，着，我没有。”

“胡说！我听着呢。刚才还是里间屋子里呼呼的打鼾呢。还要抵赖！快到厨房里去把酒再温一温好。”

我心上想着：“打鼾声么？我刚才梦里也许有的。他许要来骂我了。”一会儿又听着东边远远地提高嗓子嚷：“洋……面……饽饽”，接着又有一阵鞭爆声；听着自远而近的三弦声凄凉的音调，冷涩悲亢的声韵渐渐的近了……呜呜的汽车飙然地过去了……还听得“洋……面……饽饽”叫着，已经渐远了，不大听得清楚了，三弦声更近了，墙壁外的脚步声、竹杖声清清楚楚，一步一敲，三弦忽然停住了。——呼呼一阵风声，月影儿动了两动，窗帘和帐子摇荡了一会儿……好冷呵！静悄悄地再听一听，寂然一丝声息都没有了，世界寂灭了么？

月影儿冷笑：“哼，世界寂灭了！大地上正奏着好音乐，你自己不去听！那洪大的声音，全宇宙都弥漫了，金星人，火星人，地球人都快被他惊醒那千百万年的迷梦了！地球东半个，亚洲的共和国里难道听不见？现在他的名义上的中央政府已经公布了八十种的音乐谱，乐歌，使他国里的人民仔细去听一听，你也可以随喜随喜，去听听罢。”我不懂他所说的声音。我只知道我所说的声音。我不能回答他。我想，我心响。心响，心上想：“这一切声音，这一切……都也许是心外心里的声音，心上的回音，心底声音，却的确都是‘心的声音’。你静悄悄地去听，你以后细细地去听。心在哪？心呢……在这里。”

一九二〇，三，六。

一 错 误

暗沉沉的屋子，静悄悄地钟声，揭开帐子，窗纸上已经透着鱼肚色的曙光。看着窗前的桌子，半面黑魆魆，半面黯沉沉的。窗上更亮了。睡在床上，斜着看那桌面又平又滑，映着亮光，显得是一丝一毫的凹凸都没有。果真是平的。果真是平的么？一丝一毫的凹凸都没有么？也许是桌面上，有一边高出几毫几忽，有一边低下几忽几秒，微生虫看着，真是帕米尔高原和太平洋低岸。也许桌面上，有一丝丝凹纹，有一丝丝凸痕，显微镜照着，好像是高山大川，峰峦溪涧。我起身走近桌子摸一摸，没有什么，好好的平滑桌面。这是张方桌子。方的么？我看着明明是斜方块的。站在洗脸架子旁边，又看看桌子，呀，怎么桌子只有两条腿呢？天色已经大亮，黯沉沉的桌子现在已经是黄澄澄的了。太阳光斜着身射进窗子里来，桌面上又忽然有一角亮的，其余呢——黯的，原来如此！他会变的。……唉，都错了！……

洗完脸，收拾收拾屋子，桌子，椅子，笔墨书都摆得整整齐齐。远远的看着树杪上红映着可爱的太阳儿，小鸟啁啾唱着新鲜曲调，满屋子的光明，半院子有清气。这是现在。猛抬头瞧着一张照片，照片上：一角花篱，几盆菊花，花后站着、坐着三个人。我认识他们，有一个就是我！回头看一看，镜子里的我，笑着看着我。这是我么？照片上三个影子引着我的心灵回复到五六年前去。——菊花的清香，映着满地琐琐碎碎的影子，横斜着半明不灭的星河，照耀着干干净净的月亮。花篱下坐着三个人，地上纵横着不大不小的影子，时时微动，喁喁的低语，微微的叹息，和着秋虫啾啾唧唧，草尖上也沾着露珠儿，亮晶晶的，一些些指着他们的衣裳。暗沉沉的树荫里飕飕的响，地上参差的树影密密私语。一阵阵凉风吹着，忽听得远远的笛声奏着《梅花三弄》，一个人从篱边站起来，双手插插腰，和那两个人说道："今天月亮真好。"……这就是我。这是在六年以前，这是过去。那又平又滑的桌面上放着一张纸条，上面写着：请秋白明天同到三贝子花园去。呵！明天到三贝子花园去的，不也是我么？这个我还在未来；如何又有六年，如何又有一夜现在，过去未来又怎样计算的呢？这果真是现在，那果真是过去和未来吗？那时，这时，果真都是我么？……唉！都错了！……

我记得，四年前，住在一间水阁里，天天开窗，就看着那清澄澄的小河，听着那咿咿哑哑船上小孩子谈谈说说的声音。远远的，隐隐约约可以看见江阴的山，有时青隐隐的，有时黑沉沉的，有时模模糊糊的，有时朦朦胧胧的，有时有，有时没有。那天晚上，凭着小阁的窗沿，看着天上水里的月亮，对岸一星两星的灯光，月儿照着，似乎有几个小孩子牵着手走来走去，口里唱着山歌呢。忽然听着一个小孩子说道：

"二哥哥，你们看水里一个太阳，太……"又一个道：

"不是，是月亮，在天上呢，不在水里。"转身又向着那一个小孩子说道：

"大哥哥，怎么今天月亮儿不圆呢？昨天不是圆的么？"听着回答道：

"怎么能天天都是圆的呢？过两天还要没有月亮呢。"

"大哥骗我，月亮不是天生圆的么？不是天天有的么。"

"我们去问姊姊。姊姊，姊姊。我刚才和阿二说，月亮会没有的，他不信，他说我说错了。”姊姊说道：

“妈妈的衣服还没有缝好呢，你们又来和我吵，管他错不错呢……”

一九二〇，三，二十。

二　战争与和平

小花厅里碧纱窗静悄悄的，微微度出低低的歌声。院子里零零落落散了一地的桃花，绿荫沉沉两株杨，微风荡漾着。一个玲珑剔透六七岁的小孩子坐在花厅窗口，口里低低的唱着：

姊姊妹妹携手去踏青。
垂垂杨柳，呖呖莺声，
春风拂衣襟，春已深。
郊前芳草地，正好放风筝……

桌子上放着一个泥人，是一个渔婆，手里提着一只鱼篮，背上搁着很长很长一竿的钓鱼竿，丝线做的钓丝，笑嘻嘻的脸。小孩子一面唱一面用手抚那钓丝，把那桃花片，一片一片往钓丝上穿，又抓些榆钱放在那鱼篮里。又一个小孩子走来了，说道：“哥哥，我找你半天了，爸爸给我一个皮球。”那哥哥道：“我不爱皮球。弟弟，你来瞧，渔婆请客了，你瞧他体面不体面？篮子里还装着许多菜呢。”弟弟瞧一瞧说道：“真好玩，我们两个人来玩罢。”说罢，转身回去又拿了许许多多纸盒，画片，小玻璃缸，两只小手都握不了。一忽儿又拿些洋团团，小泥人来了。两个小孩子摆摆弄弄都已摆齐了，喜欢得了不得，握握手对着面笑起来。弟弟一举手碰歪了一只小泥牛，哥哥连忙摆好了说道：“都已齐了，我们请姊姊来看，好不好呢？”弟弟说：“我去请。”说着兴头头的三脚两步跑进去了。一忽儿又跑出来气喘喘的说道：“姊姊不来，他在那儿给渔婆做衣服呢。”

哥哥道：“他不来么？”说着，又把一张画片放在渔婆面前说道："弟弟，你瞧，渔婆又笑了。"弟兄两人拍着手大笑。一忽儿，哥哥弟弟都从椅子上下来，一面踏步走，一面同声唱着，嚷着很高的喉咙，满花厅的走来走去，只听得唱道：

……战袍滴滴胡儿血。

自问生平……头颅一掷轻。

一面唱一面走出花厅，绕着院子里两株杨柳，跑了两三匝。哥哥忽然说道："渔婆要哭了，进去罢。"弟兄两个又走进花厅，两个人都跑得喘吁吁的。哥哥在桌子上一翻，看见一张画片，诧异道："谁给你的？我昨天怎么没看见他？"弟弟道："爸爸昨天晚上给我的。"哥哥道："送给我罢。"弟弟道："不，为什么呢？爸爸给我的。"弟弟说着，把那张画片抢着就跑。哥哥生气道："这些我都不要了，……"说着，两个小手往桌子上乱扑乱打了一阵。渔婆，小泥人，玻璃缸打得个稀烂。弟弟听着打的声音又跑回来，看一看，哭道："你把洋团团底头打歪了，我告诉爸爸去！说着往里就跑，哥哥追上去，弟兄俩扭做一堆，连扭带推，跑过院子，往里面上房里去了。

只听花厅背后，弟弟嚷着的声音："姊姊！姊姊！哥哥打我……"

院子里绿荫底下，落花铺着的地上，却掉着一张画片——原来法国福煦元帅底彩色画像[1]，带着军帽穿着军衣的……。

一九二〇，三，二十八。

三　爱

"爱"不是上帝，是上帝心识底一部现象。

——托尔斯泰

"唔唔……妈呢？……"

---

① 福煦（1851—1929），法国元帅，第一次世界大战最后几个月协约国军总司令。著有《战争原理》等。

“好孩子。妈在城外赶着张大人家丧事，讨些剩饭剩菜我们吃呢。闭着眼静静儿罢。陆毛腿去弄药草怎么到现在还不来呢？孩子，你饿吗？难受得厉害吗？吃什么不要？”

“我……唔唔……我……我我……不……我不……”

模模糊糊的呻吟声，发着，断断续续的……轻微声浪隐隐的震着，沉静的空气里荡漾着……唉！

嫩芽婀娜的几株垂杨底下，一家车门旁边，台阶上躺着十二三岁的孩子，仰面躺着，那如血的斜阳黯沉沉的映着他姜黄色的脸，只见他鼻孔一扇一扇，透不出气似的，时时呻吟着。旁边跪着一个老头儿，满脸沙尘，乱茅茅的胡须，蓬蓬松松的头发，苍白色的脸，远看着也分不出口鼻眼睛，只见乌黑阵阵的一团。他跪在地上，一手拿许多柳枝替小孩子垫头，一手抚着小孩子底胸，不住的叹气！心坎里一阵酸一阵苦。他时时望着西头自言自语：“来了吗？没有！不是；好孩子！”……“你妈……”

我在街上走着，走着，柳梢的新月上来了……呼呼一阵狂风。呼……呼……满口灰尘。唉！风太大了！……

一个“冥影”飕然一扇，印在我心坎里，身上发颤，心灵震动……震动了。他们……他们那可怕的影子，我不敢看。

“老爷，爷爷！多福多寿的爷爷，赏我们……赏……”

那老头儿在地上碰着头直响，脸上底泥沙更多了。小孩了翻一翻眼，唉！可怕！他眼光青沉沉的……死……死人似的！可怕！

“老爷，我这小孩子病了。怎好？赏几个钱……”

老头儿又碰着头，我走过他们，过去了，又回头看看，呀！……给他们两个铜元……两个铜元？

老头儿拣着，磕头道谢；又回身抚着小孩子，塞一个铜元在他手里，又道：“妈来了，来了。”小孩睁一睁眼……我又回头一看，赶快往前就走。我心里，心里跳。怪，鬼，魔鬼！心里微微的颤着，唉！

……

我事情完了，要回家去。叫洋车。坐上车，一个小孩子跟着车夫。车夫给他一个铜元道："家去跟着妈罢！"

"爸爸回来吃晚饭？我们等着爸爸……等着您！"

东长安街两边的杨柳、榆树，月亮儿莹洁沉静，沉静的天空。呀！不早了！十点半。车夫拖着车如飞的往前走去。似乎听得："妈！……好吃……嘻嘻嘻……"

"爱！"……宇宙建筑在你上。

四 劳 动?

青隐隐的远山，一片碧绿的秧田草地，点缀着菜花野花，一湾小溪潺潺流着；荫沉沉的树林背后，露出一两枝梨花，花下有几间茅屋。风吹着白云，慢慢的一朵朵云影展开，绉得似鱼鳞般的浪纹里映着五色锦似的，云呵，水呵，微微的笑着；远山颠隐隐的乌影闪着，点点头似乎会意了。啁啁啾啾的小鸟，呢呢喃喃的燕子织梭似的飞来飞去。青澄澄的天，绿茫茫的地，荫沉沉的树荫，静悄悄的流水，好壮美的宇宙呵，好似一只琉璃盒子。

那琉璃盒，琉璃盒里有些什么？却点缀着三三两两的农夫弓着背曲着腰在田里做活。小溪旁边，田陇西头，一个八九岁的小孩子，穿着一条红布裤子，一件花布衫，左臂上补着一大块白布，蓬着头，两条小辫子斜拖着，一只手里拿着一件破衣服，汗渍斑驳的，一只手里提着篮，篮里放着碗筷，慢慢的向着一条板桥走去，口里喃喃的说道："爸爸今日又把一些菜都吃了，妈又要抱怨呢。"他走到桥上，刚刚两只燕子掠水飞过，燕子嘴边掉下几小块泥，水面上顿时荡着三四匝圆圈儿。他看着有趣，站住了，回头看一看，他父亲又叫他快回家。他走过桥去，一忽儿又转身回来，走向桥坞下，自言自语道："妈就得到这儿来洗这件衣服，放在这儿罢。"一面说，一面把那件衣服放在桥下石磴上，起身提着篮回去了。

夕阳渐渐的下去了，那小孩子底父亲肩着锄头回家了，走过桥边洗洗脚，草鞋脱下来提在手里，走回家去。远山外还是一片晚霞灿烂，映着他的脸，愈显得紫澄澄的。他走到家里。“刚换下来的衣服洗了没有？”一个女人答道：“洗好了。四月里的天气，不信有这么热！一件衬里布衫通通湿透了。”接着又道：“张家大哥回来了，还在城里带着两包纱来给我，说是一角洋钱纺两支。”那父亲道：“那不好吗，又多几文进项。”

那父亲又道：“我吃过饭到张家去看看他。”小孩子忙着说道：“我跟着爸爸同去，张家姊姊叫我去帮他推磨呢。”父亲道：“好罢，我们就吃饭罢。”大家吃过饭，那女人点着灯去纺纱了，爷儿两个同着过了桥，到对村张家来。

听着狗汪汪的叫了两声，一间茅屋里走出一个人来说道：“好呀！李大哥来了，我午上还在你家里看你们娘子呢，我刚从城里回来就去看你，谁知道已经上了忙了，饭都没有工夫回家吃，我去没有碰着你，你倒来了。”接着三个走进屋子，屋子里点着一盏半明不灭的油灯，摆着几张竹椅子，土壁上挂一张破钟馗，底下就摆一张三脚桌子；桌子旁边坐着一位老婆婆，手里拈着念佛珠，看见李大哥进来忙着叫他孙女翠儿倒茶。一忽儿翠儿同着李家的小孩子到别间屋子里去了，李大就在靠门一张矮竹椅上坐下，说道：“谢谢你，张大哥，给我带几支纱回来。”那老婆婆说道：“原来你们娘子也纺‘厂纱’吗？那才好呢。多少钱纺一支？”张大道：“半角洋钱。”老婆婆说道：“怪不得他们都要纺纱纺线的。在家里纺着不打紧，隔壁的庞家媳妇不是到上海什么工厂纱厂里去了么？山迢水远的，阿弥陀佛，放着自己儿女在家里不管，赤手赤脚的东摸摸西摸摸，有什么好处！穿吃还不够，镀金戒指却打着一个，后来不知怎么又当了，当票还在我这儿替他收着呢。阿弥陀佛！”

李大问张大道：“庞大现在怎么样了？”老婆婆抢着说道：“他么？阔得很呢！哼！从城里一回来，就摇摇摆摆的，新洋布短褂，新竹布长衫，好做老爷了。一忽儿锄头碰痛了他的手，一忽儿牛鼻子擦脏了他的裤子，什么都不是了；见着叫都不叫一声，眼眶子里还有人吗？我看着他吃奶长大了的，这忽儿干妈也不用叫一声了，当了什么工头，还是什么婆头呢？阿弥陀佛！算了罢！"

张大道："妈那儿知道呢？他只好在我们乡下人面前摆摆阔，见他的鬼呢！我亲眼看见他在工厂门口吃外国火腿呢[1]，屁股上挨着两脚，那外国人还叽叽咕咕骂个不住，他只板着一张黑黝黝的脸，瞪着眼，只得罢了，还说什么'也是''也是'[2]。他们那些工厂里的人是人吗？进了工厂出来，一个个乌嘴白眼的，满身是煤灰，到乡下来去又吵什么干净不干净了，我看真像是'鬼装人相'，洋车夫还不如。"

老婆婆道："又来了，拉洋车就好吗？你还不心死？拉洋车和做小工的，阿弥陀佛，有什么好处！有一顿没一顿的。你还想改行拉车么？我说你还是不用到城里罢，水也不用挑了。快到头忙了，自己没有田，帮着人家做做忙工，在家里守着安安稳稳的不好吗？李大道："婶婶说得对。现在人工短得很，所以忙工的钱也贵了，比在城里挑水也差不了多少，还吃了人家的现成饭，比我自己种那一二亩田还划算得来呢。"张大道："差却不差，我明后天上城和陈家老爷说，我的挑水夫底执照请他替我去销了罢，横竖陈家老爷太太多慈悲，下次再去求他没有不肯的。人家二文钱一担水，他家给三文，现在涨了，人家给四文钱，他家总算七八文，不然我早已不够吃了。"老婆婆叹口气道："阿弥陀佛，那位老爷太太多子多孙多福多寿。"李大也说声"阿弥陀佛"，说着站起来叫他小孩子道："我们回去罢，小福，出来罢，请翠姐姐空着就到我们家里去玩。"小福答应着，同着翠儿出来。爷儿二个一同告别要走，翠儿还在后面叫着小福道："不要忘了，福弟弟，我们明天同去看燕子呀。"说着，祖孙三个都进屋子里去。

月亮儿上来了，树影横斜，零零落落散得满地的梨花，狗汪汪的叫着……。

---

① 吃外国火腿：指挨外国人踢。

② 也是：英语 yes 的音译谐译，意即"是"。

五 远！

远！

远！远远的……

……

青隐隐的西山，初醒；

红沉沉的落日，初晴。

疏林后，长街外，

漠漠无垠，晚霞初凝。

更看，依稀如画，

平铺春锦，半天云影。

呻吟……呻吟……

——“咄！滚开去！哼！”

警察底指挥刀链条声，

和着呻吟……——“老爷”

“赏……我冷……”……呻吟……

——“站开，督办底汽车来了，

哼！”火辣辣五指掌印，

印在那汗泥的脸上，也是一幅春锦。

掠地长风，一阵，

汽车来了——“站开……。”

白烟滚滚，臭气熏人。

看着！长街尽头，长街尽……

隐隐沉沉一团黑影。……

晚霞拥着，微笑的月影。

……

远！远远的……

多余的话

“知我者，
　　谓我心忧；
不知我者，
　　谓我何求。”

何必说？——代序

话既然是多余的，又何必说呢？已经是走到了生命的尽期，余剩的日子，不但不能按照年份来算，甚至不能按星期来算了。就是有话，也是可说可不说的了。

但是，不幸我卷入了“历史的纠葛”——直到现在，外间好些人还以为我是怎样怎样的。我不怕人家责备、归罪，我倒怕人家“钦佩”。但愿以后的青年不要学我的样子，不要以为我以前写的东西是代表什么什么主义的。所以我愿意趁这余剩的生命还没有结束的时候，写一点最后的最坦白的话。

而且，因为“历史的误会”，我十五年来勉强做着政治工作。——正因为勉强，所以也永远做不好，手里做着这个，心里想着那个。在当时是形格势禁，没有余暇和可能说一说我自己的心思，而且时刻得扮演一定的角色。现在我已经完全被解除了武装，被拉出了队伍，只剩得我自己了。心上有不能自已的冲动和需要：说一说内心的话，彻底暴露内心的真相。布尔塞维克所讨厌的小布尔乔亚智识者的“自我分析”的脾气，不能够不发作了。

虽然我明知道这里所写的，未必能够到得读者手里，也未必有出版的价值，但是，我还是写一写罢。人往往喜欢谈天，有时候不管听的人是谁，能够乱谈几句，心上也就痛快了。何况我是在绝灭的前夜，这是我最后“谈天”的机会呢？

一九三五，五，十七　于汀州狱中

“历史的误会”

我在母亲自杀家庭离散之后，孑然一身跑到北京，本想能够考进北大，研究中国文学，将来做个教员度这一世，甚么“治国平天下”的大志都是没有的，坏在“读书种子”爱书本子，爱文艺，不能“安分守己的”专心于升官发财。到了北京之后，住在堂兄纯白家里，北大的学膳费也希望他能够帮助我——他却没有这种可能，叫我去考普通文官考试，又没有考上，结果，是挑选了一个既不要学费又有“出身”的外交部立俄文专修馆去进。这样，我就开始学俄文了（一九一七年夏），当时并不知道俄国已经革命，也不知道俄国文学的伟大意义，不过当作将来谋一碗饭吃的本事罢了。

一九一八年开始看了许多新杂志，思想上似乎有相当的进展，新的人生观正在形成。可是，根据我的性格，所形成的与其说是革命思想，无宁说是厌世主义的理智化，所以最早我同郑振铎、瞿世英、耿济之几个朋友组织《新社会》杂志的时候，我是一个近于托尔斯泰派的无政府主义者，而且，根本上我不是一个“政治动物”。五四运动期间，只有极短期的政治活动，不久，因为已经能够查着字典看俄国文学名著，我的注意力就大部分放在文艺方面了，对于政治上的各种主义，都不过略略“涉猎”求得一些现代常识，并没有兴趣去详细研究。然而可以说，这时就开始“历史的误会”了：事情是这样的——五四运动一开始，我就当了俄文专修馆的总代表之一，当时的一些同学里，谁也不愿意干，结果，我得做这一学校的“政治领袖”，我得组织同学群众去参加当时的政治运动。不久，李大钊、张崧年他们发起马克思主义研究会（或是“俄罗斯研究会”罢?），我也因为读了俄文的倍倍尔的《妇女与社会》的某几段[①]，对于社会——尤其是社会主义的最终理想发生了好奇心和研究的兴趣，所以也加入了。这时候大概是一九一九年底一九二〇年初，学生运动正在转变和分化，学生会的工作也没有以前那么热烈了。我就多读了一些书。

最后，有了机会到俄国去了——北京《晨报》要派通信记者到莫斯科去，来找我。我想，看一看那“新国家”尤其是借此机会把俄国文学好好研究一下，的确是一件最惬意的事，于是就动身去（一九二〇年八月）。

最初，的确吃了几个月黑面包，饿了好些时候，后来俄国国内战争停止，新经济政策实行，生活也就宽裕了些。我在这几个月内，请了私人教授，研究俄文、俄国史、俄国文学史。同时，为着应付《晨报》的通信，也很用心看俄国共产党的报纸、文件，调查一些革命事迹，我当时对于共产主义只有同情和相当的了解，并没有想到要加入共产党，更没有心思要自己来做中国共产党的“创始人”，因为那时候，我误会着加入了党就不能专修文学——学文学仿佛就是不革命的观念，在当时已经通行了。

可是，在当时的莫斯科，除我以外，一个俄文翻译都找不到。因此，东方大学开办中国班的时候（一九二一年秋），我就当了东大的翻译和助教；因为职务的关系对马克思主义的理论书籍不得不研究些，而文艺反而看得少了，不久（一九二二年底），陈独秀代表中国共产党到莫斯科（那时我已经是共产党员，还是张太雷介绍我进党的），我就当他的翻译。独秀回国的时候，他要我回来工作，我就同了他回到北京。于右任、邓中夏等创办“上海大学”的时候，我正在上海，这是一九二三年夏天，他们请我当上大的教务长兼社会学系主任。那时，我在党内只兼着一点宣传工作，编辑《新

---

① 倍倍尔（1840—1913）：德国工人运动活动家，德国民主党领袖和创始人之一。著有《妇女和社会主义》。

青年》。

上大初期，我还有余暇研究一些文艺问题，到了国民党改组，我来往上海广州之间，当翻译，参加一些国民党工作（例如上海的国民党中央执行部的委员等），而一九二五年一月共产党第四次全国代表大会，又选举了我的中央委员，这时候就简直完全只能做政治工作了，我的肺病又不时发作，更没有可能从事于我所爱好的文艺。虽然我当时对政治问题还有相当的兴趣，可是有时也会怀念着文艺而“怅然若失”的。

武汉时代的前夜（一九二七年初），我正从重病之中脱险，将近病好的时候，陈独秀、彭述之等的政治主张，逐渐暴露机会主义的实质，一般党员对他们失掉信仰。在中国共产党第五次大会上（一九二七年四五月间），独秀虽然仍旧被选，但是对于党的领导已经不大行了。武汉的国共分裂之后，独秀就退出中央，那时候没有别人主持，就轮到我主持中央政治局。其实，我虽然在一九二六年年底及一九二七年年初就发表了一些议论反对彭述之，随后不得不反对陈独秀，可是，我根本上不愿意自己来代替他们——至少是独秀。我确是一种调和派的见解，当时想望着独秀能够纠正他的错误观念不听述之的理论。等到实逼处此，要我“取独秀而代之”，我一开始就觉得非常之“不合式”，但是，又没有什么别的办法。这样我担负了直接的政治领导有一年光景（一九二七年七月到一九二八年五月）。这期间发生了南昌暴动、广州暴动，以及最早的秋收暴动。当时，我的领导在方式上同独秀时代不同了，独秀是事无大小都参加和主持的，我却因为对组织尤其是军事非常不明了也毫无兴趣，所以只发表一般的政治主张，其余调遣人员和实行的具体计划等就完全听组织部军事部去办，那时自己就感觉到空谈的无聊，但是，一转念要退出领导地位，又感得好像是拆台。这样，勉强着自己度过了这一时期。

一九二八年六月间共产党开第六次大会的时候，许多同志反对我；也有许多同志赞成我。我的进退成为党的政治主张的联带问题。所以，我虽然屡次想说："你们饶了我罢，我实在没有兴趣和能力负担这个领导工作。"但是，终于没有说出口。当时形格势禁，旧干部中没有别人，新干部起来领导的形势还没有成熟，我只得仍旧担着这个名义。可是，事实上六大之后，中国共产党的直接领导者是李立三和向忠发等等，因为他们的国内主持实际工作，而我只在莫斯科当代表当了两年。直到立三的政治路线走上了错误的道路，我回到上海开三中全会（一九三〇年九月底），我更觉得自己的政治能力确实非常薄弱，竟辨别不出立三的错误程度。结果，中央不得不再召集会议——就是四中全会，来开除立三的中央委员，我的政治局委员，新干部起来接替了政治上的最高领导。我当时觉得松了一口气，从一九二五年到一九三一年初，整整五年我居然当了中国共产党领袖之一，最后三年甚至仿佛是最主要的领袖（不过并没有像外间所传说的"总书记"的名义）。

我自己忖度着，像我这样性格、才能、学识，当中国共产党的领袖确实是一个"历史的误会"。我本只是一个半吊子的"文人"而已，直到最后还是"文人结习未除"的。对于政治，从一九二七年起就逐渐减少兴趣，到最近一年——在瑞金的一年，实在完全没有兴趣了。工作中是"但求无过"的态度，全国的政治形势实在懒问得。一方面固然是身体衰弱精力短少而表现的十二分疲劳的状态，别方面也是十几年为着"顾全大局"勉强负担一时的政治翻译，政治工作，而一直拖延下来，实在违反我的兴趣和性情的结果，这真是十几年的一场误会，一场噩梦。

我写这些话，决不是要脱卸什么责任——客观上我对共产党或是国民党的"党国"应当负什么责任，我决不推托，也决不能用我主观上的情绪来加以原谅或者减轻。我不过想把我的真情，在死之前，说出来罢了。总之，我其实是一个很平凡的文人，竟虚负了某某党的领袖的声名十来年，这不是"历史的误会"，是什么呢？

脆弱的二元人物

一只羸弱的马拖着几千斤的辎重车，走上了险峻的山坡，一步步的往上爬，要往后退是不可能，要再往前去是实在不能胜任了。我在负责政治领导的时期，就是这样的一种感觉。欲罢不能的疲劳使我永久感觉一种无可形容的重压。精神上政治的倦怠，使我渴望“甜蜜的”休息，以至于脑经麻木，停止一切种种思想。一九三一年一月的共产党四中全会开除了我的政治局委员之后，我的精神状态的确是“心中空无所有”的情形，直到现在还是如此。

我不过刚满三十六岁（虽然照阴历的习惯算我今年是三十八岁），但是自己觉得已经非常的衰惫，丝毫青年壮年的兴趣都没有了。不但一般的政治问题懒得去思索，就是一切娱乐甚至风景都是漠不相关的了。本来我从一九一九年就得了吐血病，一直没有好好医治的机会，肺结核的发展曾经在一九二六年走到最危险的阶段，那年幸而勉强医好了，可是立即赶到武汉去，立即又是半年最忙碌紧张的工作。虽然现在肺痨的最危险期逃过了，而身体根本弄坏了，虚弱得简直是一个废人。从一九二〇年直到一九三一年初，整整十年——除却躺在床上不能行动神智昏瞀的几天以外——我的脑经从没有得到休息的日子。在负责时期，神经的紧张自然是很厉害的，往往十天八天连续的不安眠，为着写一篇政治论文或者报告。这继续十几年的不休息，也许是我精神疲劳和十分厉害的神经衰弱的原因。然而究竟我离得衰老时期还很远，这十几年的辛劳，确实算起来，也不能说怎么了不得，而我竟正成了颓丧残废的废人。我是多么脆弱，多么不禁磨炼啊！

或者，这不仅是身体本来不强壮，所谓“先天不足”的原因罢。

我虽然到了十三四岁的时候就很贫苦了；可是我的家庭世代是所谓“衣租食税”的绅士阶级，世代读书，也世代做官。我五六岁的时候，我的叔祖瞿赓韶还在湖北布政司使任上，他死的时候正署理了湖北巡抚。因此我家的田地房屋虽然在几十年前就已经完全卖尽，而我小的时候，却靠着叔祖伯父的官俸过了好几年十足的少爷生活。绅士的体面“必须”继续维持。我母亲宁可自杀而求得我们兄弟继续读书的可能；而且我母亲因为穷而自杀的时候，家里往往没有米煮饭的时候，我们还用着一个仆妇（积欠了她几个月的工资，到现在还没有还清），我们从没有亲手洗过衣服，烧过一次饭。

直到那样的时候，为着要穿长衫，在母亲死后，还剩下四十多元的裁缝债，要用残余的木器去抵帐。我的绅士意识——就算是深深潜伏着表面不容易觉察罢——其实是始终没脱掉的。

同时，我二十一二岁，正当所谓人生观形成的时期，理智方面是从托尔斯泰式的无政府主义很快就转到了马克思主义。人生观或是主义，这是一种思想方法——所谓思路；既然走上了这条思路，却不是轻易就能改换的。而马克思主义是什么？是无产阶级的宇宙观和人生观。这同我潜伏的绅士意识，中国式的士大夫意识，以及后来蜕变出来的小资产阶级或者市侩式的意识，完全处于敌对的地位；没落的中国绅士阶级意识之中，有些这样的成分：例如假惺惺的仁慈礼让，避免斗争……以至寄生虫式的隐士思想。完全破产的绅士往往变成城市的波希美亚[①]——高等游民，颓废的，脆弱的，浪漫的，甚至狂妄的人物，说得实在些，是废物。我想，这两种意识在我内心里不断的斗争，也就侵蚀了我极大部分的精力。我得时时刻刻压制自己的绅士和游民式的情感，极勉强的用我所学到的马克思主义的理智来创造新的情感，新的感觉方法。可是无产阶级意识在我的内心是始终没有得到真正的胜利的。

当我出席政治会议，我就会“就事论事”，抛开我自己的“感觉”专就我所知道的那一点理论去推翻一个问题，决定一种政策等等。但是我一直觉得这种工作是“替别人做的”，我每次开会或者

---

① 波希美亚：今通译波西米亚。

做文章的时候，都觉得很麻烦，总在急急于结束，好“回到自己那里去”休息。我每每幻想着：我愿意到随便一个小市镇上去当一个教员，并不是为着发展什么教育，只不过求得一口饱饭罢了，在余的时候，读读自己所爱读的书，文艺、小说、诗词、歌曲之类，这不是很逍遥的吗？

这种二元化的人格，我自己早已发觉——到去年更是完完全全了解了，已经不能够丝毫自欺的了；但是八七会议之后我没有公开的说出来，四中全会之后也没有说出来，在去年我还是决断不下，一至延迟下来，隐忍着。甚至对之华（我的爱人）也只偶然露一点口风，往往还要加一番弥缝的话。没有这样的勇气。

可是真相是始终要暴露的，“二元”之中总有“一元”要取得实际上的胜利。正因为我的政治上的疲劳、倦怠，内心的思想斗争不能再持续了，老实说，在四中全会之后，我早已成为十足的市侩——对于政治问题我竭力避免发表意见，中央怎样说，我就依着怎样说，认为我说错了，我立刻承认错误，也没有什么心思去辨白，说我是机会主义就是机会主义好了；一切工作只要交代得过去就算了。我对于政治和党的种种问题，真没有兴趣去注意和研究。只因为六年的“文字因缘”，对于现代文学以及文学史上的各种有趣的问题，有时候还有点兴趣去思考一下，然而大半也是欣赏的份数居多，而研究分析的份数较少。而且体力的衰弱也不容许我多所思索了。

体力上的感觉是：每天只要用脑到两三小时以上，就觉得十分疲劳，或者过分的畸形的兴奋——无所谓的兴奋，以至于不能睡觉，脑痛……冷汗。

唉，脆弱的人呵，所谓无产阶级的革命队伍需要这种东西干吗?！我想，假定我还保存这多余的生命若干时候，我只有拒绝用脑的一个方法，我只做些不用自出心裁的文字工作，“以度余年”。但是，最好是趁早结束了罢。

我和马克思主义

当我开始我的社会生活的时候，正是中国的“新文化”运动的浪潮非常汹涌的时期。为着继续深入的研究俄国文学，我刚好又不能不到世界第一个“马克思主义的国家”去。我那时的思想是很紊乱的：十六七岁时开始读了些老庄之类的子书，随后是宋儒语录，随后是佛经《大乘起信论》——直到胡适之的《哲学史大纲》，梁漱溟的《印度哲学》，还有当时出版的一些科学理论，文艺评论。在到俄国之前，固然已经读过倍倍尔的著作，《共产党宣言》之类，极少几本马克思主义的书籍，然而对马克思主义的认识是根本说不上的。

而且，我很小的时候，就不知怎样有一个古怪的想头。为什么每一个读书人都要去“治国平天下”呢？各人找一种学问或是文艺研究一下不好吗？所以我到俄国之后，虽然因为职务的关系时常得读些列宁他们的著作、论文演讲，可是这不过求得对于俄国革命和国际形势的常识，并没有认真去研究政治上一切种种主义，正是“治国平天下”的各种不同的脉案和药方。我根本不想做“王者之师”，不想做“诸葛亮”——这些事自然有别人去干——我也就不去深究了。不过，我对于社会主义或共产主义的终极理想，却比较有兴趣。

记得当时懂得了马克思主义的共产社会同样是无阶级、无政府、无国家的最自由的社会，心上就很安慰了，因为这同我当初的无政府主义，和平博爱世界的幻想没有冲突了。所不同的是手段，马克思主义告诉我要达到这样的最终目的，客观上无论如何也逃不了最尖锐的阶级斗争，以至无产阶级专政——也就是无产阶级统治国家的一个阶段。为着要消灭“国家”，一定要先组织一时期的新式国家，为着要实现最彻底的民权主义（也就是无所谓民权的社会），一定要先实行无产阶级的民权。这表面上“自相矛盾”而实际上很有道理的逻辑——马克思主义所谓辩证法——使我很觉得有趣。我大致了解了这问题，就搁下了，专心去研究俄文，至少有大半年，我没有功夫去管什么主义不主义。

后来，莫斯科东方大学要我当翻译，才没有办法又打起精神去看那一些书。谁知越到后来就越没有功夫继续研究文学，不久就喧宾夺主了。

但是，我第一次在俄国不过两年，真正用功研究马克思主义的常识不过半年，这是随着东大课程上的需要看一些书，明天要译经济学上的那一段，今天晚上先看过一道，作为预备，其他，唯物史观哲学等等也是如此，这绝不是有系统的研究。至于第二次我到俄国（一九二八年至一九三〇年），那是当着共产党的代表，每天开会，解决问题，忙个不了，更没有功夫做有系统的学术上的研究。

马克思主义的主要部分：唯物论的哲学，唯物史观——阶级斗争的理论，以及政治经济学，我都没有系统的研究过。资本论——我就根本没有读过，尤其对于经济学我没有兴趣。我的一点马克思主义理论的常识，差不多都是从报章杂志上的零星论文和列宁的几本小册子上得来的。

可是，在一九二三年的中国，研究马克思主义以至一般社会科学的人，还少得很，因此，仅仅因此，我担任了上海大学社会学系教授之后就逐渐的偷到所谓“马克思主义的理论家”的虚名。其实，我对这些学问，的确只知道一点皮毛。当时我只是根据几本外国文的书籍传译一下，编了一些讲义。现在看起来，是十分幼稚，错误百出的东西。现在已经有许多新进的青年，许多比较有系统的研究了马克思主义的学者——而且国际的马克思主义的学术水平也提高了许多。

还有一个更重要的“误会”，就是用马克思主义来研究中国的现代社会，部分是研究中国历史的发端，也不得不由我来开始尝试。五四以后的五年中间，记得只有陈独秀、戴季陶、李汉俊几个人写过几篇关乎这个问题的论文，可是都是无关重要的。我回国之后，因为已经在党内工作，虽然只有一知半解的马克思主义智识，却不由我不开始这个尝试：分析中国资本主义关系的发展程度，分析中国社会阶级分化的性质，阶级斗争的形势，阶级斗争和反帝国主义的民族解放运动的关系等等。

从一九二三年到一九二七年，我在这方面的工作，自然在全党同志的督促，实际斗争的反映，以及国际的领导之下，逐渐有相当的进步。这决不是我一个人的工作，越到后来，我的参加是越少。单就我的“成绩”而论，现在所有的马克思主义者都可明显地看见；我在当时所做的理论上的错误，共产党怎样纠正了我的错误，以及我的幼稚的理论之中包含着怎样混杂和小资产阶级机会主义的成分。

这些机会主义的成分发展起来，就形成错误的政治路线，以至于中国共产党中央委员会不能不开除我的政治局委员。的确，到一九三〇年，我虽然在国际参加了两年的政治工作，相当得到一些新的智识，受到一些政治上的锻炼，但是，不但不进步，自己觉得反而退步了。中国的阶级斗争早已进到了更高的阶段，对于中国的社会关系和政治形势，需要更深刻更复杂的分析，更明了的判断，而我的那点智识绝对不够，而且非无产阶级的反布尔塞维克的意识就完全暴露了，当时，我逐渐觉得许多问题不但想不通，甚至想不动了。新的领导者发挥某些问题的议论之后，我会感觉到松快，觉得这样解决原是最适当不过的，我当初为什么简直想不到；但是，也有时候会觉得不了解。

此后，我勉强自己去想一切“治国平天下”的大问题的必要，已经没有了！我在十分疲劳和吐血症复发的期间，就不再去“独立思索”了。一九三一年初就开始我政治上以及政治思想上的消极时期，直到现在。从那时候起，我没有自己的政治思想。我以中央的思想为思想。这并不是说我是一个很好的模范党员，对于中央的理论政策都完全而深刻的了解。相反的，我正是一个最坏的党员，早就值得开除的，因为我对中央的理论政策不加思索了。偶然我也有对中央政策怀疑的时候，但是，立刻就停止怀疑了，因为怀疑也是一种思索；我既然不思索了，自然也就不怀疑。

我的一知半解的马克思主义智识，曾经在当时起过一些作用——好的坏的影响都是人所共知的事情，不用我自己来判断——而到了现在，我已经在政治上死灭，不再是一个马克思主义的宣传者了。

同时要说我已经放弃了马克思主义，也是不确的。如果要同我谈起一切种种政治问题，我除开根据我那一点一知半解的马克思主义方法来推论以外，却又没有什么别的办法。事实上我这些推论又恐怕包含着许多机会主义，也就是反马克思列宁主义的观点在内，这是“亦未可知”的。因此我更不必枉然费力去思索：我的思路已经在青年时期走上了马克思主义的初步，无从改变；同时，这思路却同非马克思主义的歧路交错着，再自由任意的走去，不知会跑到什么地方去。——而最主要的是我没有气力再跑了，我根本没有精力再作政治的，社会科学的思索了。Stop。

盲动主义和立三路线

当我不得不担负中国共产党的政治领导的时候，正是中国革命进到了最巨大的转变和震荡的时代，这就是武汉时代结束之后。分析新的形势，确定新的政策，在中国民族解放运动和阶级斗争最复杂最剧烈的路线汇合分化转变的时期，这是一个非常艰难的任务。当时，许多同志和我，多多少少都做了政治上的错误；同时，更有许多以前的同志在这阶级斗争更进一步的关口，自觉的或者不自觉的离开了革命队伍。在最初，我们在党的领导之下所决定的政策一般的是正确的。武汉分共之后，我们接着就决定贺、叶的南昌暴动[①]和两湖、广东的秋收暴动（一九二七年），到十一月又决定广州

① 贺、叶：贺龙、叶挺。

暴动。这些暴动本身并不是什么盲动主义，因为都有相当的群众基础。固然，中国一般的革命形势，从一九二七年三月底英、美、日帝国主义者炮轰南京威胁国民党反共以后，就已经开始低落，但是接着而来的武汉政府中的奋斗、分裂……直到广州暴动的举出苏维埃旗帜，都还是革命势力方面正当的挽回局势的尝试，结果失败了——就是说没有能够把革命形势重新转变到高涨的阵容，必须另起炉灶。而我——这时期当然我应当负主要的责任——在一九二八年初，广州暴动失败以后，仍旧认为革命形势一般存在，而且继续高涨，这就是盲动主义的路线了。

原本个别的盲动现象，我们和当时的中央从一九二七年十月起就表示反对的；对于有些党部不努力去领导和争取群众，反而孤注一掷或者仅仅去暗杀豪绅之类的行动，我们总是加以纠正的。可是，因为当时整个路线错误，所以不管主观上怎样了解盲动主义现象的不好，费力于枝枝节节的纠正，客观上却在领导着盲动主义的发展。

中国共产党第六次大会纠正了这个错误路线，使政策走上了正确的道路。自然，武汉时代之后，我们所得到的中国革命之中的最重要的教训，例如革命有在一省或几省首先胜利的可能和前途，反帝国主义革命最密切的和土地革命联系着等，都要“六大”所采纳的。苏维埃革命的方针就在“六大”更明确的规定下来。

但是以我个人而论，在那时候，我的观点之中不仅有过分估量革命形势的发展以至助长盲动主义的错误，对于中国农民阶层的分析，认为富农还在革命战线之内，认为不久的将来就可以在某些大城市取得暴动的胜利等观念，也已经潜伏着或者有所表示。不过，同志们都没有发觉这些观点的严重错误，还没有指出来，我自己当然更不会知道这些是错误的。直到一九二九年秋天讨论农民问题的时候，才开始暴露我在农民问题上的错误。不幸得很，当时没有更深刻的更无情的揭发。……

此后，就来了立三路线的问题了。

一九二九年年底，我还在莫斯科的时候，就听说立三和忠发的政策有许多不妥当的地方。同时，莫斯科中国劳动大学（前称孙中山大学）的学生中间发生非常剧烈的斗争。我向来没有知人之明，只想弥缝缓和这些内斗，觉得互相攻讦批评的许多同志都是好的，听他们所说的事情却往往有些非常出奇，似乎都是故意夸大事实，奉为“打倒”对方的理由。因此我就站在调和的立场。这使得那里的党部认为我恰好是机会主义和异己分子的庇护者，结果撤销了我的中国共产党驻莫代表的职务，准备回国。自然，在回国的任务之中，最重要的是纠正立三的错误，消灭莫斯科中国同志之间的派别观念对于国内同志的影响。

但是，事实上我什么也没做到，立三的错误在那时——一九三〇年夏天——已经形成了自己的半托洛斯基的路线，派别观念也使得党内到处抑制莫斯科回国的新干部。而我回来之后召集的三中全会，以及中央的一切处置，都只是零零碎碎的纠正了立三的一些显而易见的错误，既没有指出立三的错误路线，更没有在组织上和一切计划及实际工作上保障国际路线的执行。实际上我的确没有认出立三路线和国际路线的根本不同。

老实说，立三路线是我的许多错误观念——有人说是瞿秋白主义——的逻辑的发展。立三的错误政策可以说是一种失败主义，他表面上认为中国全国的革命胜利的局面已经到来，这会推动全世界革命的成功，其实是觉的自己没有把握保持和发展苏维埃革命在几个县区的胜利，觉的革命前途不是立即向大城市发展而取得全国胜利以至全世界的胜利，就是迅速的败亡，所以要孤注一掷的拼命。这是用左倾空谈来掩盖右倾机会主义的实质。因此在组织上，在实际工作上，在土地革命的理论上，在工会运动的方针上，在青年运动和青年组织等等各种问题上……无往而不错。我在当时却辨别不出来。事后我可以说，假定六大之后，留在中国直接领导的不是立三而是我，那末，在实际上我也会走到这样的错误路线，不过不至于像立三这样鲁莽，也可以说，不会有立三那样的勇气。我当然间接的负着立三路线的责任。

于是四中全会后，就决定了开除立三的中央委员，开除我的政治局的委员。我呢，像上面已经说过的，正感谢这一开除，使我卸除了千钧担。我第二次回国是一九三〇年八月中旬，到一九三一年一月七日我就离开了中央政治领导机关，这期间只有半年不到的时间。可是这半年对于我几乎比五十年还长！人的精力已经像完全用尽了似的，我告了长假休养医病——事实上从此脱离了政治舞台。

再想回头来干一些别的事情，例如文艺的译著等，已经觉得太迟了！从一九二〇到一九三〇年，整整十年我离开了“自己的家”——我所愿意干的俄国文学研究——到这时候才回来，不但田园荒芜，而且自己的气力也已经衰惫了。自然有可能还是可以干一干，“以度余年”的。可惜接着就是大病，时发时止，耗费了三年光阴。一九三四年一月，为着在上海养病的不可能，又跑到瑞金——到瑞金已是二月五日了——担任了人民委员的清闲职务。可是，既然在苏维埃中央政府担负了一部的工作，虽然不必出席党的中央会议，不必参与一切政策的最初讨论和决定，然而要完全不问政治却又办不到了，我就在敷衍塞责，厌倦着政治却又不得不略为问一问政治的状态中间，过了一年。

最后这四年中间，我似乎记得还做了几次政治问题上的错误。但是现在我连内容都记不清楚了，大概总是我的老机会主义发作罢了。我自己不愿意有什么和中央不同的政见。我总是立刻“放弃”这些错误的见解，其实我连想也没有仔细想，不过觉的争辩起来太麻烦了，既然无关紧要就算了罢。

我的政治生命其实早已结束了。

最后这四年，还能说我继续在为马克思主义奋斗，为苏维埃革命奋斗，为着党的正确路线奋斗吗？例行公事办了一些，说“奋斗”是实太恭维了。以前几年的盲动主义和立三路线的责任，却决不应当因此而减轻的；相反，在共产党的观点上来看，这个责任倒是更加重了，历史的事实是抹杀不了的，我愿意受历史的最公开的裁判。

一九三五年五月二十日

“文人”

“一为文人便无足观”，这是清朝一个汉学家说的。的确所谓“文人”正是无所用之的人物。这并不是现代意义的文学家、作家或是文艺评论家，这是咏风弄月的“名士”，或者是……说简单些，读书的高等游民，他什么都懂得一点，可是一点没有真实的智识。正因为他对于当代学术水平以上的各种学问都有少许的常识，所以他自以为是学术界的人，可是，他对任何一种学问都没有系统的研究，真正的心得，所以他对于学术是不会有什么贡献的，对于文艺也不会有什么成就的。

自然，文人也有各种各样不同的典型，但是大都实际上是高等游民罢了。假使你是一个医生，或是工程师，化学技师……真正的作家，你自己会感觉到每天生活的价值，你能够创造或是修补一点什么，只要你愿意。就算你是一个真正的政治家罢，你可以做错误，但是也会改正错误。你可以坚持你的错误，但是也会认真的为着自己的见解去斗争，实行。只有文人就没有希望了，他往往连自己也不知道究竟做的是什么！

“文人”是中国中世纪的残余和“遗产”——一份很坏的遗产。我相信，再过十年八年就没有这一种智识分子了。

不幸，我自己不能够否认自己正是“文人”之中的一种。

固然，中国的旧书，十三经、二十四史、子书、笔记、丛书、诗词曲等，我都看过一些，但是我是抓到就看，忽然想起就看，没有什么研究的。一些科学论文，马克思主义的和非马克思主义的，我也看过一些，虽然很少。所以这些新新旧旧的书对于我，与其说是智识的来源，不如说是消闲的工具。究竟在哪一种学问上，我有点真实的智识？我自己是回答不出的。

可笑得很，我做过所谓"杀人放火"的共产党的领袖（?），可是，我却是一个最懦怯的，"婆婆妈妈的"，杀一只老鼠都不会的，不敢的。

但是，真正的懦怯不在这里。首先是差不多完全没有自信力，每一个见解都是动摇的，站不稳的。总希望有一个依靠，记得布哈林初次和我谈话的时候，说过这么一句俏皮话："你怎么同三层楼上的小姐，总那么客气，说起话来，不是'或是'，就是'也许'、'也难说'……等。"其实，这倒是真心话。可惜的是人家往往把我的坦白当作"客气"或者"狡猾"。

我向来没有为着自己的见解而奋斗的勇气，同时，也很久没有承认自己错误的勇气。当一种意见发表之后，看看没有有力的赞助，立刻就会怀疑起来；但是，如果没有一个另外的意见来代替，那就只会照着这个连自己也怀疑的意见做去。看见一种不大好的现象，或是不正确的见解，却还没有人出来指摘，甚至其势汹汹的大家认为这是很好的事情，我也始终没有勇气说出自己的怀疑来。优柔寡断，随波逐流，是这种"文人"必然的性格。

虽然人家看见我参加过几次大的辩论，有时候仿佛很激烈，其实我是最怕争论的。我向来觉得对方说的话"也对"，"也有几分理由"，"站在对方的观点上他当然是对的"。我似乎很懂得孔夫子忠恕之道。所以我毕竟做了"调和派"的领袖。假使我激烈地辩论，那么，不是认为"既然站在布尔塞维克的队伍里就不应当调和"，因此勉强着自己，就是没有抛开"体面"立刻承认错误的勇气，或者是对方的话太幼稚了，使我"箭在弦上不得不发"。

其实最理想的世界是大家不要争论，"和和气气地过日子"。

我有许多标本的“弱者的道德”——忍耐，躲避，讲和气，希望大家安静些仁慈些等等。固然从少年时候起，我就憎恶贪污、卑鄙……以至一切恶浊的社会现象，但是我从来没有想做侠客。我只愿意自己不做那些罪恶，有可能呢，去劝劝他们不要再那样做；没有可能呢，让他们去罢，他们也有他们的不得已的苦衷罢？

我的根本性格，我想，不但不足以锻炼成布尔塞维克的战士，甚至不配做一个起码的革命者。仅仅为着“体面”，所以既然卷进了这个队伍，也就没有勇气自己认识自己，而请他们把我洗刷出去。

但是我想，如果叫我做一个“戏子”——舞台上的演员，倒很会有些成绩，因为十几年我一直觉得自己一直在扮演一定的角色。扮着大学教授，扮着政治家，也会真正忘记自己而完全成为“剧中人”。虽然这对于我很苦，得每天盼望着散会，盼望同我谈政治的朋友走开，让我卸下戏装，还我本来面目——躺在床上去极疲乏的念着“回‘家’去罢，回‘家’去罢”，这的确是很苦的。然而在舞台上的时候，大致总还扮得不差，像煞有介事的。

为什么？因为青年精力比较旺盛的时候，一点游戏和做事的兴会总有的。即使不是你自己的事，当你把它做好的时候，你也感觉到一时的愉快。譬如你有点小聪明，你会摆好几幅“七巧板图”或者“益智图”，你当时一定觉得痛快；正像在中学校的时候，你算出了几个代数难题似的，虽则你并不预备做数学家。

不过扮演舞台上的角色究竟不是“自己的生活”，精力消耗在这里，甚至完全用尽，始终是后悔也来不及的事情。等到精力衰惫的时候，对于政治舞台，实在是十分厌倦了。

庞杂而无秩序的一些书本上的智识和累赘而反乎自己兴趣的政治生活，使我麻木起来，感觉生活的乏味。

本来，书生对于宇宙间的一切现象，都不会有亲切的了解，往往会把自己变成一大堆抽象名词的化身。一切都有一个“名词”，但是没有实感。譬如说，劳动者的生活，剥削，斗争精神，土地革命，政权等……一直到春花秋月，崦嵫，委蛇，一切种种名词，概念，词藻，说是会说的，等到追问你究竟是怎么一回事，就会感觉到模糊起来。

对于实际生活，总像雾里看花似的，隔着一层膜。

文人和书生大致没有任何一种具体的智识。他样样都懂得一点，其实样样都是外行。要他开口议论一些“国家大事”，在不太复杂和具体的时候，他也许会。但是，叫他修理一辆汽车，或者配一剂药方，办一个合作社，买一批货物，或是清理一本帐目，再不然，叫他办好一个学校……总之，无论哪一件具体而切实的事情，他都会觉得没有把握的。

例如，最近一年来，叫我办苏维埃的教育。固然，在瑞金、宁都、兴国这一带的所谓“中央苏区”，原本是文化非常落后的地方，譬如一张白纸，在刚刚着手办教育的时候，只是创办义务小学校，开办几个师范学校，这些都做了。但是，自己仔细想一想，对于这些小学校和师范学校，小学教育和儿童教育的特殊问题，尤其是国内战争中工农群众教育的特殊问题，都实在没有相当的智识，甚至普通常识都不够！

近年来感觉到这一切种种，很愿意“回过去再生活一遍”。

雾里看花的隔膜的感觉，使人觉得异常的苦闷、寂寞和孤独，很想仔细的亲切的尝试一下实际生活的味道。譬如“中央苏区”的土地革命已经有三四年，农民的私人日常生活究竟有了怎样的具体变化，他们究竟是怎样的感觉。我曾经去考察过一两次。一开口就没有“共同的言语”，而且自己也懒惰得很，所以终于一无所得。

可是，自然而然的，我学着比较精细的考察人物，领会一切“现象”。我近年来重新来读一些中国和西欧的文学名著，觉得有些新的印象。你从这些著作中间，可以相当亲切地了解人生和社会，了解各种不同的个性，而不是笼统的“好人”、“坏人”，或是“官僚”、“平民”、“工人”、“富农”等等。摆在你面前的是有血有肉有个性的人，虽则这些人都在一定的生产关系、一定的阶级之中。

我想，这也许是从“文人”进到真正了解文艺的初步了。

是不是太迟了呢？太迟了！

徒然抱着对文艺的爱好和怀念，起先是自己的头脑，和身体被“外物”所占领了，后来是非常的疲乏笼罩了我三四年，始终没有在文艺方面认真地用力。书是乱七八糟看了一些，也许走进了现代文艺水平线以上的境界，不至于辨别不出趣味的高低。我曾经发表的一些文艺方面的意见，都驳杂得很，也是一知半解的。

时候过得很快。一切都荒疏了。眼高手低是这必然的结果。自己写的东西——类似于文艺的东西是不能使自己满意的，我至多不过是一个“读者”。

讲到我仅有的一点具体智识，那就只有俄国文罢。假使能够仔细而郑重的，极忠实的翻译几本俄国文学名著，在汉文方面每字每句的斟酌着，也许不会“误人子弟”的。这一个最愉快的梦想，也比在创作和评论方面再来开始求得什么成就，要实际得多。可惜，恐怕现在这个可能已经“过时”了。

告　别

一出滑稽剧就此闭幕了！

我家乡有句俗话，叫做“捉住了老鸦在树上做窠”。这窠是始终做不成的。一个平凡甚至无聊的“文人”，却要他担负几年的“政治领袖”的职务。这虽然可笑，却是事实。这期间，一切好事都不是由于他的功劳——实在是由于当时几位负责同志的实际工作，他的空谈不过是表面的点缀，甚至早就埋伏了后来的祸害。这历史的功罪，现在到了最终结算的时候了。

你们去算帐罢，你们在斗争中勇猛精进着，我可以羡慕你们，祝贺你们，但是已经不能够跟随你们了。我不觉得可惜，同样我也不觉得后悔，虽然我枉费一生心力在我所不感兴味的政治上。过去的是已经过去了，懊悔徒然增加现在的烦恼。应当清洗出队伍的，终究应当清洗出去，而且愈快愈好，更用不着可惜。

我已经退出了无产阶级的革命先锋的队伍，已经停止了政治斗争，放下了武器，假使你们——共产党的同志们——能够早些听到我这里写的一切，那我想早就应当开除我的党籍。像我这样脆弱的人物，敷衍、消极、怠惰的分子，尤其重要的是空洞的承认自己错误而根本不能够转变自己的阶级意识和情绪，而且，因为“历史的偶然”，这并不是一个普通党员，而是曾经当过政治局委员的——这样的人，如何还不要开除呢！

现在，我已经是国民党的俘虏，再来说起这些似乎多余的了。但是，其实不是一样吗？我自由不自由，同样是不能够继续斗争的了。虽然我现在才快要结束我的生命，可是我早已结束了我的政治生活。严格地讲，不论我自由不自由，你们早就有权利认为我也是叛徒的一种。如果不幸而我没有机会告诉你们我的最坦白最真实的态度而骤然死了，那你们也许还把我当做一个共产主义的烈士。记得一九三二年讹传我死的时候，有地方替我开了追悼会，当然还念起我的“好处”。我到苏区听到这个消息，真叫我不寒而栗，以叛徒而冒充烈士，实在太那么个了。因此，虽然我现在已经囚在监狱里，虽然我现在很容易装腔作势慷慨激昂而死，可是我不敢这样做。历史是不能够，也不应当欺骗的。我骗着我一个人的身后不要紧，叫革命同志误认叛徒为烈士却是大大不应该的。所以虽然反正是一死，同样是结束我的生命，而我决不愿意冒充烈士而死。

永别了，亲爱的同志们！——这是我最后叫你们“同志”的一次。我是不配再叫你们“同志”的了，告诉你们：我实质上离开了你们的队伍很久了。

唉！历史的误会叫我这“文人”勉强在革命的政治舞台上混了好些年。我的脱离队伍，不简单的因为我要结束我的生命，结束这一出滑稽剧，也不简单的因为我的痼疾和衰惫，而是因为我始终不能够克服自己的绅士意识，我终究不能成为无产阶级的战士。

永别了，亲爱的朋友们！七八年来，我早已感觉到万分的厌倦。这种疲乏的感觉，有时候，例如一九三〇年初或是一九三四年八九月间，简直厉害到无可形容，无可忍受的地步。我当时觉着，不管全宇宙的毁灭不毁灭，不管革命还是反革命等，我只要休息，休息，休息!! 好了，现在已经有了“永久休息”的机会。

我留下这几页给你们——我的最后的最坦白的老实话。永别了！判断一切的，当然是你们，而不是我。我只要休息。

一生没有什么朋友，亲爱的人是很少的几个。而且除开我的之华以外，我对你们也始终不是完全坦白的。就是对于之华，我也只露一点口风。我始终戴着假面具。我早已说过：揭穿假面具是最痛快的事情，不但对于动手去揭穿别人的痛快，就是对于被揭穿的也很痛快，尤其是自己能够揭穿。现在我丢掉了最后一层假面具。你们应当祝贺我。我去休息了，永久休息了，你们更应当祝贺我。

我时常说：感觉到十年二十年没有睡觉似的疲劳，现在可以得到永久的“伟大的”可爱的睡眠了。

从我的一生，也许可以得到一个教训：要磨炼自己，要有非常巨大的毅力，去克服一切种种“异己的”意识以至最微细的“异己的”情感，然后才能从“异己的”阶级里完全跳出来，而在无产阶级的革命队伍里站稳自己的脚步。否则，不免是“捉住了老鸦在树上做窠”，不免是一出滑稽剧。

我这滑稽剧是要闭幕了。

我留恋什么？我最亲爱的人，我曾经依傍着她度过了这十年的生命。是的，我不能没有依傍。不但在政治生活里，我其实从没有做过一切斗争的先锋，每次总要先找着某种依傍。不但如此，就是在私生活里，我也没有“生存竞争”的勇气；我不会组织自己的生活，我不会做极简单极平常的琐事。我一直是依傍着我的亲人，我唯一的亲人。我如何不留恋？我只觉得十分的难受，因为我许多次对不起我这个亲人，尤其是我的精神上的懦怯，使我对于她也终究没有彻底的坦白，但愿她从此厌恶我，忘记我，使我心安罢。

我还留恋什么？这美丽世界的欣欣向荣的儿童。“我的”女儿，以及一切幸福的孩子们。我替他们祝福。

这世界对于我仍然是非常美丽。一切新的，斗争的，勇敢的都在前进。那么好的花朵，果子，那么清秀的山和水，那么雄伟的工厂和烟囱，月亮的光似乎也比从前更光明了。

但是，永别了，美丽的世界！

一生的精力已经用尽。剩下的一个躯壳。

如果我还有可能支配我的躯壳，我愿意把它交给医学校的解剖室。听说中国的医学校和医院的实习室很缺乏这种科学实验用具。而且我是多年的肺结核者（从一九一九年到现在），时好时坏，也曾经照过几次 X 光的照片，一九三一年春的那一次，我看见我的肺部有许多瘢痕，可是医生也说不出精确的判断。假定先照过一张，然后把这躯壳解剖开来，对着照片研究肺部的状态，那一定可以发见一些什么。这对于肺结核的诊断也许有些帮助。虽然，我对医学是完全外行，这话说得或许是很可笑的。

总之，滑稽剧始终是闭幕了。舞台上空空洞洞的。有什么留恋也是枉然的了。好在得到的是“伟大的”休息。至于躯壳，也许不由我自己作主了。

告别了，这世界的一切。

最后……

俄国高尔基的《四十年》、《克里摩·萨摩京的生活》[1]，屠格涅夫的《鲁定》，托尔斯泰的《安娜·卡里宁娜》[2]，中国鲁迅的《阿Q正传》，茅盾的《动摇》，曹雪芹的《红楼梦》，都很可以再读一读。

中国的豆腐也是很好吃的东西，世界第一。

永别了！

一九三五，五，二十二

① 《克里摩·萨摩京的生活》：今多译《克里姆·萨姆金的一生》。

② 《安娜·卡里宁娜》：今多译《安娜·卡列尼娜》。

致郭沫若

沫若：

多年没有通音问了。三四年来只在报纸杂志上偶然得知你的消息，记得前年上海的日本新闻纸上曾经说起西园寺公去看你，还登载了你和你孩子的照相。新闻记者的好奇是往往有点出奇的，其实还不是为着“哄动”观众。可怜的我们，有点像马戏院里野兽。最近，你也一定会在报纸上读到关于我的新闻，甚至我的小影，想来彼此有点同感吧？

我现在已经是国民党的俘虏了，这在国内阶级战争中当然是意料之中可能的事。从此，我的武装完全被解除，我自身被拉出了队伍，我停止了一切种种斗争，在这等着“生命的结束”。可是这些都没有什么。使我惭愧的倒是另外一种情形，就是远在被俘以前——离现在足足有四年半了——当我退出中央政治局之后，虽然是因为“积劳成疾”病得动不得，然而我自己的心境就已有了很大的变动。我在那时，就感觉到精力的衰退甚至于澌灭，对于政治斗争已经没有丝毫尽力。偶然写些关于文艺问题的小文章，也是半路出家的外行话。我早就“猜到了”我自己毕竟不是一个“战士”，无论在哪一战线上。

这期间看见了你的甲骨文字研究的一些著作，《创造十年》的上半部。我想下半部一定更加有趣：创造社在五四运动之后，代表着黎明期的浪漫主义运动，虽然对于“健全的”现实主义的生长给了一些阻碍，然而它确实杀开了一条血路，开辟了新文学的途径。而后来就像触了电流似的分解了，时代的电流使创造社起了化学的定性分析，它因此解体，风化。这段历史写来一定是极有意思的。时代的电流是最强烈的力量，像我这样脆弱的人物也终于禁不起了。历史上的功罪，日后自有定论，我也不愿多说，不过我想自己既有自知之明，不妨尽量的披露出来，使得历史档案的书架上，材料更丰富些，也可以免得许多猜测和推想的考证功夫。

只有读着你和许多朋友翻译欧美文学名著，心上觉着有说不出的遗憾。我自己知道虽然一知半解样样都懂得一点，其实样样都是外行，只有俄国文还有相当的把握，而我到如今没有译过一部好好的文学书（社会科学的论著现在已经不用我操心了）。这个心愿恐怕没有可能实现的了。

还记得在武汉我们两个人一夜喝了三瓶白兰地吗？当年的豪兴，现在想来不免哑然失笑，留得做温暖的回忆罢。愿你勇猛精进！

瞿秋白　一九三五，五，廿八，汀州狱中

最低问题——狗彘食人之中国

秋白离中国两年，回来本急急想把在俄研究所得以及俄国现状，与国人一谈，不料到京三天，所接触的中国现实状况，令我受异常的激刺，不得不先对中国说几句“逆耳之言”。

万里之外时时惦念着故乡，音信阻隔，也只隐隐约约听见国内“红白面打架的把戏”。一进北京才有人告诉我，去年上海金银业罢工工人竟遭“洋狗”噬啮，唐山罢工工人又受印度兵的蹂躏。中国政府原来是“率兽食人”的政府，谄媚欧美帝国主义，以屠杀中国平民劳动者为己任。

我再想不到，两年之后回来见着一狗彘食人的中国！

我两年不读的中国报上，却只见什么“最高问题”，什么“阁员问题”，“巡阅使问题”，制宪问题，……都是高高在上的中国，高等人物的大心事。我不知道，威海卫的问题，片马问题，英国派兵唐山，殴辱重庆学生以至于纵犬食人等问题，究竟值得衮衮诸公的一顾否？难道这些问题太“低”？还是以为“最高问题”不解决，阁员问题不解决，就可以断送片马，断送威海卫，任命苏皖赣巡阅使就是为着巡犬起见，白红黑字的宪法草案就足以保证中国平民不受外人强力的剥夺其生命自由劳动权利呢？可怜的五四运动竟成历史的古事，可怜的中国“民意”竟如此之消沉。唉！

这几天报上又见汉口的工人风潮，英商禁止工人结社，武装巡捕任意殴击逮捕工人；随便放枪。地方官对于此种丧权辱国事情，只知道戒严，请问他防范的是谁，保护的又是谁？大概一般下等的苦力被捕挨打，算得什么事！真正只是“最低问题”，不值一顾。

可是……

中国的平民呵，你们不配谈最高问题，也得谈一谈最低问题呵。当年“五四”运动的精神那里去了！处于如此严酷的帝国主义的压迫之下，还只顾坐着静听人家谈最高问题制宪问题，真是死无葬身之地呵。我恐怕就是最高问题解决了，制定了一万万条的好宪法也没有用处。群众的平民，爱国的学生，有志的青年，也可以醒醒，不要再做华盛顿会议的黄粱梦了。

中国真正的平民的民主主义，假使不推倒世界列强的压迫，永无实现之日。世界人类的文化，被这一班“列强”弄得濒于死灭且不必说起，中国平民若还有点血气，无论如何总得保持我们汗血换来的吃饭权。全国平民应当亟亟兴起，——只有群众的热烈的奋斗，能取得真正的民主主义，只有真正的民主主义能保证中国民族不成亡国奴，切记切记！不然呢，我恐怕四万万“人”的地方，过两年就要变成英国猎狗的游猎场了。

一九二三年一月十七日

（原载 1932 年 1 月 27 日《晨报》副刊“杂感”栏）

涴漫的狱中日记

考古学家新近在东亚大陆上发见许多古代文件。那地方本来“人”迹稀少，毒蛇猛兽横行；现在还是莽莽苍苍，一片凄凉荒芜的秽土，白骨如山的堆积着，满地是毒虫的旧穴，可惜也塞满了泥沙，——这是洪水之后的遗迹。要想考察地下的化石及地面的废址，来研究此地古时的社会，真正不容易。至于那些文件——当然都是烂纸破簿，水痕涴漫，还有乱七八糟，泥污血染的“鸟兽之迹”，实在难以看清楚，加以上面所写的文字，又像埃及古字似的所谓象形字。——很要像拿破仑第一征埃及时那些学者的刻苦研究一番。果然，这些文件之中居然有几位东亚语族学家考究出一张破烂的文字。

这张纸还是一九二三年（二月七日）的，距今已有三千零六年，是一篇狱中日记的一页；单是这一个“狱”字就很费考据，至今还没有能详细知道此字的定义。听说这几位学者不久就要发表一篇细密考证的文章，将登在《东亚古史研究》杂志的《猛兽时代号》上；我这里先把这一页日记的“白文”发表，——学者已经研求出来的，至于模糊处及残破处只得暂缺。那些学者的笺注亦暂不刊布，因为他们自己说研究尚未成熟，可以缓些发表。

……好不容易我们办到如此的成绩！这一次我们非得大家集合起……我们长辛店……

二月□日

我这一气非同小可！（姓吴的老五总说我学着写日记，还是套《水浒传》《三国演义》的滥调，从此以后我再不了。）非同小可！……这个地方又不像牢监，又不像……真气闷。……曹贼真正可恶！哼，不过一时得意罢，我们几百万几千万人现在不过刚想团结；这一股气已经直冲出来，大家勇的很呢，什么好的世界都可以造得成，一两个曹贼挡得住么？捉了我们几人就有用么？还有那不要脸的，自己从前说帮助我们工人的，现在就他的兵先杀人。……我们自己伙里明白人本也不多，他们这么一来，倒也好……教训，大家长了不少智识……

老五可怜呵。我们在厂里，在车站上，一天做十点钟，他在会里一天到晚十六个钟头也不止，时时刻刻的麻烦不了。我们下了工到会里还要大家商量事情，——乏得很。可是以前我是像死人似的；从那时起，就不同了：——我现在厂里，看大家兄弟们一块儿做事，仿佛一团和气；无论轮机声怎响，——愈响愈妙，——我总听得见似乎有人喊着："这就结连起来，就结连起来！"老五的人真可爱，他说得明白，讲得出此中的道理，我自已反不如他说得透彻。

老五从小又没吃过这样的苦……他是念书人。我问他，他还生气，常常说："你们怎么不明白！咱们的事大得很，各方面都要人才，都要干。我不穿这样的衣，吃这样的饭，那能住在这里？譬如还有别的几位同志他们应办的事，便不能如此，又是一种……"这也……

唉！□□军□……可恶。看不见了，写不得了。……好臭！

□月九□

奇怪！他们竟是开玩笑。今天突然间带我们到刑场上去……愤气……什么都忘了，"我们之后还有不少人呢；不说现时的工人多不过，国内此后将要做工人的人更不知道几万万……杀得净么？"我只觉得那时眼光是直的，耳里听得响分外的清楚。四五天没见天日了，今天刑场却成了我的天日！街上走的人，有我们的同事，我似乎看见他们眼睛里……面色白得……白得可以显出我们几万人的心，几万人的力量。……□□副□又……怎么样？又回到监狱里了。不杀？哼！

听说前天扬子江边我们的人被杀了不少，……又听说“大家”都走开了。怎么了？我想那一个人头（姓林的），血淋淋的挂在……睡梦中都可以看得见那切齿忿恨的形容，听得见那天昏地暗的一片惨呼的声音。呵。什么！无缘无故三十多人杀了，弹死了。……我们不怕！我们这里也是这样。——那时我记得，一望过去，只见：簇簇的人头拥住了那穿金丝绣的洋服的。“开枪！”……惨呵！难道这还是人的声音。不是！是军官的声音。可不是么？那天当夜我们就来了。你看，老五袜都没有穿，……呼呼的冷风，乌黑的深夜里，跳着脚……

………………

□□□日

前天看牢的忽然给我们松了一松刑具。……两个月不能写日记了……

今天老五对我说，他前天递出去一封信……他说：“笑话！谁说唯物论的人没有人的感情！更大！外边有人替我们干得利害。我又写信劝大家不要尽为我们忙……”老五满身生了疮，我亦是如此。一两月来搬了几个地方，挨了打不少数。有两位站了站笼，我们手铐脚镣带着，肩了大枷……我是皮破肉绽，精神恍惚得不了。老五却还精细明了，吃了这些苦，竟还想得到……

一九二三年八月九日。

一 种 云

天总是皱着眉头。太阳光如果还射到地面上，那也总是稀微的淡薄的。至于月亮，那更不必说，他只是偶然露出半面，用他那惨淡的眼光看一看这罪孽的人间，这是孤儿寡妇的眼光，眼睛里含着总算还没有流干的眼泪。受过不止一次封禅大典的山岳，至少有大半截是上了天，只留一点山脚给人看。黄河，长江……据说是中国文明的父母，也不知道怎么变了心，对于他们的亲生骨肉，都摆出一副冷酷的面孔。从春天到夏天，从秋天到冬天，这样一年年的过去，淫虐的雨，凄厉的风和肃杀的霜雪更番的来去，一点儿光明也没有。这样的漫漫长夜，已经二十年了。这都是一种云在作祟。那云为什么这样屡次三番的摧残光明？那云是从什么地方来的？这是太平洋上的大风暴吹过来的，这是大西洋上的狂飚吹过来的。还有那些模糊的血肉——榨床底下淌着的模糊的血肉蒸发出来的。那些会画符的人——会写借据会写当票的人，就用这些符箓在呼召。那些吃田地的土蜘蛛，——虽然死了也不过只要六尺土地葬他的贵体，可是活着总要吃住这么二三百亩田地，——这些土蜘蛛就用屁股在吐着。那些肚里装着铁心肝铁肚肠的怪物，又竖起了一根根的烟囱在喷着。狂飚风暴吹过来的，血肉蒸发出来的，符箓呼召来的，屁股吐出来的，烟囱喷出来的，都是这种云。这是战云。

难怪总是漫漫的长夜了！

什么时候才黎明呢？

看那刚刚发现的虹。祈祷是没有用的了。只有自己去做雷公公电闪娘娘。那虹发现的地方，已经有了小小的雷电，打开了层层的乌云，让太阳重新照到紫铜色的脸。如果是惊天动地的霹雳，那才拨得开满天的愁云惨雾。这可只有自己做了雷公公电闪娘娘才办得到。要使小小的雷电变成惊天动地的霹雳！

一九三一年九月三日

青年的九月

九月的第一个星期日，这是青年的纪念日。

这当然不是黄金少年的纪念日，他们已在歌颂着战争，赞美着“马鹿爱国主义”。他们说：平常时候，欧洲的德国法国英国奥国意大利……一切种种国的工人说什么国际主义，一切种种国的青年，当然是下等人的青年，说什么反军国主义，可是到了一九一四年八月，欧洲大战爆发了，炮声响了，号鼓动了，这些人的阶级意识，始终敌不住民族意识，都慷慨激昂的背起枪来，往沙场上去了，去杀他们同阶级的劳动同胞了，他们虽然同阶级，始终互相残杀了；这证明民族意识是至高无上的。这证明帝国主义始终是尚武精神所寄托的。法国巴比塞的“LeFeu”《火线下》[①] ——这最早一部反对战争的小说——不久就出世了，在这班人眼光里面应当是卖国文学，而若莱斯果真在这种黄金少年的铁蹄之下，当做卖国贼而践踏死了。中国的黄金少年——五皮少年，要是果真有勇气的话，应当拍拍胸膛承认自己万分同情于杀死若莱斯等类的凶手，自己承认衷心私淑的是“克列曼梭是吾师”[②]，自己承认的确恨不得杀尽一切种种的若莱斯，的确认为巴比塞的《火线下》是卖国文学。为什么不呢！

不然，不然！他们有点儿害羞，他们一方面翻译着，谈论着，称颂着雷马克[③]，别方面写着战争小说，刚刚和雷马克绝对相反的

---

① 巴比塞（1873—1935）：法国作家。作品有《光明》、《左拉》等。
② 克列曼梭：今通译克里蒙梭（1840—1929），法国激进党政府总理。
③ 雷马克（1898—1970）：美国德语作家，作品有《西线无战事》等。

战争小说。雷马克等的非战文学出着风头，他们的主战文学就想借这风头混到人丛里来。这是中国资产阶级的丑态。中国有个特别名词，叫做奸商，其实中国的富商很少不是奸商。他们的本事是在善于蒙混，巧于影射。中国的黄金少年就是这些奸商的嫡亲骨肉，所以他们的蒙混影射的手段，出之于生物学的遗传，真正是狗有狗种！

青年的国际纪念日当然不是这些狗种的纪念了！青年的国际纪念日是世界上劳动青年的纪念。

一九一五年，炮声，枪声，飞机像鹰鸟似的，坦克像穿山甲似的，轰轰轰隆，嘘嘘嘘，搭搭搭搭……像毒龙，像虺蛇，像豺狼，像一切种种穷凶极恶的野兽，正在张牙舞爪的吞噬几万，几十万人的生命。正在这种时候，德国的青年——李卜克内西等等首先敢于起来叫醒自己的弟兄们[①]：我们，劳动者的子弟，为什么帮着资本家来使用这些毒蛇猛兽，互相的残杀，为什么不叫他们去杀资本家；资本家并没有祖国，他们是“有奶便是娘”。那里有钱那里就是故乡，不是故乡，也要叫它变成故乡，所以要打仗；我们工人在这里替他们当炮灰，这是为的什么？我们德国的劳动青年快些伸手给法国的弟兄们，握手，握手罢！这样，少年共产国际的基础建立起来。列宁写信给他们，和他们谈话。“把帝国主义的战争，变成国内战争！”这个伟大的，推动历史的，开辟一个新天地的口号，从此渐渐的，固然不是一下子，可是，不停止的，坚决的，刻苦的，像高山上的泉流似的，始终流到了大海，到了欧美各国，以至于古旧的亚洲的劳动群众的心灵里。一九一七年的十月，光芒射着整个太阳系，贯穿着上下五千年的黑暗世界。俄国的工人阶级解放了。世界各国觉悟的工人联合起来。共产国际。少年共产国际。反对军阀主义，反对帝国主义战争的呼声，成了几百万人的觉悟，还要前进，前进，征取几千万人的心。这个九月的第一个星期日就是

---

① 李卜克内西（1826—1900）：德国社会民主党创始人，第二国际创始人。

纪念着这个，纪念着反对军国主义的第一炮，纪念着少年共产国际的源头。

现在，欧战之后的第十四年了。世界的资本主义毒龙又在张牙舞爪的跃跃欲试的筹备着战争，尤其是他们像小偷一样的贼眼，都射在世界第一个劳动国家身上，想刺一刀，放一枪，中伤它。资本主义的“文明”正在日落西山的时候，“夕阳无限好（?)，只是近黄昏”了。所谓黄金的美国，这次坐了经济恐慌的首席。失业的全世界三千万，没有统计的中国苦力，印度穷人……不算在内。但是，六分之一的地球上，那劳动国家里面，热烈的伟大的社会主义的建设，已经快要完成他的五年计划。他们——劳动国家的主义，固然十分辛苦，忍受着牺牲，可是“将来”的光荣照耀着他们。只有劳动国家是繁荣的。世界上其余一切的国家都是恐慌的。这劳动国家，就是十四年前首先脱离帝国主义的战争，首先实行扫荡地主资本家的国内战争的国家呵。所以，现在那些资本主义的毒龙，恨极妒极，要想消灭它。他们准备战争。不但互相吞噬，而且最要紧的是吞噬这个眼中钉的苏联！

总之，现在又是资本家要叫劳动青年去当炮灰的时候了，又是无耻的所谓社会民主党，所谓劳动党，替资本家宣传“保护祖国”的时候了，又是他们出卖劳动群众，指使他们去自相残杀的时候了，所以，现在的九月第一星期日的纪念，格外惊心动魄的震荡全世界劳动者，全世界劳动青年的心！

正因为这个缘故，中国的黄金少年要出来弄个什么民族主义文艺的把戏。中国的肥头胖脑的绅士，大肚皮的豪商，沐猴而冠的穿着西洋大礼服，戴着西洋白手套的资本家，本来是帝国主义的走狗。他们的狗种——黄金少年，黄埔少年，五皮主义的少年——自然要汪汪汪的大咬起来，替他们的主人做“战鼓”，鼓吹战争了。这些狗种，居然这样不要脸，公开的称赞德法劳动者的自相残杀，拿来“证明”民族意识的至高无上（见胡秋原做的民族主义文艺论文——《民族主义文艺论文集》)。这个自相残杀使欧美资本主义延长了一二十年的寿命，使帝国主义巩固了对于印度……中国的统治。中国黄金少年称颂这种自相残杀，就是称颂帝国主义的统治，露出他们的狗相。

是的。中国的绅商，民族主义文学家的所谓“民族”，做完了帝国主义的走狗。帝国主义要打劳动国家，中国的绅商不是马上自告奋勇，心甘情愿的当他们的马弁，去冲一个头锋，演了一次所谓“国门之战”的滑稽把戏吗（中东路事件）[①]？帝国主义的列强要互相争夺地盘，中国的绅商不是马上分成蒋派冯派阎派等等替他们互争在华势力范围，打了好几年的恶仗，什么《陇海线上》[②]，什么……之战……之战吗？民族主义的文学家就高唱吃人肉喝人血的诗词：“壮志饥餐胡虏肉，笑谈渴饮匈奴血”；马上念着符咒似的二十世纪的《书经》：“三民主义，吾党所宗。咨尔多士，为民前锋”，歌颂这些残杀劳动民众的战争，歌颂着这些企图侵略劳动国家的战争！中国的绅商，为着保存自己的狗命，为着保持榨取汗血的地主制度资本剥削，为着保卫帝国主义的宝座，现在拚命的在打中国劳动民众的红军，在打中国的工农兵会议（苏维埃）。民族主义的文艺家对于这种“神圣战争”，又不知道要怎样的歌颂。固然，中国的绅商已经发了好些四六电报，哀悼着张辉瓒，等等等等，已经选了好些《文选》体的诗，赞，吟，赋，歌咏着“剿赤”。但是，黄金少年不能够满足的。他们的狗鼻子，闻得到革命青年心灵之中的火药气，觉得到劳动群众的震怒的神经，他们知道：这些四六诗赞迷惑不了人心，鼓舞不起杀人的精神。他们要弄新文学来卖弄，想这才可以麻醉民众，鼓动起自相残杀的浊气，消弭得阶级斗争的勇敢，在血汗榨尽的干涸的心灵上建筑起“民族的神明”！

但是，这始终只是梦想罢了。中国的战争，已经像世界大战的流影一样，比世界大战的本身，先行爆发了。这里有军阀的混

---

① 中东路事件：1929 年张学良领导的东北政府为收回苏俄在中国东北铁路的特权而发生的中苏军事冲突。最终中方失败。

② 《陇海线上》：现代小说，黄震遐著。作品写自己参加“中原大战”的经历。

战——帝国主义的互相战争，这里有侵略劳动国家的战争——帝国主义进攻苏联的战争，这里已经有进攻红军的战争——大资产阶级大地主企图镇压革命的阶级的国内战争。战争已经是这样巨大的事变，它教育着群众，它锻炼着阶级意识。中国的革命青年，中国的劳动青年，中国的一般劳动群众，早已开始知道应当为着什么而战，应当为着劳动的解放而战，应当而且必须经过阶级战争而去解救中国于帝国主义铁蹄之下。纪念九月第一星期日，已经不仅仅用笔，用舌头，用抗议，用示威，而且用着枪弹，用着梭枪。中国的革命的劳动青年反对军阀帝国主义的战争，反对进攻革命而实行战争了。原来“军”也有“民族性”的。资本主义的欧美“军”国；而封建残余统治的中国是“军”阀。中国的黄金少年企图变军阀为军国，这是枉然的。中国的劳动群众不但反对军阀，并且反对军国，不但反对军国，并且要求“军”劳动，“军”阶级！你们想用“民族的神明”的牌位，要劳动青年朝它跪拜，想念着吃人肉喝人血的符咒，受人家疯狂似的浊气一冲往炮口里送，想……用一切种种花言巧语鼓舞人家去替你们当炮灰，去侵略劳动国家，去长期残杀劳动群众，去摧残革命，现在没有这样容易的了！

不过中国的九月纪念里，记清着这件“新鲜”的事实，倒也不是无益的：就是中国现在也发现一种狗把戏，虽然他们玩着这些蒙混影射的手段，可是，老老实实的狗相已经露出，——文艺上的所谓民族主义，只是企图圆化异同的国族主义，只是绅商阶级的国家主义，只是马鹿爱国主义，只是法西斯主义的表现，企图制造捍卫帝国主义统治的所谓“民族”的“无上命令”，企图制造服从绅商的奴才性的“潜意识”，企图制造甘心替阶级仇敌当炮灰的“情绪”——劳动者安心自相残杀的杀气腾腾的“情绪”。这件事记清楚了，的确是有些益处的，而且是必要的，因为看清楚敌人的行动，是战斗胜利的必要条件。

问题是在于：他们——民族主义的黄金少年，正在号召着“投笔从戎”，正在勉励“新朝遗少”去当“少爷兵”，为的是不但去亲手砍动起来的奴隶的头颅，并且要去握紧“牛马”嘴上的勒口，监视白军之中的“丘八”。“布施”许多许多新式的蒙汗药，而劳动青年的“九月”，国际无产阶级的“九月”，就是要惊醒中了蒙汗药的人们，它用惊天动地巨人的声音，像洪钟似的，叫出震动全世界的口令：

“向后转，掉枪……头！！！”

蒙汗药是多得很，现在在《施公案》，《彭公案》、《说岳》……等等之外，鼓吹精忠保主，鼓吹讨“逆”锄“奸”，鼓吹挖心剖腹祭大帅的“英雄”文学又新加了《陇海线上》、《国门之战》[1]，……“丘八”以前当定了炮灰的；许多，许多，数不清的劳动青年，以前在升官发财的梦想和讨“逆”剿“匪”的号令之下，变成了枯骨。他们的父母妻儿的血泪都已经流满了东西的长江大河。但是，现在呢？自从国际的“九月”到了中国，中国的“丘八”是在醒过来，中国的痛苦民众，中国的工人已经屡次举起这面列宁树起的“九月旗”——反对帝国主义战争的红旗。现在，我们已经有许多鲜红的旗帜插满的地方，那地方早已就把“向后转，掉枪头”的口令变成了行动。他们现在真是在“袭击着高天”。斗争的艰苦，绅商白军的残酷……一切一切锻炼着他们。这才是真正的反对战争，不是什么雷马克式的哼哼哈哈的和平主义。他们渴望着：“国际的九月”所发出的口令正深切的再传播，再广泛的传播到“丘八”群众之中去。没有疑问的，他们有这权利责问我们！在这“少爷兵”企图玩耍新把戏的呼声中，在敌人后方的你们，暂时不拿枪杆儿而还拿着笔杆儿的你们，正在做什么？？你们的代替《彭公案》、《施公案》的东西，什么时候到“丘八”之中去，——在这《陇海线上》、《国门之战》正在黄金少年之中出风头的年头？啊？

说到这里，似乎“青年的九月”给予革命文学的任务是很清楚的了，不用多说了，啊？

一九三一年九月第一星期日。Str.

---

① 《国门之战》：以“中东路事件”为题材的长篇小说，万国安著。

“儿　时”

狂胪文献耗中年，亦是今生后起缘；

猛忆儿时心力异：一灯红接混茫前。

——定盦诗

生命没有寄托的人，青年时代和“儿时”对他格外宝贵。这种浪漫谛克的回忆其实并不是发见了“儿时”的真正了不得，而是感觉到“中年”以后的衰退。本来，生命只有一次，对于谁都是宝贵的。但是，假使他的生命溶化在大众的里面，假使他天天在为这世界干些什么，那末，他总在生长，虽然衰老病死仍旧是逃避不了，然而他的事业——大众的事业是不死的，他会领略到“永久的青年”。而“浮生如梦”的人，从这世界里拿去的很多，而给这世界的却很少——他总有一天会觉得疲乏的死亡：他连拿都没有力量了。衰老和无能的悲哀，像铅一样的沉重，压在他的心头。青春是多么短呵！

“儿时”的可爱是无知。那时候，件件都是“知”，你每天可以做大科学家和大哲学家，每天在发见什么新的现象，新的真理。现在呢？“什么？都已经知道了，熟悉了，每一个人的脸都已经看厌了。宇宙和社会是那么陈旧，无味，虽则它们其实比“儿时”新鲜得多了。我于是想念“儿时”，祷告“儿时”。

不能够前进的时候，就愿意退后几步，替自己恢复已经走过的前途。请求“无知”回来，给我求知的快乐。可怕呵，这生命的“停止”。

过去的始终过去了，未来的还是未来。究竟感慨些什么——我问自己。

一九三三，九，二八。

王道诗话

“人权论”是从鹦鹉开头的。据说古时候有一只高飞远走的鹦哥儿，偶然又经过自己的山林，看见那里大火，它就用翅膀蘸着些水洒在这山上；人家说它那一点儿水怎么救得熄这样的大火，它说：“我总算在这里住过的，现在不得不尽点儿心。”（事出《栎园书影》①，见胡适《人权论集》序所引。）鹦鹉会救火，人权可以粉饰一下反动的统治。这是不会没有报酬的。胡博士到长沙去讲演一次，何将军就送了五千元程仪②。价钱不算小。这大概就叫做“实验主义”。

但是，这火怎么救，在“人权论”时候（一九二九至一三〇年），还不十分明白。五千元一次的零卖价格做出来之后，就不同了。最近（今年二月二十一日）《字林西报》登载胡博士的谈话说：

> 任何一个政府都应当有保护自己而镇压那些危害自己的运动的权利，固然，政治犯也和其他罪犯一样，应当得着法律的保障和合法的审判……

这就清楚得多了！这不是在说“政府权”了吗？自然，博士的头脑并不简单，他不至于只说“一只手拿着宝剑，一只手拿着经典”！如什么主义之类。他是说，还应当拿着法律。

中国的帮忙文人，总有这一套祖传秘诀，说什么王道仁政。你看孟夫子多么幽默，他教你离得杀猪地方远远的，嘴里吃得着肉，

---

① 《栎园书影》：清代文人周亮工的著作。

② 何将军：指何应钦。

心里还保持着不忍人之心，又有了仁义道德的名目。不但骗人，还骗了自己，真所谓心安理得，实惠无穷。诗曰：

文化班头博士衔，人权抛却说王权，
朝廷自古多屠戮，此理今凭实验传。
人权王道两翻新，为感君恩奏圣明，
虐政何妨援律例，杀人如草不闻声。
先生熟读圣贤书，君子由来道不孤，
千古同心有孟轲，也教肉食远庖厨。
能言鹦鹉毒于蛇，滴水微功漫自夸，
好向侯门卖廉耻，五千一掷未为奢。

一九三三，三，五。

迎头经

中国的现代圣经曰："我们……要迎头赶上去，不要向后跟着。"

传曰：追赶总只有"向后跟着"追，普通是不能够"迎头"追赶的。然而圣经当然不会错，况且这个年头一切都是反常的呢。所以说赶上偏偏是迎头，说在后跟着，那就不行。

民国二十二年春×三月某日，当局谈话曰："日军所至，抵抗随之……至收复失地及反攻承德，须视军事进展如何而定，余非军事专家，详细计划，不得而知。"(《申报》三月十二日第三版。)不错呀，"日军所至，抵抗随之"，这不是迎头赶上是什么？日军到沈阳，迎头赶上北平；日军到闸北，迎头赶上真茹；日军到山海关，迎头赶上塘沽；日军到承德，迎头赶上古北口……以前有过行都洛阳，现在已经有了陪都西安，将来还有"汉族发源地"昆仑山——西方极乐世界。至于收复失地云云，则虽非军事专家亦得而知焉，经有之——"不要向后跟着"也。证之以往的上海战事，每到日军退守租界的时候，就要"严饬所部切勿越租界一步"。这样，所谓迎头赶上和勿向后跟，都是不但见于经传，而且证诸实验的真理了。

右传之一章。

传又曰：迎头赶和勿后跟，还有第二种的解释。

民国二十二年春×三月，报载热河实况曰："义军皆极勇敢，认扰乱及杀戮日军为兴奋之事……唯张作相接收义军之消息发表后，张作相既不亲往抚慰，热汤又停止供给义军汽油，运输中断，义军大都失望，甚至有认替张作相立功为无谓者。”“日军既至凌源，其时张作相已不在，吾人闻讯出走，热汤扣车运物已成目击之事实，证以日军从未派飞机轰炸承德……可知承德实为妥协之放弃。”（同上，见张慧冲君在上海东北难民救济会席上所谈。）虽然据张慧冲君所说“享名最盛之义军领袖，其忠勇之精神，未能悉如吾人之意想”，然而义勇军的兵士却都是极勇敢的小百姓。正因为这些小百姓不懂得圣经，所以也不知道迎头式的抵抗策略。于是小百姓自己，就碰见了迎头的抵抗。——前几天热汤放弃承德之后，北平军委分会就命令“固守古北口，如义军有欲入口者，即开枪迎击之”。这是说，我的“抵抗”只是随日军之所至，你要换个样子抵抗，我就抵抗你；我的退后是预先约好了的，你既不肯妥协，我就不准你“向后跟着”，只能够把你“迎头赶上”梁山了。

右传之二章。

传云：惶惶大军，迎头而奔，“嗤嗤”小民，勿向后跟。赋也。

一九三三，三，十四。

出卖灵魂的秘诀

几年前，胡适博士曾经玩过一套“五鬼闹中华”的把戏[①]，那是说：这世界上并无所谓帝国主义之类在侵略中国，倒是中国自己该着“贫穷”，“愚昧”……等等五个鬼，闹得大家不安宁。现在胡适博士又发明了第六个鬼——叫做“仇恨”。这个鬼不但闹中华，而且祸延友邦，闹到东京去了。因此，胡适博士对症发药——预备向日本帝国主义上条陈。（见报载最近胡适博士的谈话。）

据胡博士所说：“日本军阀在中国暴行所造成之仇恨，到今日颇难消除，”“而日本决不能用暴力征服中国。”这是值得忧虑的：难道真的没有方法征服中国么？不，照实验主义的哲学说，还是有法子的。这就是：“日本只有一个方法可以征服中国，即悬崖勒马，彻底停止侵略中国，反过来征服中国民族的心。”

这据说是“征服中国的唯一方法”。不错，古代的儒教军师总说“以德服人者王”。胡适博士不愧为日本帝国主义的军师。但是，从中国小百姓方面说，这却是出卖灵魂的唯一秘诀。

中国小百姓原不懂得自己的“民族性”，所以他们一向会仇恨。如果日本陛下大发慈悲，居然采用胡博士的条陈，那么，所谓“忠孝仁爱信义和平”的中国固有文化，就可以恢复，因为日本不用暴力，中国民族就没有仇恨，因为没有仇恨心，自然更不抵抗，因为不抵抗，自然更和平更忠孝……中国的肉体固然出卖了，中国的心灵也被征服了！可惜的是这“唯一方法”的实行，完全要靠日本陛

---

① 胡适在《我们走那条路》中指出当时“五鬼乱中华”，所谓“五鬼”指：贫穷、疾病、愚昧、贪污、扰乱。

下的觉悟。如果不觉悟，那又怎么办？胡适博士说："到无可奈何之时，真接受一种耻辱的城下之盟"好了。那真是无可奈何的——因为那时候"仇恨鬼"是不肯走的，这始终是中国民族性的污点。

为着要洗刷这个污点，所以胡适博士准备出席太平洋会议，再去"忠告"一次他们的日本朋友：征服中国并不是没有方法的，请接受我们出卖的魂灵罢！何况这并不难，只要实行李顿的"公平"报告[①]，那就是"彻底停止侵略"——仇恨自然就消除了。

一九三三，三，二十二。

---

① 李顿（1876—1947）：曾任英国驻孟加拉总督。1932 年担任国际联盟派至中国东北的调查团团长，发表了所谓的《李顿报告》。

最艺术的国家

我们中国的最伟大最永久，而且最普遍的“艺术”是男人扮女人。这艺术的可贵，是在于两面光，或谓之“中庸”：——男人看见“扮女人”，而女人看见“男人扮”。表面上是中性，骨子里当然还是男性。然而如果不扮，还成艺术吗？

譬如说，中国民族的固有文化是科举制度，外加捐班之类。当初说这太不像民权，不合时代潮流，于是扮成了中华民国。然而这民国年久失修，仿佛花旦脸上的脂粉，连招牌都已经剥落殆尽，同时，老实的民众，想要革掉一切科甲出身和捐班出身的参政权，以便实现反动的民权。这对于民族是不忠，对于祖宗是不孝。现在早已回到固有文化的“时代潮流”，那能放任这种不忠不孝！因此，又得重新扮过一次。草案如下；第一，谁有代表国民的资格，须由考试决定。第二，考出举人之后，然后再挑选一下，此之谓选（动词）举人；而被挑选的举人，就作为被选举人。照文法说，这样的国民大会的选举人，应称为“选举人者”，而被选举人，应称为“被选之举人”。然而如果不扮，还成艺术么？因此，他们扮成宪政国家的选举人和被选举人，虽则实质上还是秀才和举人。这草案的深意正在这里：叫民众看见是民权，而民族祖宗看见是忠孝——忠于固有科举的民族，而孝于制定科举的祖宗。此外，像上海已经实行的民权，是纳税的就有权选举和被选，使偌大上海只剩四千四百六十五个大市民[①]，这虽是捐班——有钱的为主，然而他们一定会

① 1933 年 3 月 27 日上海公共租界“纳税华人会”市民组举行第 12 届选举，一产业集纳税多寡为条件所统计的会员数。

考中举人，甚至不补考也曾赐同进士出身的，因为洋大人膝下的榜样，理应遵照，何况这也是一面并不违背固有文化，一面扮得很像宪政民权呢。此其一。

其二，一面交涉，一面抵抗：从这一面看过去是抵抗，从那一面看过来是交涉。其三，一面做实业家银行家，一面自称“小贫而已”。其四，一面是日货销路复旺，一面对人说是“国货年”……诸如此类不胜枚举，而大都是扮演得十分巧妙两面光滑的。

中国真是最艺术的国家，最中庸的民族。

而小百姓还要不满意，呜呼，君子之中庸，小人之反中庸也！

一九三三，三，三十。

真假董吉诃德

西洋中古时期的武士道的没落，产生了董吉诃德那样的戆大[①]。他其实是十分老实的书呆子。看他在黑夜里仗着宝剑和风车开仗，的确傻相可掬，也只觉得他可怜可笑。

然而这是真吉诃德。中国的江湖派和流氓种子，却会愚弄吉诃德式的老实人，而自己又假装着吉诃德的姿态。《儒林外史》上的几位公子，慕游侠剑仙之为人，结果是被这种假吉诃德骗去了几百两银子，换来一颗血淋的猪头，——那猪算是侠客的“君父之仇”了。

真吉诃德的做傻相是由于自己的愚蠢，而假吉诃德是故意做些傻相给别人看，想要剥削别人的愚蠢。

可是，中国的老百姓未必都是这么蠢笨，连这点儿手法也看不出来。

现在的假吉诃德们何尝不知道大刀不能救国，他们却偏要舞弄着，每天“杀敌几百几千”乱嚷，还有人“特制钢刀九十九柄赠送前敌将士”。可是为着要杀“猪”起见，又舍不得飞机捐。于是乎“武器不精良”的宣传，一面变成了节节退却或是“诱敌深入”的注解，一面又借此搜括一些杀猪经费。可惜前有慈禧太后，后有袁世凯！——清末的兴复海军捐变成了颐和园，民四的“反日”爱国储金变成了征讨当时的革命军的军需[②]。现在这套把戏实在太欠新

---

① 董吉诃德：今通译堂吉诃德，西班牙作家塞万提斯作品《堂吉诃德》的主人公，有“魔侠之誉”。

② 民四：民国四年的简称。

鲜，谁不知道。——不然的话，还可以算是新发明。

现在的假吉诃德们，何尝不知道“国货运动”振兴不了什么民族工业，国际的财神老爷扼住了中国的喉咙，连气也透不出，什么“国货”都跳不出这些财神的手掌心。然而“国货年”是宣布了，国货商场是成立了，像煞有介事的，仿佛抗日救国全靠一些戴着假面具的买办多赚几个钱。这钱还是牛马猪狗身上去剥削来的。不听见增加生产力，劳资合作，共赴国难的呼声么？原本是不把小百姓当人看待，而小百姓做了牛马猪狗仍旧要负“救国”责任。结果自然应当拚命供给自己身上的肉给假吉诃德们吃，而猪头还是要斫下了（挂出去）示众，以为“捣乱后方”者戒。

现在的假吉诃德们，何尝不知道什么“中国固有文化”咒不死帝国主义，无论念几万遍“不仁不义”或是金光明咒也不会触发日本（三岛）的地震，使它陆沉大海。然而他们偏要高喊“民族精神”，仿佛得了什么秘诀。意思其实很明白，是要小百姓埋头治心，多读修身教科书。这固有文化本来毫无疑义：是岳飞式的奉旨不抵抗的忠，是朗诵“唤起民众”而杀之的孝，是斫猪头吃猪肉而又远庖厨的仁爱，是遵守卖身契的信义，是“诱敌深入”的和平。其实“固有文化”之外又提倡什么“学术救国”，引证西哲菲希德之言等类的居心[①]，又何尝不是如此。

假吉诃德的这些傻相，真教人笑不出哭不出；你要认真和他辩驳，当真认为可笑可怜，那就未免傻到不可救药了。

一九三三，四，十一。

---

① 菲希德：今通译费希特（1762—1814），德国哲学家。著有《全部知识学基础》、《论学者的使命》等。

透　底

凡事彻底都好，而“透底”就不见得高明。因为连续的向左转，结果却碰见了向右转的朋友，那时候彼此点头会意，脸上会要辣辣的。就像要自由的人，忽然要保障复辟的自由，或者屠杀大众的自由——透底是透底的了，却连自由的本身都漏掉了，原来只剩了通体透明一丝不挂。

反对八股是应该的。八股原是蠢笨的产物。最初是考官嫌麻烦，——他们的头脑大半是用阴沉木做的——什么代圣贤立言，什么起承转合，文章气韵，都没有一定的标准，难以捉摸，因此，一股一股地定出来，算是格式；拿这格式来“衡文”，一眼就看得出多少轻重。随后应试的人也觉得又省力又不费事。这样的八股，无论新旧，都应当扫荡。但是这原是为着要聪明，不是要更蠢笨些。

不过要保存蠢笨的人，却有一种策略。他们说：“我不行，而他和我一样。”——大家活不成，拉倒大吉！而等“他”拉倒之后，旧的蠢笨的“我”却总是偷偷地又站起来，实惠是属于蠢笨的。好比要打倒偶像，偶像急了，就指着一切活人说：“他们都像我”，于是你跑去把貌似偶像的人统统打倒；回来，偶像还奖励你，说是打倒“打倒偶像”者，透底之至。这样，世界上就剩得偶像和打倒“打倒”者。

开口诗云子曰，算老八股；而有人把“达尔文说”、“蒲力汗诺夫曰”也算做新八股①。于是要知道地球是圆的，就要人人都要自

---

① 蒲力汗诺夫：今通译普列汉诺夫，俄罗斯文艺理论家。

己去环游地球一周；要制造汽机的，也要先坐在开水壶前格一通物……这自然透底之至。其实，从前说反对卫道文学，原是反对那道，说那样吃人的“道”不应当卫，而有人要透底，就说什么道也不卫；这“什么道也不卫”难道不也是一种“道”吗？所以，真正最透底的，还有下列一个故事：

古时候，有一个国度里革命了，旧的政府倒下去，新的站上来。旁人说，你这革命党，原先是反对有政府的，怎么自己又来做政府?！那革命党立刻拔出剑来，割下了自己的头，但是，他的僵尸直立着，喉管透出一股气来，仿佛是在说：这主义的实现原本要等三千年之后。

一九三三年四月十一日。

人才易得

前几年，大观园里的压轴戏是刘姥姥骂山门。那是要老旦出场的，老气横秋的大“放”一通，直到裤子后穿而后止。当时指着手无寸铁或者已经缴械的小百姓，大喊“杀，杀，杀!”那呼声是多么雄壮呵。所以它——男角扮的老婆婆，也可以算是一个人才。

现在时世大不同了，手里杀杀杀，而嘴里却需要“自由，自由，自由”，“开放政权”云云，压轴戏要换了。于是人才辈出，各有巧妙不同。出场的不是老旦，而是花旦了；而且这不是平常的花旦，而是海派戏广告上所说的“玩笑旦”。这是一种特殊的人物，他（她）要会媚笑，又要会撒泼，要会打情骂俏，又要会油腔滑调。总之，这是花旦而兼小丑的角色。不知道是时势造英雄（还是说“美人”妥当些），还是美人儿多年阅历的结果，练出了这一套拿手好戏？

美人儿而说“多年”，自然是阅人多矣的徐娘了，她早已从窑姐儿升任了老鸨婆；然而她丰韵犹存，虽在卖人，还兼自卖。自卖容易，卖人就难些。现在不但有手无寸铁的小百姓，不但！况且又遇见了太露骨的强奸……要会应付这种非常之变，就非有非常之才不可。你想想，现在压轴戏是要似战似和，又战又和，不降不守，亦降亦守——这是多么难做的戏。没有半推半就，假作娇痴的手段是做不好的。孟夫子说：“以天下与人易。”[①] 其实，能够简单地双手捧着“天下”去“与人”，倒不为难了。问题就在于不能如此。

---

① “以天下与人易”：语出《孟子·滕文公上》，后句为“为天下得人难”。

所以就要一把眼泪一把鼻涕，哭哭啼啼而又刁声浪气的诉苦说："我不入火坑，谁入火坑？"

然而娼妓说她自己落在火坑里，还是想人家去救她出来；老鸨婆哭火坑，就没有人相信她，何况她已经申明：她是敞开了怀抱，准备把一切人都拖进火坑去的。虽然，这玩笑却开得不差，不是非常之才，就使挖空了心思也想不出的。

老旦进场，玩笑旦出场，大观园的人才着实不少！

呜呼，以天下与人虽然大不易，而为天下得人，却似乎不难。

一九三三，四，二十四。

“五四”和新的文化革命

一

“五四”是中国的资产阶级的文化革命运动。但是，现在中国资产阶级早已投降了封建残余，做了帝国主义的新走狗，背叛了革命，实行着最残酷的反动政策。光荣的“五四”的革命精神，已经是中国资产阶级的仇敌。中国资产阶级在文化运动方面，也已经是绝对的反革命力量。它绝对没有能力完成民权主义革命的任务——反帝国主义的及封建的文化革命的任务。新的文化革命已经在无产阶级领导之下发动起来，这是几万万劳动民众自己的文化革命，它的前途是转变到社会主义革命的前途。资产阶级的智识分子，似乎也已经感觉到这种危险。因此，他们现在要出来说什么“文化运动消沉”，说什么“智识阶级的使命”，说什么“继续五四的精神”。……这种呼声发现在“九一八”事变之后，并不是偶然的。为什么？因为资产主义的虚伪的民族主义，到这时期已经差不多破产得干干净净；地主资产阶级联盟的意识上的武器——所谓诸葛亮主义的买办性，已经暴露得没有丝毫余地。所以他们要想出来玩一套另外的把戏，企图用一些时髦的摩登化的空谈，欺骗广大的民众。其实，所谓“智识阶级的特殊使命”，难道不又是一种变相的诸葛亮吗？资产阶级——地主帝国主义的奴才，绝对不能够领导什么文化革命，而只在进行着野蛮的愚民政策。现在一些自称“继续‘五四’精神”的新式诸葛亮，也不过是实行愚民政策的别动队。

只有无产阶级，才是真正能够继续伟大的"五四"精神的社会力量！

二

无产阶级决不放弃"五四"的宝贵的遗产。"五四"的遗产是什么？是对于封建残余的极端的痛恨，是对于帝国主义的反抗，是主张科学和民权。虽然所有这些抵抗的革命的倾向，都还是模糊的和笼统的，都包含着资产阶级的个人主义，一切种种资产阶级性的自由主义和人道主义；——但是，这种反抗精神已经是现在一般资产阶级和小资产阶级的智识分子所不能够有的了。而无产阶级，却不放弃这种遗产的，因为无产阶级是唯一的彻底反抗封建残余和帝国资本主义的阶级，只有它能够反对着资产阶级，批判一切个人主义，人道主义和自由主义等类的腐化的意识，而继承那种极端的深刻的对于封建残余的痛恨，——用自己的斗争，领导起几万万群众，来肃清这种龌龊到万分的中国式的中世纪的毛坑！

俄国十九世纪六十年代，也有过相像的新文化运动。列氏说①：六十年代派的宝贵的遗产，是他们的新文化运动（启蒙运动）；"第一，六十年代思想的大多数代表，也和西欧的新文化运动家一样……都极端的痛恨农奴制度及其经济社会法律上的一切副产物。……第二，当时俄国的新文化运动家，都竭力主张文化，自治，自由，一切欧洲式的生活，主张俄国的各方面的欧化。第三，……他们能够主张平民群众的利益，尤其是农民的利益；能够深信废除农奴制度及其一切残余，的确可以改良一般的状况；他们并且真心要想赞助农民的解放。"……"这种宝贵的遗产我们是不放弃的！"

中国"五四"时期的思想的代表，至少有一部分是当时的真心

① 列氏：当指列宁。

的民权主义者——自然是资产阶级的民权主义者。中国的文化生活在“五四”之后，的确开辟了一条新的道路。“五四”式的新文艺总算多少克服了所谓林琴南主义[①]。当时最初发现的一篇鲁迅的《狂人日记》，——不管它是多么幼稚，多么情感主义，——可的确充满着痛恨封建残余的火焰。从此之后的三四年，虽然很快就发现了咒骂“丘九”（学生）的易家钺[②]，发现了鼓吹东方文明的梁漱溟等等，然而新文艺的革命反抗的精神，还在小资产阶级的青年群众之中发展着。跟着，无产阶级和农民群众自己的斗争爆发起来，所谓文化运动之中自然反映着阶级分化的过程，而表现着许多方面的斗争……直到‘科学”，“民权”之类的旗帜完全落到了无产阶级的手里。

三

…………

现在，谁还需要文化革命呢？谁？

中国的绅商——地主资产阶级，再也不需要什么文化革命。“够了；算了罢！”如果真正几万万群众要创造他们自己的文化生活，那么，一定要……一定要出清中世纪的毛坑。那还了得么！所以他们就放出各种各式的走狗。有些，自以为很巧妙的戴起马鹿民族主义的帽子，鼓吹屠杀政策，唱着像煞有介事的诗歌。可惜，这种纸老虎一戳就穿。有些，正在披起粉红色的外套，企图用更加巧妙的手段欺骗民众，要叫人家相信他们是负着特殊的文化使命的诸葛亮，仿佛他们是几万万“愚民”的教师，这些狗简直是急得发了疯了。它们正在拼命的叫喊拼命的咬，为的是要咬死新兴的真正巨大的文化革命。它们的发疯，并不是因为痛恨吃人的礼教，而是因为痛恨“下流的流氓地痞”和“二十世纪的张献忠”。不用说别人

---

① 林琴南：即林纾，清末古文家。

② 易家钺：民国学者，曾任国民党中央宣传部专员等职。著有《社会学史要》等。

了：就是"五四"时候最初主张推翻礼教的人，都听见乡下人劈掉神主牌位，打掉泥塑菩萨，就急得发疯，就拚命的反对，而且反对真正的民权主义，而要恭请绅商买办"一律平等"的来参加普通选举的国民会议。对于他们——"科学"和"民权"的旗帜，已经早就丢在中世纪的毛坑里去了。从狂人到疯狗——这就是退回中世纪毛坑的人的一条道路。

固然，中国的绅商在这条路上，也学会了许多时髦。五四"时候的绅士，还禁止自己的老婆和女儿剪头发等等。而现在，中国的资产阶级，中国的地主绅士，中国的官僚军阀，至少也要姘几个披头散发的姘头——所谓摩登女郎。华贵的富丽的公馆里，居然也会陈设些未来派的直线主义的新式木器。至于"黄金少年"，那更用不着说了。他们都很愿意做"被消遣的男子"，——太太小姐的面首。这又有什么稀奇呢？非洲土人的酋长也会到巴黎去受法国资产阶级的荣华，印度的王侯也会学习最新式的英国跳舞。他们可并不因此就不是封建残余的代表，而完成了民权主义的革命任务！这正是殖民地的中世纪的毛坑，和帝国主义的没落的资产阶级文化，混合生长的腐化的现象。中国新文艺的礼拜六派化[①]，正是这种现象的必然的结果。现在买办地主和资产阶级的新文艺，自然不会再产生痛恨吃人的礼教的狂人，而只会产生些"被当做消遣品的男子"。从狂人到面首——这又是一条奇妙的道路。

这些疯狗和面首，还需要什么文化革命么？当然不要的了。他们自以为"文化"得很。他们或者是"民族意识"的代表，他们或者是艺术至上主义的神仙；他们或者是反对马路文学——礼拜六主义的健将，其实，他们自己就是"高级趣味的礼拜六派"。

---

① 礼拜六派：民国初年的文学流派，因以《礼拜六》周刊为主要阵地而得名，代表作家有周瘦鹃、王纯银等。

四

“五四”已经过去了十三年了。这十三年中间黄河扬子江里的水也已经流过了不少了。中国的一切经过了……中国的劳动群众已经不是十三年前的劳动群众了，尤其是工人阶级之中——已经有了觉悟的先锋队。十年来的政治经济的斗争，锻炼出了绝对新式的“下等社会”里的“英雄”，这就是真正的群众的领导者。他们领导着群众的斗争，而群众里面也就不断的产生着他们。这是中国社会里的绝对新的文化革命的力量。中国现在也只有反对着一切绅商的几万万劳动群众，才需要新的文化革命；也只有他们自己的斗争，才能够完成这种文化革命。他们的思想意识上的斗争——文化战线上的斗争，——是和一般的政治经济斗争密切的联系着的。

中国的绅商和所谓“智识阶级”，——举例来说——难道还需要新的文学革命么？当然不需要。他们“接受了”“五四”的文学革命，“接受了”所谓白话文学的运动，而事实上，在这十三年来他们造成了一种新式的文言。这种新文言（现在的新文艺大半是用的这种新文言），仍旧是和活人口头上的白话不相同的，读出来是懂不得的。这对于绅商的“智识阶级”有什么妨碍呢？自然没有。他们正可以借此继续垄断着文学，把几万万群众仍旧和文化生活隔离起来。这可以巩固地主资产阶级的特权。然而劳动民众，可需要发展“五四”的白话革命，彻底地肃清文言的余孽，一直到完全废除混蛋糊涂十恶不赦的汉文。劳动民众自己口头上说的普通话，以至于各地方的方言，绝对的有造成中国真正的文学的言语的可能，绝对的不必依赖汉字，依赖文言。这是新的文化革命之中的新的文学革命。这虽然是一个部分的问题，却是极端重要的问题。

绅商的“智识阶级”既然自命为“智识阶级”，那自然是比平民高出一等的人物了。所以他们除诗古文词四六电报之外，造出了一种新文言的“深奥而高妙”的新文艺。什么表现主义，后期印象主义，……一直到“魔道主义”，样样都有；他们是要“找寻刺激，他们要是模仿没落颓废的或者发狂的吃人的帝国主义资产阶级的艺术。这是他们“自己的消遣”。而同时，煽动着乌烟瘴气的武侠主义，岳飞主义……的反动的大众文艺，从说书小唱直到电影；这是“为民众”的艺术！这是他们摆下的迷魂阵。他们会在“大众文艺”之中来反对礼拜六派吗，来反对大众文艺之中的林琴南吗？当然不会。当然不需要。他们也许认为这是艺术上的最适当的分工呢。但是，劳动民众可需要反对这些乌烟瘴气的东西，劳动民众要自己创造革命的普洛的大众文艺，要在这个基础上发展出伟大的艺术，要同着群众去运用国际的无产阶级的经验，取得理论上的武器。这种新的文艺运动是开始了。这是“五四”之后的一个真正新的文化革命的浪潮。

五

劳动民众的文化革命，是一个巨大的一切战线上的战斗。这里所说着的，只是文学一方面的大致的阵势。然而最主要的是：这种文化上的战斗，是和一般政治经济的斗争联系着的，是总的革命斗争之中的一个队伍。

“五四”之后的现在，正是革命进到了新的阶段的形势，世界的和中国的一切力量，正在巨大的剧烈的战斗之中。

记得“五四”时候，在反对帝国主义的斗争里，最初发生了国际主义的呼声。于是乎中国的“民族圣人”就发急起来，他打起号筒大声疾呼的说，民族主义是吃饭的家伙，而国际主义只是靠不住的发财彩票。但是，现在的事实呢？国际主义的国家，却已经走到了经济兴盛的时期，而且是真正劳动民众的经济的繁荣，真正消灭了人剥削人的制度，真正能够打击一切帝国主义的进攻的企图。而中国的民族主义的实质——不抵抗的奴才主义，假抵抗的投降主义，就算是吃饭家伙了罢。因此，一切帝国主义联合着积极的进攻那个“国际主义的国家”的时候，中国的民族主义也赶紧奉送满洲给他们做战场。中国的劳动民众不能够容忍这种卖国的民族主义，不能容忍那种屠杀正在建设社会主义的劳动群众的战争；中国的群众反对帝国主义进攻苏联的战争，反对瓜分中国的战争，反地军阀的战争，——他们偏偏在国际主义的旗帜之下进行革命的民族战争。他们知道这是解放自己的唯一的道路。

“五四”时候，最初发现了阶级斗争的口号。自然，“民族圣人”更加发急，他号召着民族主义，他说中国民族之中只有大贫和小贫而没有什么阶级，他说阶级斗争是社会的病。现在呢，圣人的信徒从帝国主义那里得到了飞机绿气炮，得到了大炮机关枪，——这些杀人家伙，自然不能够用去打帝国主义，他们就用来医治中国民众的阶级斗争的病！这也是为着民族主义，为着维持诸葛亮的政权，为着维持岳飞式的不抵抗主义。但是，劳动民众只有发动更广大的斗争，一直到赶掉一切种种的诸葛亮，剥夺一切绅商地主资本家的政权而实现真正的民权。只有这样，中国民众才打得退帝国主义的军队，才解放得了中国民族。解放中国民族的，恰好只有阶级斗争。

“五四”时候，最初发动了白话文学运动，要想废除文言，要想废除汉字。中国的“民族圣人”自然也反对这种运动，他说中国文是中国民族文化的精华。许多绅商阶级的文人，其中还有最初白话运动的健将，现在还模仿着诸葛亮的《出师表》，大做其通电宣言训辞……至少也要用不文不白的新文言写几百首半通不通的新诗。这未始不是圣人的功劳。但是，中国的劳动民众，都需要根据自己口头上的说话，造出绝对白话的新中国文。只有这样，一完成民权革命的“创造民众的文字”的任务，——才能够开展新的文化革命的斗争，几万万的民众将要运用这种文化生活的最低限度的工具，而建立新社会的文化。这又是反对着“民族圣人”的。

总之，“五四”是反对中国圣人的运动，现在的文化革命是在新的基础之上反对新的中国圣人的运动。

六

新的文化革命之中，革命的文艺运动将要是一般革命斗争的强有力的队伍。它应当反对一切封建残余的文化上的束缚，肃清封建残余对于群众的意识上的影响，打倒一切帝国主义和买办阶级的奴才思想，这样去彻底的完成“五四”所开始的伟大的斗争。新的文学革命——绝对的白话文和用罗马字母写的中国文的实现，不过是这个任务的一部分最低限度的一部分，必须积极的有系统的为着这个去斗争。它还要开展自己的斗争，不但反对封建残余买办阶级和帝国主义的思想上的压迫，而且要反对资产阶级的意识。它要创造广大群众的革命文艺，要完全站在无产阶级的立场去批判一切反动意识，而用文艺的形式表现出来，要使这种革命文艺成为群众日常生活的一部分。

当前的文艺创作的方针，一定要能够表现革命战斗的英雄，——革命的民族战争里的群众，反军阀的战争里的群众，一切阶级战斗里的英雄；一定要能够揭穿一切种种假面具，——地主买办和资产阶级的剥削制度，帝国主义的侵略和压迫资产阶级和小资产阶级的生活，要揭穿他们的真相，要暴露他们自欺欺人的意识。这是文化革命之中的锐利的武器，这也是赞助一般革命斗争的任务。

“五四”是过去的了。文化革命的领导已经落到了新的阶级手里。今年这种剧烈战斗的年头，文化战线上的战斗正在开展着许多新的方面。中国式的中世纪的毛坑，以及中国买办和资产阶级的奴才性的“精神文化”，应当同着绅商军阀和帝国主义的统治，——扫除得干干净净！

一九三二年五月

《鲁迅杂感选集》序言

> 自己背着因袭的重担，肩住了黑暗的闸门，放他们到宽阔光明的地方去……
>
> ——鲁迅：《坟》

象牙塔里的绅士总会假清高的笑骂："政治家，政治家，你算得什么艺术家呢！你的艺术是有倾向的！"对于这种嘲笑，革命文学家只有一个回答：

> 你想用什么来骂倒我呢？难道因为我要改造世界的那种热诚的巨大火焰，它在我的艺术里也在燃烧着么？
>
> ——卢纳察尔斯基：《高尔基作品选集序》

革命的作家总是公开地表示他们和社会斗争的联系；他们不但在自己的作品里表现一定的思想，而且时常用一个公民的资格出来对社会说话，为着自己的理想而战斗，暴露那些假清高的绅士艺术家的虚伪。高尔基在小说戏剧之外，写了很多的公开书信和"社会论文"（Publicist article)，尤其在最近几年——社会的政治斗争十分紧张的时期。也有人笑他做不成艺术家了，因为"他只会写这些社会论文"。但是，谁都知道这些讥笑高尔基的，是些什么样的蚊子和苍蝇！

鲁迅在最近十五年来，断断续续的写过许多论文和杂感，尤其是杂感来得多。于是有人给他起了一个绰号，叫做"杂感专家"。

“专”在“杂”里者，显然含有鄙视的意思。可是，正因为一些蚊子苍蝇讨厌他的杂感，这种文体就证明了自己的战斗的意义。鲁迅的杂感其实是一种“社会论文”——战斗的“阜利通”（feuilleton）。谁要是想一想这将近二十年的情形，他就可以懂得这种文体发生的原因。急遽的剧烈的社会斗争，使作家不能够从容的把他的思想和情感熔铸到创作里去，表现在具体的形象和典型里；同时，残酷的强暴的压力，又不容许作家的言论采取通常的形式。作家的幽默才能，就帮助他用艺术的形式来表现他的政治立场，他的深刻的对于社会的观察，他的热烈的对于民众斗争的同情。不但这样，这里反映着“五四”以来中国的思想斗争的历史。杂感这种文体，将要因为鲁迅而变成文艺性的论文（阜利通——feuilleton）的代名词。自然，这不能够代替创作，然而它的特点是更直接的更迅速的反应社会上的日常事变。

现在选集鲁迅的杂感，不但因为这里有中国思想斗争史上的宝贵的成绩，而且也为着现时的战斗：要知道形势虽然会大不相同，而那种吸血的苍蝇蚊子，却总是那么多！

鲁迅是谁？我们先来说一通神话罢。

神话里有这么一段故事：亚尔霸·龙迦的公主莱亚·西尔维亚被战神马尔斯强奸了①，生下一胎双生儿子：一个是罗谟鲁斯，一个是莱谟斯；他们俩兄弟一出娘胎就丢在荒山里，如果不是一只母狼喂他们奶吃，也许早就饿死了；后来罗谟鲁斯居然创造了罗马城，并且乘着大雷雨飞上了天，做了军神；而莱谟斯却被他的兄弟杀了，因为他敢于蔑视那庄严的罗马城，他只一脚就跨过那可笑的城墙。莱谟斯的命运比鲁迅悲惨多了。这也许因为那时代还是虚伪统治的时代。而现在，吃过狼奶的罗谟鲁斯未必再去建筑那种可笑的像煞有介事的罗马城，更不愿意飞上天去高高的供在天神的宝座

① 马尔斯：古罗马神话中的战神、罗马的保护神。

上，而完全忘记了自己的乳母是野兽。虽然现代的罗谟鲁斯也曾经做过一些这类的傻事情，可是，他终于屈服在“时代精神”的面前，而同着莱谟斯双双的回到狼的怀抱里来。莱谟斯是永久没有忘记自己的乳母的，虽然他也很久的在“孤独地战斗”之中找寻着那回到“故乡”的道路。他憎恶着天神和公主的黑暗世界，他也不能够不轻蔑那虚伪的自欺的纸糊罗马城，这样一直到他回到“故乡”的荒野，在这里找着了群众的野兽性，找着了扫除奴才式的家畜性的铁扫帚，找着了真实的光明的建筑，——这不是什么可笑的猥琐的城墙，而是伟大的簇新的星球。

是的，鲁迅是莱谟斯，是野兽的奶汁所喂养大的，是封建宗法社会的逆子，是绅士阶级的贰臣，而同时也是一些浪漫谛克的革命家的诤友！他从他自己的道路回到了狼的怀抱。

俄国的贵族地主之间，“也发展了十二月十四日的人物[①]，这是英雄的队伍，他们像罗谟鲁斯和莱谟斯似的，是野兽的奶汁所喂养大的。这是些勇将，从头到脚都是纯钢打成的，他们是活泼的战士，自觉地走上明显的灭亡的道路，为的要惊醒下一辈的青年去取得新的生活，为的要洗清那些生长在刽子手主义和奴才主义环境里的孩子们。”（赫尔岑）

辛亥革命前的这些勇将们，现在还剩得几个？说近一些，五四时期的思想革命的战士，现在又剩得几个呢？“有的高升，有的退隐，有的前进，我又经历了一回同一战阵中的伙伴不久还是会这么变化。”（鲁迅：《自选集序言》）

鲁迅说“又经历了一回”！他对辛亥革命的那一回，现在已经不敢说，也真的不忍说了。那时候的“纯钢打成的”人物，现在不但变成了烂铁，而且……真金不怕火烧，到现在，才知道真正的纯钢是谁呵！辛亥革命前的士大夫的子弟，也有一些维新主义的老新

---

① 指俄国十二月党人。

党，革命主义的英雄，富国强兵的幻想家。他们之中，客观上领导了民权主义的群众革命运动的人，也并不是没有，而且，似乎也做了一番轰轰烈烈的事业。鲁迅也是士大夫阶级的子弟，也是早期的民权主义的革命党人。不过别人都有点儿惭愧自己是失节的公主的亲属。本来帝国主义的战神强奸了东方文明的公主，这是世界史上的大事变，谁还能够否认？这种强奸的结果，中国的旧社会急遽的崩溃解体，这样，出现了华侨式的商业资本，候补的国货实业家，出现了市侩化的绅董，也产生了现代式的小资产阶级的知识阶层。从维新改良的保皇主义到革命光复的排满主义，虽然有改良和革命的不同，而士大夫的气质总是很浓厚的。文明商人和维新绅董之间的区别，只在于绅董希望满清的第二次中兴，用康梁去继承曾左李的事业[①]，而商人的意识代表（也是士大夫），却想到了另外一条出路：自己来做专权的诸葛亮，而叫四万万阿斗做名义上的主人。在这种根本倾向之下，当时的思想界，多多少少都早已埋伏着复古和反动的种子，要想恢复什么“固有文化”。独有现代式的小资产阶级知识阶层的萌芽，能够用对于科学文明的坚决信仰，来反对这种复古和反动的预兆。鲁迅和当时的早期革命家，同样背着士大夫阶级和宗法社会的过去。但是，他不但很早就研究过自然科学和当时科学上的最高发展阶级。而且他和农民群众有比较巩固的联系。他的士大夫家庭的败落，使他在儿童时代混进了野孩子的群里，呼吸着小百姓的空气。这使得他真像吃了狼的奶汁似的，得到了那种“野兽性”。他能够真正斩断“过去”的葛藤，深刻地憎恶天神和贵族的宫殿，他从来没有摆过诸葛亮的臭架子。他从绅士阶级出来，他深刻地感觉到一切种种士大夫的卑劣，丑恶和虚伪。他不惭愧自己是私生子，他诅咒自己的过去，他竭力的要肃清这个肮脏的旧茅厕。

现代最伟大的革命政治家说过：“吃人经济的存在，剥削的存

---

① 康梁：指康有为、梁启超。曾左李：指曾国藩、左宗棠、李鸿章。

在永远要产生反对这种制度的理想，在被剥削的群众自己之中是如此，在所谓知识阶层的个别代表之中也是如此。这些理想对于马克思主义者都是很宝贵的。”辛亥革命之前，譬如一九〇七年的时候，除出富国强兵和立宪民治之外，还有什么理想呢？不是伟大的天才，有敏锐的感觉和真正的世界的眼光，就不能够跳过“时代的限制”；就算只是容纳和接受外国的学说，也要有些容纳和接受的能力。而鲁迅在一九〇七年说：

> 辁才小慧之徒，于是竞言武事。……钩爪锯牙，为国家首事，又引文明之语，用以自文，……虽兜牟深隐其面，威武若不可陵，而干禄之色，固灼然现于外矣！计其次者，乃复有制造商估立宪国会之说。前二者素见重于中国青年间，纵不主张，治之者亦将不可缕数。盖国若一日存，固足以假力图富强之名，博志士之誉；即有不幸，宗社为墟，而广有金资，大能温饱……若夫后二，可无论已。……将事权言议，悉归奔走干进之徒，或至愚屯之富人，否亦善垄断之市侩……呜呼，古之临民者，一独夫也；由今之道，且顿变而为千万无赖之尤，民不堪命矣，于兴国究何与焉。
>
> ——《坟》：《文化偏至论》

这在现在看来，几乎全是预言！中国的资产阶级，经过了短期间的革命，而现在，那些一九〇七年时候的青年，热心于提倡而实行“制造商贾”的青年，正在一面做“志士”，一面预备亡国，而且更进一步，积极的巧妙的卖国了。至于千万无赖之尤的假民权，也正在粉刷着新的立宪招牌。自然，鲁迅当时的思想基础，是尼采的“重个人非物质”的学说。这种学说在欧洲已经是资产阶级反动的反映，他们要用超人的名义，最“先进”的英雄和贤哲的名义，去抵制新兴阶级的群众的集体的进取和改革，说一切群众其实都是守旧的，阻碍进步的“庸众”。可是，鲁迅在当时的倾向尼采主义，却反映着别一种社会关系。固然，这种个性主义，是一般的知识分子的资产阶级性的幻想。然而在当时的中国，城市的工人阶级还没有成为巨大的自觉的政治力量，这种发展个性，思想自由，打破传统的呼声，客观上在当时还有相当的革命意义。只要看鲁迅当时的《摩罗诗力说》，他是要“举一切诗人中，凡立意在反抗，指归在动作，而为世所不甚愉悦者悉入之”。摩罗是梵文，欧洲人说“撒但”[①]，意思是天魔。鲁迅的叙说这些天魔诗人（裴伦等等），目的正在于号召反抗，推翻一切传统的重压的“东方文化”的国故僵尸。他是真正介绍欧洲文艺思想的第一个人。

在那时候——一九〇七年——他的这些呼声差不多完全沉没在浮光掠影的粗浅的排满论调之中，没有得到任何的回响。如果不是《坟》里保存了这几篇历史文献，也许同中国的许多“革命档案”一样，就这么失散了。这些文献的意义，在于回答当时思想界的一个严重问题：群众这样落后怎么办？对于这个问题，当时革命思想界里有一个现成的答复，就是说，群众落后是天生的，因此，不要他们起来革命，等编练了革命军队来替他们革命，而革命成功之后也还不能够给民众自由，而要好好的教训他们几年。而鲁迅所给的答案却有些不同，他是说，因为民众落后，所以更要解放个性，更要思想的自由，要有“自觉的声音”，使它“每响必中于人心，清晰昭明，不同凡响”。这虽然也不是正确的立场，然而比“革命的愚民政策”总有点儿不同罢。问题是在于当时中国“亦颇思历举前有之耿光，特未能言，则姑曰左邻已奴，右邻且死，择亡国而较量之，冀自显其佳胜”，有了这种阿Q式的自譬自解，大家正在飘飘然的得意得很，所以始终是诸葛亮式的革命理论“胜利”，而对于科学艺术的努力进取的呼声反而沉没了。

鲁迅在当时不能够不感觉到非常之孤独和寂寞，他问：“今索诸中国，为精神界之战士者安在?”他说俄国文学家科罗连珂的《末光》里，叙述一个老人在西伯利亚教书，书上有黄莺，而那地方却冷得什

① 撒但：今通译撒旦。下文裴伦，今通译拜伦。

么也没有，他的学生听说这黄莺会在樱花里唱出美妙的歌声，就只能够侧着头想象那黄莺叫的声音。这种想望多么使人感动呵。“吾人其亦沉思而已夫，其亦惟深思而已夫!”(《坟》:《摩罗诗力说》)

然而鲁迅其实并不孤独的。辛亥革命的怒潮，不在于一些革命新贵的风起云涌，而在于“农人野老的不明大义”；他们以为“革命之后从此自由”(《总理全集》:《民元杭州欢迎会上演说辞》)。不明大义的贫民群众的骚动，固然是给革命新贵白白当了一番苦力，固然有时候只表现了一些阿Q的“白铠白甲”的梦想，然而他们是真的光明斗争的基础。精神界的战士只有同他们一路，才有真正的前途。

辛亥革命之后，中国的思想界就不可避免的完成了第一次的“伟大的分裂”；反映着群众的革命情绪和阶级关系的转变，中国的士大夫式的知识阶层就显然的划分了两个阵营：国故派和欧化派。这是在“五四”的前夜，《新青年》早期的新文化运动的开始时期。当时德谟克拉西先生和赛因思先生的联盟，继续开展了革命的斗争；这是资产阶级民权革命的深入，也就是现代式的知识阶层生长发展的结果。鲁迅的参加“思想革命”是在这时候就开始的。我们说他的“参加”开始，是因为在这之前，还没有什么可以参加的，他还只能够孤独的“沉思”。而在《新青年》发动了“新文化斗争”之后，反国故派方才成为整个的队伍。

辛亥之后，大家都可以懂得革命是失败了。但是，并不是个个人都觉得到继续统治的是谁。鲁迅说，这是些“现在的屠杀者”；“杀了‘现在’，也便杀了‘将来’——将来是子孙的时代”。而杀“现在”的自然是一些僵尸。那时候，还是完全的僵尸统治呵。

这些僵尸，封建性的军阀，官僚式的买办，自然要竭力维持一切种种的国故：宗法社会的旧道德，忠孝节义和腐烂发臭的古文化。他们——好比“妻女极多的阔人，婢妾成行的富翁，乱离时候，照顾不到，一遇‘逆兵’(或是‘天兵’)，就无法可想。只得救了自己，请别人都做烈女；变成烈女，‘逆兵’便不要了。他便待事定以后，慢慢回来，称赞几句。”（《坟》：《我的节烈观》）这些将到“被征服的地位”的人，一定要提倡守节，一定要称赞烈女。而且为着保持自己的统治，自然更要提倡忠孝，因为活人总要想前进，青年总想活动，只有死人可以拖住活的，老人可以管住小孩子，这样就天下太平了。

> 我想：暴君的专制使人们变成冷嘲，愚民（应当说是僵尸）的专制使人们变成死相。大家渐渐死下去，而自己反以为卫道有效……世上如果还真有要活下去的人们，就先该敢说，敢笑，敢哭，敢怒，敢骂，敢打，在这可诅咒的地方击退了可诅咒的时代！
>
> ——《华盖集》：《忽然想到之五》

这固然是黎明期的新文化运动的一般精神，然而鲁迅在这时代已经表现了他的特点。新文化运动的领袖，大家都不免要想做青年的新的导师；而诚实的愿意做一个“革命军马前卒”的，却是鲁迅。他自己“背着因袭的重担，肩住了黑暗的闸门，放他们到宽阔光明的地方去”……他没有自己造一座宝塔，把自己高高供在里面，他却砌了一座“坟”，埋葬他的过去，热烈的希望着这可诅咒的时代——这过渡的时代也快些过去。他这种为着将来和大众而牺牲的精神，贯穿着他的各个时期，一直到现在，在一切问题上都是如此。举一个例说罢。白话运动初起的时候，钱玄同之流不久就开倒车，说《三国演义》那种的文言白话夹杂的“言语”就是“合于实际的”模范，理想不可以过高。而另一方面，也有人着重的说明文章的好坏不在于文言白话的分别，而都靠天才，或者要白话好还应该懂古文。这样，每一个新文学家，都在运用“天才”创造新白话文的模范。鲁迅说：“这实在使我打了一个寒噤。……自己却正苦于背了这些古老的鬼魂，摆脱不开”，而“许多青年作者又在古文，诗词中摘些好看而难懂的字面，作为变戏法的手巾，来装潢自己的作品了”。(《坟》:《写在“坟”后面》)“新文学兴起以来，未忘积习而常用成语如我的和故意作怪而乱用谁也不懂的生语如创造社一流的文字，都使文艺和大众隔离。”(《三闲集》:《“小小十年”小引》)我自己以为只不过是“桥梁中的一木一石，并非什么前途的目标，范本”，“应该和光明偕逝，逐渐销亡”(《写在“坟”后面》)。然而正因为如此，他这“桥梁”才是真正通达到彼岸的桥梁，他的作品才成了中国新文学的第一座纪念碑；也正因为如此，他的确成了“青年叛徒的领袖”。

“五四”前后，《新青年》的领导作用是谁也不能否认的。当时反对宗教礼教，反对国故，主张妇女和青年的解放，主张白话文学，——“理想”的浪潮又激动起来，革命的知识青年开始寻找新的出路，新的前途。然而大家都应该记得，这时期之前不久，正是辛亥革命之后的反动，——横梗在思想界前面的重要问题是理想没有用处，革命的乱闹就是由于一味理想。当时的反动派，的确“提高了他的喉咙含含胡胡说：‘狗有狗的道理，鬼有鬼的道理，中国与众不同，也自有中国的道理。道理各各不同，而一味理想，殊堪痛恨’”(《热风》:《随感录》三十九)。对于这个问题的答复，却是新文化运动内部分化的开始。不用说，那些治国平天下的老革命党其实是被反动派难倒了，他们赶紧悔过，说以前我们只会破坏，现在要考究建设了；至于理想过高，民众理会不到，那么，革命党本来就不要民众理会，民众理会不到，那么，革命党本来就不要民众理会，民众总是不知不觉的，叫他们“一味去行”，让我们替他们建设理想好了！这是老革命党的投降。而新革命党呢？“五四”之后不久，“新青年”之中的胡适之派，也就投降了；反动派说一味理想不行，胡适之也赶着大叫“少研究主义，多研究问题”。这种美国市侩式的实际主义，是要预防新兴阶级的伟大理想取得思想界的威权。而鲁迅对于这个问题——革命主义和改良主义的分水岭的问题，——是站在革命主义方面的。他揭穿那些反理想重经验的人的假面具，指出他们的所谓“经验”正是皇帝和奴才的经验！

鲁迅在“五四”前的思想，进化论和个性主义还是他的基本。他热烈的希望着青年，他勇猛的袭击着宗法社会的僵尸统治，要求个性的解放。可是，不久他就渐渐的了解到封建的等级制度和中国社会里的层层压榨。一九二四至一九二五年，他的《春末闲谈》，《灯下漫笔》，《杂忆》（《坟》），以及整部的《华盖集》，尤其是一九二六的《华盖集续编》，都包含着猛烈的攻击阶级统治的火焰。自然，这不是社会科学的论文，这只是直感的生活经验。但是他的神圣的憎恶和讽刺的锋芒，都集中在军阀官僚和他们的叭儿狗。“五四”到“五卅”前后，中国思想界里逐步的准备着第二次的“伟大的分裂”。这一次已经不是国故和新文化的分别，而是新文化内部的分裂：一方面是工农民众的阵营，别方面是依附封建残余的资产阶级。这新的反动思想，已经披了欧化，或所谓五四化的新衣服。这个分裂直到一九二七年下半年方才完成，而在一九二五至二六的时候，却已经准备着，只要看当时段祺瑞、章士钊的走狗“现代评论”派，在一九二七年之后是怎样的得其所哉，就可以知道这中间的奥妙。而鲁迅当时的《语丝》，革命的小资产阶级的文艺思想和批评，正是针对着这些未来的“官场学者”的。现在的读者往往以为《华盖集》正续编里的杂感，不过是攻击个人的文章，或者有些青年已经不大知道陈西滢等类人物的履历，所以不觉得很大的兴趣。其实，不但陈西滢，就是章士钊（孤桐）等类的姓名，在鲁迅的杂感里，简直可以当做普通名词读，就是认做社会上的某种典型。他们个人的履历倒可以不必多加考究，重要的是他们这种“媚态的猫”，“比它主人更严厉的狗”，“吸人的血还要预先哼哼地发一通议论的蚊子”，“嗡嗡地闹了半天，停下来舐一点油汗，还要拉上一点蝇矢的苍蝇”……到现在还活着，活着！揭穿这些卑劣，懦怯，无耻，虚伪而又残酷的刽子手和奴才的假面具，是战斗之中不可少的阵线。

的确，旧的卫道先生们渐渐的没落了，于是需要在他们这些僵尸的血管里，注射一些“欧化”的西洋国故和牛津剑桥哥伦比亚的学究主义，再加上一些洋场流氓的把戏，然后僵尸可以暂时“复活”，或者多留恋几年“死尸的生命”。这些欧化绅士和洋场市侩，后来就和“革命军人”结合了新的帮口，于是僵尸统治，变成了戏子统治。僵尸还要做戏，自然是再可怕也没有了。

“中国的原始积累式的商业资本，在乡村之中和封建统治的地主有一种特别形式的结合。中国的军阀和一切残酷无情抢劫民众的文武官僚，都是中国这种特别形式的结合的上层建筑。帝国主义和他们所有一切财政上军事上的力量，就在中国维持并且推动这些封建残余以及它们的全部军阀官僚的上层建设，使它们欧化，又使它们守旧。”（约瑟夫）这就是中国僵尸欧化的原因。袁世凯以来的北洋军阀要想稳定这种新的统治，但是，他们只会运用一些“六君子”之类“开国元勋”，“后来的武人可更蠢了，……除了残虐百姓之外，还加上轻视学问，荒废教育的恶名”（《华盖集续编》：《一点比喻》）。问题是在于统治奴隶就要有一定的奴隶规则（《坟》：《灯下漫笔》），而新的奴隶规则，要新的“山羊”来帮忙才定得出来。这样的山羊，“脖子上还挂着一个小铃铎，作为知识阶级的徽章。……能领了群众稳妥平静地走去，直到他们应该走到的所在。……这是说：虽死也应该如羊，使天下太平，彼此省力”（《华盖集续编》：《一点比喻》）。段祺瑞、章士钊时代——五卅时代的陈西滢们，就企图做成这样的“山羊”。虽然这企图延长了若干年，而他们现在是做“成功”了！新的朝代，有了新的“帮助文人”，而且已经像生殖力最强的猪猡和臭虫似的，生出了许许多多各种各式的徒子徒孙。当时——一九二五年——他们努力，例如剿杀“学匪”，或者请出西哲勋本霍尔来痛打女师大的“毛丫头”之类[①]，总算不是枉费的。

鲁迅当时反对这些欧化绅士的战斗，虽然隐藏在个别的甚至私人的问题之下，然而这种战斗的原则上的意义，越到后来就越发明显了。统治者不能够完全只靠大炮机关枪，一定需要某种“意识代

---

① 勋本霍尔：今通译叔本华（1788—1860），德国哲学家。著有《作为意志和表象的世界》。

表”。这些代表们的虚伪和戏法是无穷的。暴露这些“做戏的虚无主义者”(《华盖集续编》:《马上支日记》)也就必须有持久的韧性的斗争。

他们在“五卅”的时候，说打倒帝国主义的口号是“分裂与猜忌的现象”(徐志摩)，说中国人的“打，打，宣战，宣战”，是“这样的中国人，呸!”——这意思是中国人被打而不做声(陈西滢)。他们在“三一八”之后，立刻就说：执政府前原是‘死地’，……群众领袖应负道义上的责任”。这些“墨写的谎说”难道掩得住“血写的事实吗”!?然而鲁迅在这一次做了一个“错误”:“我向来是不惮以最坏的恶意，来推测中国人的，然而我还不料，也不信竟会下劣凶残到这地步。”(《华盖集续编》:《记念刘和珍君》)他在当时已经说是“民国以来最黑暗的一天”，然而他更不料一两年后的黑暗会超越“三一八”屠杀的几百千倍，鲁迅如果有“错误”，那么，我们不能够不同意他自己的批评：“我还欠刻毒!”地主官僚和资产阶级社会的丑恶，实在远超出于文学家最深刻的“构陷别人的罪状”!而文饰这种丑恶的，正是那些山羊式的文人。

所以当“五卅”时期，一般人，甚至革命者的思想，都在“一致对外”的口号之下，多多少少忽略了国内的阶级战斗的同时开展；这又是新的阶级的更加严重的问题。而鲁迅就提出这样的质问：“然而中国有枪阶级的焚掠平民，屠杀平民，却向来不很有人抗议。”(《华盖集》:《忽然想到之十一》)回答这个问题的，是“五卅”之后的巨大的群众革命浪潮。革命是在进到新的阶级，“死者的遗给后来的功德，是在撕去许多东西的人相，露出那出于意料之外的阴毒的心，教给继续战斗者以别种方法的战斗”(《华盖集续集》:《空谈》)。这就是要打倒帝国主义和军阀，就必须打倒这些阴毒“东西”——动物!就不再是请愿，不只是“和平宣传”，不是合法主义，而是……

> 血债必须用同物偿还。拖欠得愈久，就要付更大的利息!
>
> ——《华盖集续编》:《无花的蔷薇之二》

此后的“血债”是越拖越多了。

> 泪揩了，血消了；
> 屠伯们逍遥复逍遥，
> 用钢刀的，用软刀的。
> 然而我只有“杂感”而已。
>
> ——《而已集》：《题辞》

僵尸的统治转变成戏子的统治，这个转变完成之后不善于做戏的僵尸虽然退了位，而会变戏法的僵尸就更加猖獗起来。活人和死人的斗争，灭亡路上的阶级的挣扎和新兴阶级领导的群众的反抗，经过一番暴风雨的剧变而进到了新阶级。鲁迅说：“我是在二七年被血吓得目瞪口呆，离开广东的，那些吞吞吞吐吐没有胆子直说的话，都载在《而已集》里。”就是以后的《三闲集》（一九二八至二九），《二心集》（一九三〇至三一），又何尝不是哭笑不得的“而已”！可是，正是这期间鲁迅的思想反映着一般被蹂躏被侮辱被欺骗的人们的彷徨和愤激，他才从进化论最终的走到了阶级论，从进取的争求解放的个性主义进到了战斗的改造世界的集体主义。如果在以前，鲁迅早就感觉到中国社会里的科举式的贵族阶级和租佃官僚制度之下的农奴阶级之间的对抗，那么，现在他就更清楚的见到那种封建式的阶级对抗之外，正在发展着资本和劳动的对抗。他“一向是相信进化论的，总以为将来必胜于过去，青年必胜于老人”，然而他“目睹了同是青年，而分成两大阵营，或则投书告密，或则助官捕人的事实”！他的“思路因此轰毁”（《三闲集》：《序言》）。是的，以前“父与子”的辈分斗争只是前一阶级的阶级斗争的外套，现在——封建宗法残余的统治搀杂了一些流氓资本的魔术，——不但更明显的露出劳动和资本的阶级战斗，而且反封建残余的斗争也不再是纯粹的“父与子”斗争的形式。同时，新兴阶级的领导展开了真正推翻帝国主义和僵尸，推翻流氓资本和地主官僚的新结合的远景。贫民小资产阶级和革命知识阶层，终于发见了他们反对剥削制度的朦胧的理想，只有同着新兴的社会主义的先进阶级前进，才能够实现，才能够在伟大的斗争的集体中达到真正的“个性解放”。

这样，当时革命“过程”在思想界的反映，就是五四式的知识阶层的最终的分化：一些所谓欧化青年完全暴露了自己是“丧家的”或者“不丧家的”“资本家的走狗”，替新的反动去装点一下摩登化的东洋国故和西洋国故。而另外一些革命的知识青年却更确定更明显地走到劳动民众方面来，围绕着革命的营垒。最优秀的最真诚的不肯自己背叛自己的光明理想的分子，始终是要坚决的走上真正革命的道路的。

最早期的真正革命文学运动——五四式的新文学分化之后的革命文学运动，——不能够不首先反对摩登化的遗老遗少，反对重新摆上的“吃人的筵宴”，以及这种筵宴旁边的鼓乐队。蹂躏革命“战士的精神和血肉……赏玩，攀折这花，摘食这果实的人们”，这些流氓式的戏子，扶着几乎断送“死尸的生命”的僵尸，“稳定了”他们的新统治。于是乎他们的鼓乐队里，就搀和了些“意大利的唐南遮，德国的霍普德曼（冤枉！），西班牙的伊本纳兹[①]，中国的吴某某”等等，而偏偏还要说这是革命文学！这其实是“在指挥刀的掩护之下斥骂他的敌手的”低能儿（《而已集》：《革命文学》）。这其实是段政府之下的陈西滢们的徒子徒孙。据说是段祺瑞等投降了“革命”，陈西滢们“转变了”方向，然而就社会的意义上来说，究竟是谁投降了谁，谁转变了方向，是大成问题的。这时候的新鲜戏法，只在于：“‘命’自然还是要革的，然而又不宜太革……剩了一条‘革命文学’的独木小桥，所以外来的许多刊物，便通不过，扑通！扑通！都掉下去了。”（《而已集》：《扣丝杂感》）

“独木小桥”始终只是独木桥。那些“扑通，扑通”掉下去的却学会了游水。真正的革命文艺思想正在这一时期开始深入的发

---

① 唐南遮：今译邓南遮（1863—1933），意大利作家。霍普德曼（1862—1946），德国剧作家。著有《织工》、《沉钟》等。伊本纳兹（1867—1928），通译伊巴涅兹，西班牙作家。著有《农舍》、《启示录的旧骑士》等。

展。在这新阶级上，革命文艺思想经过内部的斗争而逐渐的形成新的阵营。这种不可避免的斗争提出了新的问题，这已经不是父与子的问题，也不仅是暴露指挥刀后的屠伯们的问题。这是关于革命队伍的战略的争论。

新兴阶级的文艺思想，往往经过革命的小资产阶级作家的转变，而开始形成起来，然后逐渐的动员劳动民众和工人之中的新的力量。集中新的队伍，克服过去的“因袭的重担”，同时，扩大同路人的阵线。这不但在日本，美国，德国，甚至于在苏联，也经过波格唐诺夫式的幼稚病[①]。关于这种幼稚病，德国的皮哈曾经说过：一些小集团居然自以为独得了“工人阶级的文化代表的委任状”——包办代表事务。这大概是“历史的误会”。创造社的转变，太阳社的出现，只在这方面讲来，是有客观上的革命意义的。

然而革命军进行的时候，“时时有人退伍，有人落荒，有人颓唐，有人叛变，然而只要无碍于进行，则愈到后来，这队伍也就愈成为纯粹，精锐的队伍了”（《二心集》：《非革命的急进革命论者》）。无产阶级和周围的各种小资产阶级之间本来就没有一座万里长城隔开着。何况小资产阶级又有各种各样不同的阶层和集团呢。

小资产阶级的知识阶层之中，有些是和中国的农村，中国的受尽了欺骗压榨束缚愚弄的农民群众联系着。这些农民从几千百年的痛苦经验之中学会了痛恨老爷和田主，但是没有学会，也不能够学会怎样去回答这些问题，怎样去解除这种痛苦。“旧社会将近崩坏之际，是常常会有近似带革命性的文学作品出现的。然而其实并非真的革命文学。例如：或者憎恶旧社会，而只是憎恶，更没有对于将来的理想；或者也大呼改造社会，而问他要怎样的社会，却是不能实现的乌托邦。”（《三闲集》：《现今的新文学的概观》）然而，宽泛些说，这种文艺当然也是革命的文学，因为它至少还能够反映社会真相的一方面，暗示改革应当注意的方向。而同时，这些早期的革命

---

① 波格唐诺夫：今通译博格丹诺夫（1873—1928），俄苏哲学家、社会学家。著有《生动经验的哲学》。

作家，反映着封建宗法社会崩溃的过程，时常不是立刻就能够脱离个性主义——怀疑群众的倾向的；他们看得见群众——农民小私有者的群众的自私，盲目，迷信，自欺，甚至于驯服的奴隶性，可是，往往看不见这种群众的"革命可能性"，看不见他们的笨拙的守旧的口号背后隐藏着革命的价值。鲁迅的一些杂感里面，往往有这一类的缺点，引起他对于革命失败的一时的失望和悲观。

另一方面，"五四"到"五卅"之间中国城市里迅速的积聚着各种"薄海民"（Bohemian）——小资产阶级的流浪人的知识青年。这种知识阶层和早期的士大夫阶级的"逆子贰臣"，同样是中国封建宗法社会崩溃的结果，同样是帝国主义以及军阀官僚的牺牲品，同样是被中国畸形的资本主义关系的发展过程所"挤出轨道"的孤儿。但是，他们的都市化和摩登化更深刻了，他们和农村的联系更稀薄了，他们没有前一辈的黎明期的清醒的现实主义，——也可以说是老实的农民的实事求是的精神——反而传染了欧洲的世纪末的气质。这种新起的知识分子，因为他们的"热度"关系，往往首先卷进革命的怒潮，但是，也会首先"落荒"或者"颓废"，甚至"叛变"，——如果不坚决的克服自己的浪漫谛克主义。"这种典型最会轻蔑地点着鼻子说：'我不是那种唱些有机的工作，实际主义和渐进主义的赞美歌的人。'这种典型的社会根源是小资产者，他受着战争的恐怖，突然的破产，空前的饥荒和破坏的打击而发疯了，他歇斯替利地乱撞[1]，寻找着出路和挽救，一方面信仰无产阶级而赞助它，别方面又绝望地狂跳，在这两方面之间动摇着。"（乌梁诺夫[2]）这种人在文艺上自然是"才子"，自然不肯做"培养天才的泥土"，而很早"便恨恨地磨墨，立刻写出很高明的结论道：'唉，幼稚得很。中国要天才！'"（《坟》:《未有天才之前》）革命的怒潮到了，他们一定革命的；革命的暂时失败了，他们之中也一定有

---

① 歇斯替利：今通译歇斯底里。

② 乌梁诺夫：即列宁，本名为弗拉基米尔·伊里奇·乌里扬诺夫，"列宁"为笔名。

些消极，有些叛变，有些狂跳，而表示一些“令人‘知道点革命的厉害’，只图自己说得畅快的态度，也还是中了才子+流氓的毒”（《二心集》：《上海文艺之一瞥》）。于是要“包办”工人阶级文艺代表的“事务”。

《三闲集》以及其他杂感集之中所保留着的鲁迅批评创造社的文章，反映着二七年以后中国文艺界之中这两种态度，两种倾向的争论。自然，鲁迅杂感的特点，在那时特别显露那种经过私人问题去照耀社会思想和社会现象的笔调。然而创造社等类的文学家，单说真有革命志愿的（像叶灵凤之流的投机分子，我们不屑去说到了），也大半扭缠着私人的态度，年纪，气量以至酒量的问题。至少，这里都表现着文人的小集团主义。

这时期的争论和纠葛转变到原则和理论的研究，真正革命文艺学说的介绍，那正是革命普洛文学的新的生命的产生。而还有人说，那是鲁迅“投降”了。现在看来，这种小市民的虚荣心，这种“剥削别人的自尊心”的态度，实在天真得可笑。

这是已经过去的问题了，也应当是过去的了。

鲁迅现在说：“我有一件事要感谢创造社的，是他们‘挤’我看了几种科学底文学论，明白了先前的文学史家们说了一大堆，还是纠缠不清的疑问……以救正我——还因我而及于别人——的只信进化论的偏颇。”（《三闲事》：《序言》）“我时时说些自己的事情，怎样地在‘碰壁’，怎样地在做蜗牛，好像全世界的苦恼，萃于一身，在替大众受罪似的：也正是中产的知识阶级分子的坏脾气。”（《二心集》：《序言》）

鲁迅从进化论进到阶级论，从绅士阶级的逆子贰臣进到无产阶级和劳动群众的真正的友人，以至于战士，他是经历了辛亥革命以前直到现在的四分之一世纪的战斗，从痛苦的经验和深刻的观察之中，带着宝贵的革命传统到新的阵营里来的。他终于宣告：“原先是憎恶这熟识的本阶级，毫无可惜它的溃灭，后来又由于事实的教训，以为惟新兴的无产者才有将来。”（《二心集》：《序言》）关于最近期间，“九一八”以后的杂感，我们不用多说，他是站在战斗的前线，站在自己的哨位上。他在以前，就痛切的指出来：“大小无数的人肉的筵宴，即从有文明以来一直排到现在，人们就在这会场中吃人，被吃，以凶人的愚妄的欢呼，将悲惨的弱者的呼号遮掩，更不消说女人和小儿。这人肉的筵宴现在还排着，有许多人还想一直排下去。扫荡这些食人者，掀掉这筵席，毁坏这厨房，则是现在的青年的使命!”（《坟》:《灯下漫笔》）而现在，这句话里的“青年”两个字上面已经加上了新的形容词，甚至于完全换了几个字，——他在日本帝国主义动手瓜分，英美国联进行着共管，而中国的绅商统治阶级要着各种各样的戏法零趸发卖中国的时候，——忍不住要指着那些“民族主义文学者”说：“他们[1]将只尽些送丧的任务，永含着恋主的哀愁，须到……阶级革命的风涛怒吼起来，刷洗山河的时候，这才能脱出这沉滞猥劣和腐烂的运命。”（《二心集》:《民族主义文学的任务和运命》）

然而鲁迅杂感的价值决不止此。他自己说：“因为从旧垒中来，情形看得较为分明，反戈一击，易制强敌的死命。”（《坟》:《写在〈坟〉后面》）从满清末期的士大夫，老新党，陈西滢们……一直到最近期的洋场无赖式的文学青年，都是他所亲身领教过的。刽子手主义和僵尸主义的黑暗，小私有者的庸俗，自欺，自私，愚笨，流浪赖皮的冒充虚无主义，无耻，卑劣，虚伪的戏子们的把戏，不能够逃过他的锐利的眼光。历年的战斗和剧烈的转变给他许多经验和感觉，经过精炼和融化之后，流露在他的笔端。这些革命传统（revolutionary tradition）对于我们是非常之宝贵的，尤其是在集体主义的照耀之下。

第一，是最清醒的现实主义。“中国人向来因为不敢正视人生，只好瞒和骗，由此也生出瞒和骗的文艺来，由这文艺，更令中国人更深地陷入瞒和骗的大泽中，甚而至于已经自己不觉得。”（《坟》:

---

① 指老年的和青年的。——作者作注

《论睁了眼看》）这种思想其实反映着中国的最黑暗的压迫和剥削制度，反映着当时的经济政治关系。科举式的封建等级制度，给每一个“田舍郎”以“暮登天子堂”的幻想；租佃式的农奴制度给每一个农民以“独立经济”的幻影和“爬上社会的上层”的迷梦。这都是几百年来的“空前伟大的”烟幕弹。而另一方面，在极端重压的没有出路的情形之下，散漫的剥夺了取得知识文化的可能的小百姓，只有一厢情愿的找些“巧妙”的方法去骗骗皇帝官僚甚至于鬼神。大家在欺人和自欺之中讨生活。统治阶级的这种“文化遗产”甚至于像沉重的死尸一样，压在革命队伍的头上，使他们不能够迅速的摆脱。即使“到处听不见歌吟花月的声音了，代之而起的是铁和血的赞颂。然后倘以欺瞒的心，用欺瞒的嘴，则无论说A和O，或Y和Z，一样是虚假的”（同上）。鲁迅是竭力暴露黑暗的，他的讽刺和幽默，是最热烈最严正的对于人生的态度。那些笑他“三个冷静”的人[①]，固然只是些嗡嗡嗡的苍蝇。就是嫌他冷嘲热讽的“不庄严”的，也还是不了解他，同时，也不了解自己的“空城计”式的夸张并不是真正的战斗。可是，鲁迅的现实主义决不是第三种人的超然的旁观的所谓“科学”态度。善于读他的杂感的人，都可感觉到他的燃烧着的猛烈的火焰在扫射着猥劣腐烂的黑暗世界。“世界日日改变，我们的作家取下假面，真诚地，深入地，大胆地看取人生并且写出他的血和肉来的时候早到了；早就应该有一片崭新的文场，早就应该有几个凶猛的闯将！”（同上）

第二，是“韧”的战斗。“对于旧社会和旧势力的斗争，必须坚决，持久不断，而且注重实力。……我们急于要造出大群的新战士；但同时，在文学战线上的人还要‘韧’。”（《二心集》五六页）“野牛成为家牛，野猪成为猪，狼成为狗，野性是消失了，但只足使牧人喜欢，于本身并无好处。……我以为还不如带些兽性，如果合于下列的算式倒是不很有趣的：人＋家畜性＝某一种人。”（《而已

① 张定璜在《鲁迅先生》一文中曾说：“我们知道他有三个特色，那也是老于手术富于经验的医生的特色，第一个，冷静，第二个，还是冷静，第三个，还是冷静。”

集》：《略论中国人的脸》）而兽性就在于有“咬筋”，一口咬住就不放，拚命的刻苦的干去，这才是韧的战斗。牧人们看见小猪忽然发一阵野性，等忽儿可驯服了，他们是不忧愁的。所以这种兽性和韧的战斗决不是歇死替利地可以干得来的。一忽儿“绝望的狂跳”，一忽儿又“委靡而颓伤”，一忽儿是嚣张的狂热，一忽儿又捶着胸脯忏悔，那有什么用处。打仗就要像个打仗。这不是小孩子赌气，要结实的立定自己的脚跟，躲在壕沟里，沉着的作战，一步步的前进，——这是鲁迅所谓“壕堑战”的战术。这是非合法主义的战术。如果敌人用“激将”的办法说：“你敢走出来”，而你居然走了出来，那么，就像许褚的赤膊上前阵，中了箭是活该。而笨到会中敌人的这一类的奸计的人，总是不肯，也不会韧战的。

第三，是反自由主义。鲁迅的著名的“打落水狗”（《坟》：《论费厄泼赖应该缓行》），真正是反自由主义，反妥协主义的宣言。旧势力的虚伪的中庸，说些鬼话来羼杂在科学里，调和一下，鬼混一下，这正是它的诡计。其实这斗争的世界，有些原则上的对抗事实上是决不会有调和的。所谓调和只是敌人的缓兵之计。狗可怜到落水，可是它爬出来仍旧是狗，仍旧要咬你一口，只要有可能的话。所以“要打就得打到底”——对于一切种种黑暗的旧势力都应当这样。但是死气沉沉的市侩，——其实他们对于在自己手下讨生活的人一点儿也不死气沉沉，——表面上往往会对所谓弱者“表同情”，事实上他们有意的无意的总在维持着剥削制度。市侩，这是一种狭隘的浅薄的东西，它们的头脑（如果可以说这是头脑的话），被千百年来的现成习惯和思想圈住了，而在这个圈子里自动机似的“思想”着。家庭，私塾，学校，中西“人道主义”的文学的影响，一切所谓“法律精神”和“中庸之道”的影响，把市侩的脑筋造成了一种简单机器，碰见什么样“新奇”的，“过激”的事情，立刻就会像留声机似的“啊呀呀”的叫起来。这种“叭儿狗”“虽然是狗，又很像猫，折中，公允，调和，平正之状可掬，悠悠然摆出别个无不偏激，唯独自己得了‘中庸之道’似的脸来”。鲁迅这种暴露市侩的锐利的笔锋，充分的表现着他的反中庸的，反自由主义的精神。

第四，是反虚伪的精神。这是鲁迅——文学家的鲁迅，思想家的鲁迅的最主要的精神。他的现实主义，他的打硬仗，他的反中庸的主张，都是用这种真实，这种反虚伪做基础。他的神圣的憎恶就是针对着这个地主资产阶级的虚伪社会，这个帝国主义的虚伪世界。他的杂感简直可以说全是反虚伪的战书，譬如别人不大注意的《华盖集续编》就是许多猛烈而锐利的攻击虚伪的文字，久不再版的《坟》里的好些长篇也是这样。而中国的统治阶级特别善于虚伪，他们有意的无意的要把虚伪笼罩群众的意识；他们的虚伪是超越了全世界的记录了。“中国的一些人，至少是上等人，他们的对于神，宗教，传统的权威，是‘信’和‘从’呢，还是‘怕’和‘利用’？只要看他们的善于变化，毫无持操，是什么也不信从的，但总要摆出和内心两样的架子来。要寻虚无党，在中国实在很不少；……”他们什么都不信，但是他们“虽然这样想，却是那么说，在后台这么做，到前台那么做”……这叫做“做戏的虚无党”（《华盖集续编》：《马上支日记》）。虚伪到这地步，其实是顶老实了。西洋资产阶级的民族主义者或者民权主义者，或者改良妥协的所谓社会主义者，至少在最初黎明期的时候，自己也还蒙在鼓里，一本正经的信仰着什么，或者理论，或者宗教，或者道德——这种客观上的欺骗作用比较的强些。——而中国的是明明知道什么都是假的，不过偏要这么说说，做做，骗骗人，或者简直武断地乱吹一通，拿来做杀人的理论。自然，自从西洋发明了法西斯主义，他们那里也开始中国化了。呜呼，“先进的”中国呵。

自然，鲁迅的杂感的意义，不是这些简单的叙述能够完全包括得了的。我们不过为着文艺战线的新的任务，特别指出杂感的价值和鲁迅在思想斗争史上的重要地位，我们应当向他学习，我们应当同着他前进。

一九三三，四，八　北平

编者后记

瞿秋白是从做记者开始走上文坛和政坛的。一九二〇年秋，瞿秋白作为北京《晨报》和上海《时事新报》联合特派住苏记者，赴“赤都”采访。一路迤逦而行，费时不少，随后又在莫斯科等地度过了两年的时光。这次“赤都”之旅，使他写出了两部影响深远的作品，奠定了在文坛的地位；也使他走上了革命者的旅程，且一度成为中国共产党早期的领导者。

“赤都”之行带来的两部作品，就是《饿乡纪程》（又名《新俄国游记》）和《赤都心史》。《饿乡纪程》记述“自中国至俄国”、“自非饿乡至饿乡”的铁路旅程和心路历程，《赤都心史》记录在苏联的“所见所闻所思所感”，二者可谓姐妹篇。这两部散文通讯集，最早向国内真实报道了苏维埃俄国的崭新面貌和艰苦斗争，拨开了笼罩在人们心头的迷雾。这对于中国人民了解和认识“十月革命”，对于推动中国的社会主义进程，都起到了无可替代的作用。同时，这两部作品在文学上也有其突出之处——它的写作手法不拘一格，熔游记、札记、短评、访谈、书信、诗歌等于一炉，并且还有不少苏俄作家作品的译文，有着极强的承载力和表现力；它的纪实性和文学性相辅相成，显示了鲜明的报告文学的特点，可以说开中国文坛报告文学之先河，成为这种新的文学样式的最早成果。

一九二三年回国以后，直到一九三五年就义，瞿秋白长期致力于党的领导工作和马克思主义的宣传译介；他也执行过错误的政治路线，有些思想观点也存在明显的片面性。这样的人生经历和书生性格，使他犹疑于文学和政治两个阵线，成为“脆弱的二元人物”，深受困扰。这种心理状况，当然会反映在他的作品中，《心的声音》、《多余的话》就是代表。这些作品的情绪有些忧郁和自谴，但坦诚、率直，其中的自我剖析和反思，可以说至今仍有其意义。

瞿秋白毕竟是一个革命者，他散文中的杂感，具有强烈的战斗性、艺术性，犀利和畅达、曲笔和深切一如陈独秀和鲁迅。前期的此类作品有《最低问题——狗彘食人之中国》及《鞘声》、《寸铁》等，与陈独秀等人处同一战阵，有的作品就发表在某些报刊上的同一专栏，如“寸铁”、“随感录”等。后期的则有《王道诗话》、《最艺术的国家》等，直截的投刺转换成了入骨的针砭，思想性更深了一些。

瞿秋白热爱文学，他所谓“二元人物”，也指志业方面的二元——文学家、革命家。他屡屡提及自己深愿研究俄苏文学并有所创获，而且确实也取得了一定的成就，如《俄国文学史》等。他的马列主义文论具有开创性；他的大众文艺理论也独树一帜。只是限于篇幅，本书未能选收太多这方面的作品。而书中所选的他的《〈鲁迅杂感选集〉序言》，是最早研究鲁迅杂文的论文，是中国现代杂文史的重要文献。有学者指出，鲁迅的创作和瞿秋白的理论阐述，共同构成了中国杂文成熟的标志。

对于瞿秋白，我们应该、也需要了解的还很多。他在狱中自剖《多余的话》里说“告别了，这世界的一切”，但这世界人们还不该跟他永别；他在临终绝笔《致郭沫若》里勉励友人“勇猛精进”，我们正该勇猛精进。

编　者

图书在版编目（CIP）数据

瞿秋白散文/乔继堂主编；乔继堂选编．—上海：上海科学技术文献出版社，2012.11

ISBN 978-7-5439-5614-8

Ⅰ.①瞿… Ⅱ.①乔…②乔… Ⅲ.①散文集—中国—现代 Ⅳ.①I266

中国版本图书馆 CIP 数据核字(2012)第 271597 号

责任编辑： 张　树

封面设计： 戴东明

瞿秋白散文

瞿秋白／著　乔继堂／选编

*

上海科学技术文献出版社出版发行

（上海市长乐路 746 号　邮政编码 200040）

全国新华书店经销

北京建泰印刷有限公司印刷

开本 150×230　1/16　印张 16　插页 2　字数 210 千字

2013 年 1 月第 1 版　2013 年 1 月第 1 次印刷

ISBN 978-7-5439-5614-8

定价：25.00 元

http：//www.sstlp.com